내 블로그에서 나가

아름다운 청소년 ⑬

내 블로그에서 나가

초판 1쇄 발행 2016년 2월 29일 | 초판 2쇄 발행 2019년 5월 10일
지은이 아그네스 함머 | **옮긴이** 전재민 | **펴낸이** 방일권 | **펴낸곳** 별숲
출판등록 제2018-000060호
주소 서울시 마포구 성미산로7안길 40, 1층
전화 02-332-7980 | **팩스** 02-6209-7980 | **전자우편** everlys@naver.com

ISBN 978-89-97798-39-1 44850
ISBN 978-89-965755-0-4 (세트)

이 도서의 국립중앙도서관 출판예정도서목록(CIP)은 서지정보유통지원시스템 홈페이지(http://seoji.nl.go.kr)와
국가자료공동목록시스템(http://www.nl.go.kr/kolisnet)에서 이용하실 수 있습니다.(CIP제어번호: CIP2016003863)

내 블로그에서 나가

아그네스 함머 장편소설 | 전재민 옮김

별숲

율리

기다란 성냥개비로 정원의 횃불 하나에 불을 붙였다. 심지에 붙은 불꽃이 혀를 날름거리면서 푸른빛으로 커졌다가 금방 밝은 노란색과 불그스름한 색으로 변해 갔다.

나의 가장 친한 친구 야스미나도 성냥개비에 불을 붙여, 다른 횃불에 불을 밝혔다. 두툼한 헝겊 심지 위로 밀랍이 녹아내리면서 두 번째 불꽃이 화르륵 타오르는 것을 나는 가만히 지켜보았다.

"울타리 옆에 있는 횃불들에도 불을 붙이자."

나는 이렇게 외치고 나서 울타리 쪽으로 성큼성큼 걸어가 샐비어가 심어져 있는 화단을 폴짝 뛰어넘었다.

야스미나가 나에게 불붙은 성냥개비를 건네준 뒤, 곧바로 다음 성냥개비를 성냥갑에 세게 그었다.

"와아!"

야스미나는 횃불들이 하나둘 타오를 때마다 감탄을 했다. 횃불이 밝혀진 정원은 고대 그리스의 신들이 나올 법한 신비로운 곳으로 변해 있었다.

"꼭 마법의 정원 같아!"

나는 야스미나에게 말했다. 판타지 소설에 나오는 정원에 실제로 가 볼 수만 있다면 바로 이런 모습일 거라고 생각했다.

"완전 최고!"

엄지손가락을 치켜들고 야스미나가 외쳤다. 그러고는 아무 이유도 없이 킥킥거렸다.

야스미나는 오늘 무척 기분이 좋아 보였다. 아마도 그건 벤과 함께 왔기 때문일 것이다. 마침내! 야스미나는 벤 옆에 착 들러붙어서, 그 아이가 어디로 가든 뭘 하든 시선이 오로지 그 아이에게만 고정되어 있었고, 그 아이가 무슨 말을 해도 크게 웃음을 터뜨렸다. 그러면 벤도 같이 웃어 주었다.

우리 집 정원에는 벤 말고도 우리가 마련한 여름 파티에 초대된 다른 친구들이 스무 명 정도 앉아 있었다. 초저녁의 상큼한 공기 속에 두런두런 이야기 소리와 유리잔이 서로 챙챙 부딪치는 소리, 어떤 여자애가 갑자기 터뜨린 경쾌한 웃음소리와 노아 오빠의 걸걸한 목소리가 한데 뒤섞여 있었다. 그러다 어느 순간 하나로 뭉쳐진 소음 속에서 제바스티안의 기타 소리가 혼자 삐져나왔다. 곧 몇몇 아이들이 그 소리를 알아듣고 박수를 쳤다.

"'스위트 홈 앨라배마(Sweet Home Alabama)'다."

엘라가 환호하며 따라 불렀다.

엘라는 나랑 친한 친구는 아니었다. 하지만 오늘만큼은 아무래도 상관없었다. 누구하고든 웃고 떠들 수 있는 기분 좋은 파티였으니까.

귀뚜라미가 잔디밭에서 울기 시작하고, 횃불들은 가물가물 타오르며 낮은 관목과 풀들 위로 노르스름한 빛을 드리웠다. 여름 저녁은 마치 진한 블루 벨벳 코트처럼 부드럽게 우리를 감싸 안았다.

우리는 디딤돌을 넘어 테라스 위로 올라가 옹기종기 붙어 앉았다. 그리고 각자 자기 잔을 기울여 한 모금씩 술을 넘겼다.

우리가 다 같이 후렴구를 합창하고 나자, 제바스티안은 짤막한 기타 솔로로 곡을 마무리 지었는데, 맨 마지막에 현란한 손동작으로 기타 줄을 튕기고는 멋쩍은 듯 씩 웃었다.

엘라는 당장이라도 벌떡 일어나 제바스티안을 품에 안을 듯한 기세로 환호성을 질렀다. 그렇게라도 표현하지 않으면 새 남자 친구가 섭섭해할 거라고 생각하는 듯했다.

야스미나와 나는 서로 의미심장한 눈길을 주고받았다. 우리는 아무 말도 하지 않았지만 서로 생각이 같다는 걸 알고 있었다. 바로 엘라가 비호감이라는 거였다. 야스미나가 벤과 사귀기 시작한 직후, 엘라가 갑자기 나타나 야스미나의 쌍둥이 오빠인 제바스티안을 낚

아채 갔다. 그 후로 엘라와 함께 있는 제바스티안을 볼 때면 꼭 엘라가 쳐 놓은 덫에 걸린 가여운 짐승 같아 보였다.

"이제 뭐 할까? 무슨 노래를 부르지?"

제바스티안이 물었다.

그러자 각자 자기가 좋아하는 곡을 외쳐 대느라 와자지껄해졌다. 하지만 제바스티안은 그 노래들을 모두 거절했다.

노아 오빠가 신디 로퍼의 '트루 컬러스(True Colours)'를 제안했다. 옛날 노래인 데다, 다 함께 부르기에도 어울리지 않는 노래였다.

"그건 90년대 거잖아."

엘라가 말했다.

"80년대야."

우리 엄마 잔드라 여사께서 정정해 주었다. 엄마는 맛있는 한입 먹을거리가 가득 담긴 쟁반을 들고 테라스로 올라와, 엘라를 향해 잘난 체하는 미소를 지어 보였다.

"내 애창곡 중 하나란다."

"그렇다면 율리가 불러야겠네요."

제바스티안이 말했다.

제바스티안은 첫 소절을 튕겨 보더니 느린 코드 전개로 바꾸었다. 기타 선율이 부드러운 밤공기를 리드미컬하게 흔들었다.

기타 소리에 맞춰 허밍으로 부르던 나는 제바스티안이 나를 향해 고개를 끄덕여 주자 가사를 낮게 읊조리기 시작했다. 노래를 부르는 것은 나에게 너무도 자연스러운 일이었으며, 친구들이 모이면 늘 그렇듯이 노래는 '내 몫'이었다. 나는 여러 해 동안 오프레아-칸 선생님한테서 보컬 레슨을 받았다. 그분은 엄격하면서도 좀 촌스러운 루마니아 인으로, 억센 발음으로 호흡 조절과 음계를 가르쳐 주었다. 또 레슨을 시작할 때마다 매번 이론에 관한 질문을 했는데, 그건 생각만 해도 끔찍했다. 그렇게 여러 해 동안 매일 두 시간 이상을 노래 연습을 하며 보냈다. 그 뒤로는 밴드 활동을 하느라 매일 노래를 부르는 게 아주 몸에 배어 버렸다. 어쨌든 노래를 부른다는 건 세상에서 가장 멋진 일이다. 어쩌다 오프레아-칸 선생님의 엄격한 수업을 떠올리면 아직도 진저리를 치곤 했지만.

제바스티안이 나를 보며 씩 웃었다. 나는 후렴구로 가면서 목을 더 크게 열고 감정을 실어 불렀다. 그러다 잠시 숨을 고른 다음 좀 더 편한 상태에서 노래를 계속 불렀다. 사실 벌써 천 번도 넘게 불러 본 노래지만 나는 여전히 어떻게 하면 청중의 마음을 움직일 수 있을지 잘 모르겠고, 그게 제일 궁금하기도 했다.

제바스티안이 마지막으로 기타 줄을 세게 한 번 튕긴 뒤 줄을 잡아 음이 사라지게 하자, 정원에는 잠시 침묵이 감돌았다. 풀밭의 귀뚜라미 소리만 밤공기를 가를 뿐이었다.

"와우!"

노아 오빠의 친구들 중에 한 명이 소리쳤다.

"나도 소름이 돋았어!"

제바스티안이 말했다. 엘라는 정말 그런지 확인해 보겠다는 듯 그의 팔을 만져 보았다.

나는 안도의 한숨을 내쉬었고, 엄마가 내 어깨를 감싸 주며 말했다.

"고마워. 그 노래는 정말이지······."

엄마도 감동받은 표정이었다.

"마법 같았어. 너희가 다음번에 무대에 서면 그때는 꼭 내 '매거진'에 감상평을 올려야겠어."

조금 전에 소리친 오빠 친구가 엄마가 말하는 도중에 끼어들었다. 내 기억에 그 오빠는 인터넷에 음악과 관련된 블로그를 운영하고 있었는데, 언제나 그 블로그를 '매거진'이라고 불렀다.

"뭐, 그건······."

제바스티안은 노아 오빠와 야스미나, 나까지 우리 멤버들의 얼굴을 쭉 훑어보며 말을 이었다.

"그러려면 먼저 새 드러머를 구해야지."

"드러머는 곧 찾게 될 거야."

야스미나가 별 걱정 말라는 듯 말했다.

오늘 파티는 너무도 아름답고 뭔가 마술적인 분위기여서, 나는 그만 파티가 열린 까닭을 까마득하게 잊고 있었다. 하필이면 이렇게 분위기 좋을 때 찬물 끼얹는 소리를 하는 제바스티안이 한편으론 야속했다.

사실 노아 오빠의 환송 파티였던 것이다. 월요일에 공항에서 오빠와 헤어지고 나면 우린 일 년 뒤에나 보게 될 거다. 오빠는 일 년 동안 영국 브라이튼 근처의 작은 마을에서 학교를 다닐 테니까. 당연히 돌아올 때쯤엔 영어 실력이 확연히 늘어 있겠지. 처음에는 그 모든 것이 부럽기만 했다. 하지만 이별을 코앞에 둔 지금은 슬펐다. 오빠가 떠나면 당장 새 드러머를 구해야 하는 것 때문만은 아니었다.

'야제-노유'라는 이름의 우리 밴드는 몇 년 전에 내 제안으로 만들어졌다. 밴드 멤버들 이름에서 첫 글자들을 모아 만든 밴드 이름은 나만의 생각일지는 몰라도 꽤 프로 밴드처럼 들린다. 내가 당연히 보컬을 맡았고, 야스미나는 베이스를, 야스미나의 쌍둥이 오빠 제바스티안은 기타를, 그리고 노아 오빠가 드럼을 맡았다.

처음에 우리 밴드가 결성되자, 다른 아이들은 풋내기들이 모여서 기타나 좀 치면서 노는 걸로 생각했다. 하지만 우리는 진지했고, 실력이 쌓이면서 학교 축제뿐 아니라 지역 축제에도 초청을 받거나, 경연 대회에 나갈 정도가 되었다.

"내가 알아볼게. 어떻게든 구해지겠지, 뭐."

내가 말했다.

"넌 어때?"

야스미나가 벤에게 물었다. 누가 애인 사이 아니랄까 봐, 둘은 서로 꼭 들러붙어 있었다.

"아니, 절대 안 돼! 박자 감각이 영 형편없어서 말이야……."

다소 과장스럽게 말을 던진 벤은 머쓱한 표정으로 머리칼을 뒤로 쓸어 넘겼다.

"흠……."

야스미나와 나는 동시에 똑같은 소리를 내고는 서로를 쳐다보며 피식 웃고 말았다.

제바스티안은 다시 기타 줄을 퉁기며 조금 전보다는 빠른 템포로 연주를 시작했다. 모두들 금방 무슨 노래인지 알아차릴 수 있었다. 최근 히트곡 중에 하나였다. 우리는 모두 굵고 거친 목소리로 합창을 했다.

"헤에에에이, 베이비!"

모두 한목소리로 고함을 질러 댔다. 나도 우악스럽게 소리를 내지르며 동참했다. 우린 서로를 바라보고 킬킬거리면서 구름 위를 떠다니는 기분을 느꼈다. 그런데 한순간 제바스티안과 눈이 마주쳤을 때였다. 일 초도 안 되는 그 짧은 시간이 그대로 멈춰 버린 듯 길게 느껴졌다. 왜 그랬을까…….

"조심해! 저기 횃불 좀 봐. 어떡해!"

야스미나가 갑자기 소리쳤다.

벌떡 일어나서 보니, 횃불 하나가 엄마가 예쁘게 심어 놓은 샐비어 화단 위로 쓰러져 있었다.

"에이 씨!"

횃불을 다시 고정하려고 했지만 자꾸 땅바닥으로 쓰러지자, 입에서 튀어나온 말이었다. 나는 성질이 나서 횃불의 머리 부분을 땅에 거꾸로 처박아 아예 불을 꺼 버렸다. 테라스에 있던 다른 아이들은 샐비어를 구해서 다행이라며 남의 기분도 모르고 키득거렸다. 하지만 뭐, 그런 건 아무래도 상관없었다. 아직은 기분이 허공을 붕붕 떠다니고 있었으니까.

그런데 뭐지? 정원 울타리 너머, 옛 산림청 관사 쪽으로 난 길 위에 리자가 우두커니 서 있었다.

리자는 반년 전부터 엄마랑 단둘이 옛 산림청 관사 건물에서 살고 있었다. 왜 하필이면 그런 곳에서 사는지는 모른다. 리자는 그곳으로 이사 온 뒤로 우리와 같은 학교에 다녔고, 희한한 옷차림과 기묘한 분위기 탓에 늘 외톨이였다. 나는 리자를 우리 집에 한 번도 초대한 적이 없었다. 아니, 그런 생각조차 머릿속에 떠올려 본 적이 없었다.

지금 리자는 우리 파티를 지켜보고 있는 듯했다. 진한 스모키 화장을 한 리자의 두 눈이 하얗게 분칠한 얼굴 위로 마치 두 개의 캄캄한 동굴처럼 빛을 빨아들이고 있었다.

"안녕, 리자?"

갑작스러운 등장에 당황스러운 마음을 애써 억누르며 내가 먼저 인사를 건넸다.

리자는 집으로 가는 길이었을까? 아니면 우리가 떠드는 소리를 듣고 집에서부터 여기까지 몰래 와서 엿듣고 있었던 걸까? 정원 울타리 뒤에 서 있는 리자의 모습이 왠지 섬뜩하고 위협적으로 보였다.

리자는 내가 보낸 인사에 아무 대답도 하지 않았다. 마스카라로 까맣게 떡칠이 된 속눈썹 아래 깊이 들어간 두 눈은 그저 나를 가만히 쏘아볼 뿐이었다. 그러더니 여기서 벌어지는 일 따위에는 별 관심 없다는 듯 몸을 휙 돌려 가 버렸다.

제바스티안

"아빠가 하우프트 로(路)까지 데리러 온대."

엘라가 얇은 여름 재킷을 어깨에 두르면서 말했다.

나는 고개를 끄덕였다. 그러면서 동시에 한숨이 새어 나오려는 것을 참아야만 했다. 하우프트 로까지 엘라를 바래다줘야 했기 때문이다. 하우프트 로에서 우리가 사는 이곳 산림청 주택 단지까지는 차로 겨우 5분밖에 걸리지 않는데도 말이다. 그냥 아빠한테 여기까지 데리러 와 달라고 하면 될 텐데……. 바래다주면서 엘라에게 오늘 율리네 파티에 와 줘서 고맙다는 말을 하는 게 좋겠다고 생각했다. 엘라는 율리와 딱히 친구 사이라고 할 수 없기 때문이었다.

엘라가 내 손을 잡았다. 늘 그렇듯이 심장이 멈춘 것 같았다. 엘라는 작은 손끝 움직임만으로도 정말 강력한 힘을 발휘한다. 가끔은 내가 엘라를 정말로 좋아하는 건지 알 수 없을 때가 있는데, 엘라의 몸이 내 몸에 닿기만 하면 그런 고민은 흔적도 없이 사라져 버리곤 했다. 마치 뙤약볕 아래 얼음처럼 말이다.

나는 엘라의 허리에 팔을 둘렀고, 우리는 보조를 맞춰 걸었다. 엘라는 달달한 향수를 사용했다. 만일 똑같은 향수를 야스미나가 사용한다면 어떨까? 별로일 것이다. 그 향수는 엘라와 아주 잘 어울렸다.

우리는 아스팔트 길 양쪽으로 늘어선 키 큰 너도밤나무들을 따라 걸었다. 밤바람에 나뭇잎들이 사각거렸다. 고개를 들면 나뭇잎들 사이로 조각난 하늘과 다이아몬드 가루처럼 반짝이는 별들을 볼 수 있었다.

엘라는 머리를 내 어깨에 기댔다. 그렇게 하니까 걷는 게 불편해져서 나는 걸음을 멈췄다. 그러고는 엘라의 가느다란 허리를 두 팔로 감았다. 엘라는 커다란 두 눈 안에 진한 밤색 눈동자를 갖고 있었다.

엘라의 촉촉한 두 눈동자에 밤하늘이 비쳤다. 나는 엘라의 턱을 잡는 동시에 입술에 진한 키스를 했다. 엘라도 나에게 키스를 했고, 민트 사탕을 먹던 엘라의 입에서 민트 향이 느껴졌다.

엘라를 좀 더 가까이 끌어당겼다. 하지만 엘라의 입이 천천히 다물어지는 걸 입술로 느낄 수 있었고, 나는 엘라의 귀 가까운 곳에 가볍게 뽀뽀를 해 주며 키스를 끝냈다.

엘라가 다시 내 손을 잡았다. 그러자 또다시 심장이 불규칙하게 두근대기 시작했다. 키스의 메아리랄까……. 손으로 가슴을 눌러

진정시키고 싶었지만, 아무렇지도 않은 척 나는 그냥 계속 걸었다.

"율리 걔 말야, 오늘도 아주 기분 업 돼 보이더라."

엘라가 비아냥거리는 투로 말했다.

"그래?"

나는 그 말이 많은 걸 의미한다고 생각했다.

엘라는 계속해서 율리를 흉보고 싶은 게 분명했다. 엘라는 몇 걸음 빨리 걷더니 내 손을 놓았다.

이어서 엘라가 부르는 '트루 컬러스'의 엉터리 후렴구가 온화한 밤공기를 흔들어 댔다. 엘라는 마치 비련의 여주인공처럼 가슴을 부여잡고 고통에 몸부림치며 얼굴을 찡그렸다.

"아, 좀!"

엘라가 왜 이렇게 율리를 놀려 대는지 이해가 되지 않았다. 꼭 이래야만 할까? 이 아이가 방금까지 나와 키스를 나누던 그 아이 맞는 걸까? 나는 다시 엘라의 허리를 잡아 내 쪽으로 끌어당겼다.

"율리 생각은 이제 그만해."

엘라의 귀에 대고 속삭였다.

엘라의 향수 냄새가 다시 콧속으로 훅 들어왔다. 나는 다시 엘라에게 키스를 하기 시작했다. 처음에는 양 볼에, 이어서 엘라의 부드러운 입술에. 엘라의 입에서는 여전히 민트 향이 났다. 엘라는 자기 몸을 나에게 밀착시켰다. 그러고는 내 심장을 직접 만져 보려는 것처럼 자신의 손바닥을 내 두근거리는 가슴 위에 얹었다. 이제 제발 엘라가 키스를 멈추지 말기를 속으로 빌었다.

'더 이상 아무 말도 하지 마. 제발 이대로 아무 말도 하지 마라고…….'

자동차 헤드라이트 불빛이 보이는가 싶더니 바로 엔진 소리가 들렸다. 엘라는 황급히 나를 밀어냈다. 잠깐 동안 나는 헤드라이트가 도로에 그려낸 타원형 불빛 속에 덩그러니 서 있었다. 하지만 곧 나도 차 옆으로 물러섰다.

차 유리창이 스르르 내려갔다.

"저 밑에서 벌써 삼십 분 넘게 기다리고 있었는데, 넌 여기서 노닥거리고 있냐?"

엘라의 아빠가 대뜸 꾸짖었다.

"안녕하세요?"

나는 긴장감 탓에 몸이 굳은 채로 인사했다. 이어서 무슨 말을 해야 할지 생각나지 않았다.

"잘 지냈니?"

엘라의 아빠는 마지못해 대꾸하는 듯했다.

"엘라를 바래다주려고……."

"그래, 차라리 너네 집까지 데리러 가는 게 더 나을 뻔했구나. 그건 그렇고, 일단은 차를 여기서 어떻게 돌려야 할지 봐야겠다."

엘라가 내 볼에 가볍게 뽀뽀를 했다.

"우리 아빠 신경 쓰지 마! 전화할게."

엘라가 작게 속삭였다.

엘라가 차 보조석으로 미끄러져 들어간 뒤, 엘라의 아빠는 좁은 도로 위에서 힘겹게 차의 방향을 돌렸다. 차가 출발하기 전 엘라는 핸들 위로 손을 뻗어 경적을 빵빵 울렸다. 나는 여전히 굳은 자세로 가만히 서 있을 뿐이었다.

밤길에 혼자 남은 나는 청바지 주머니에 양손을 찔러 넣고 휘파람을 불며 집으로 향했다. 어떤 멜로디가 하나 떠올랐는데, 겨우 네 소절이었다. 하지만 그걸로 멜로디를 더 만들어 낼 수 있었다. 그런 식으로 계속해서 휘파람을 불며 키 큰 너도밤나무들을 따라 길을 걸었다.

우리 단지로 다시 들어오니 길 쪽으로 난 창문에는 불들이 모두 꺼져 있었고, 작은 소리 하나 들리지 않았다. 분명 새벽 한 시가 넘었을 것이다.

주머니에 손을 넣어 집 열쇠를 찾아보았다. 아, 이런! 깜빡 잊고 열쇠를 챙겨 나오지 못한 것이다. 할 수 없이 옛 산림청 관사로 이어지는 작은 길 쪽으로 돌아가 정원 울타리를 타고 넘어갔다.

율리네 집 거실 창에서는 아직 불빛이 새어 나오고 있었다. 나는 율리네 정원을 지나 테라스를 밟고 올라섰다. 불이 환하게 밝혀진 거실에 마지막 파티 손님들이 남아 있었다. 몇 명은 아예 카펫 위에 베개를 베고 아무렇게나 드러누워 있었다. 그들은 여전히 기분이 좋아 보였다. 서로 웃고 떠들며 잔에 와인을 붓고 마셨다.

거실 문을 두드리려고 했지만, 어쩐지 내키지 않았다. 어둠 속에 있었기 때문에 안에서는 아무도 나를 볼 수 없었다.

동생 야스미나가 팬터마임 비슷한 걸 아이들에게 보여 주고 있었다. 동생은 과장된 표정으로 고개를 쳐들고 뭔가를 응시하며 환희에 찬 표정을 지었다. 그러고는 두 손으로 물개 박수를 치면서, 거기에 없는 누군가를 감탄하듯 쳐다보는 흉내를 냈다. 순간 나의 쌍둥이 여동생이 다름 아닌 엘라를 흉내 내고 있다는 걸 알 수 있었다. 졸음이 오고 피곤해서 축 늘어진 다른 아이들은 그걸 보며 실없이 웃고만 있었다.

나는 율리네 거실 창에서 떨어져 나와, 부모님이 일찌감치 잠들어 있을 우리 집으로 걸어갔다. 지하실로 통하는 작은 문은 언제나처럼 잠겨 있지 않았다. 집 안에 감도는 정적을 깨지 않기 위해 위층으로 살금살금 올라가다가 이런 생각이 들었다. 나도 야스미나와 똑같은 시선으로 엘라를 보고 있을지 모른다. 하지만 그게 전부는 아니었다. 엘라와 몸이 닿을 때면, 여동생은 결코 이해할 수 없는 뭔가가 느껴졌으니까. 그렇지만 그게 뭔지는 나도 몰랐다.

솔직히 엘라는 야스미나 율리만큼 나에게 믿음을 주지는 못했다. 엘라는 뭐랄까, 좀 가볍다고 해야 할까? 어쨌든 딱 거기까지였다. 그런 까닭에 엘라는 언제든 나에게서 뭔가 예상 밖의 것들을 느끼게 될지 모른다. 하지만 나는 그 아이의 향기가 좋고, 살이 맞닿을 때면 모든 생각을 잊게 된다. 또 그 아이가 나한테 키스를 할 때면 나는…… 아, 뭐라고 말로 설명할 수가 없다.

율리

"오빠 지금 나왔어!"

엄마에게 큰 소리로 외쳤다. 화면 속 노아 오빠의 모습은 그리 선명하지 않았다. 하지만 그건 아무래도 괜찮았다.

"어떻게 지내?"

오빠의 말소리가 바로 옆방에서 들리는 것처럼 아주 또렷하게 들렸다. 오빠가 영국에 도착한 지 어느덧 일주일이 되었다. 그동안 오빠는 아빠하고만 아주 짧게 통화를 한 번 하고, 브라이튼의 해변 산책로 사진 몇 장을 프로필 사진으로 올려놓은 것 말고는 우리와 대화다운 대화를 한 번도 하지 못했다.

"오빠, 안녕? 어떻게 살고 있어? 뭐 하느라 아직도 이메일을 안 보내는 거야?"

나는 흥분을 감추지 못한 채 인사를 건넸다.

엄마가 거실로 뛰어와 내 등 뒤에 섰다. 엄마는 내 어깨 위로 몸을 숙여 오빠가 엄마 얼굴을 볼 수 있게 했다.

"이미 짐작하고 있겠지만 지금까진 그럭저럭 괜찮아."

오빠가 말했다.

"음식은 어때? 정말로 그렇게 끔찍해?"

엄마가 물었다.

오빠의 웃는 모습이 전송 속도 때문인지 화면 속에서 조금 깨졌다.

"아뇨, 근데 어딜 가나 토스트랑 감자튀김이 나와요."

오빠가 바로 대답했다.

"오빠, 홈스테이 가족들과는 말이 좀 통해?"

"당연하지, 좋은 사람들이야. 내일 저녁에 같이 축구 경기 보러 가기로 했어. 그러니까 대런이랑, 걔네 아빠랑, 나랑."

대런은 홈스테이 부부의 아들이었다. 오빠랑 동갑이고, 하얀 피부에 머리색은 거의 흑발에 가까웠고, 덩치가 아주 컸다. 그전에 한 번 사진으로 본 적이 있는데, 아주 '영국스러워' 보였다.

"언제부터 축구에 관심이 있었다고!"

내가 오빠를 놀렸다.

"흐흐, 오늘부터."

노아 오빠가 말했다.

"학교에 다니는 건 어떠니? 무슨 말 하는지 다 이해가 돼?"

엄마가 물었다. 화면 속 오빠가 곰곰이 생각하느라 눈동자를 굴리는 게 보였다.

"어, 대부분은요! 모든 게 다 좋아요."

오빠가 자신 있게 말했다.

잠깐 침묵이 이어졌다. 나는 오빠가 영국으로 떠난 뒤로 함께 이야기를 거의 못 나눴다. 물론 그전에도 대화라고 해 봐야, 누가 식기세척기를 비우느냐, 세탁기를 돌리느냐 하는 문제로 다투는 정도이긴 했다. 그래도 밴드 연습을 할 때만은 항상 뭔가 얘깃거리가 있었고, 대화를 나누는 게 즐거웠다.

"새 드러머는 구했어?"

오빠가 물었다.

나는 고개를 가로저었다.

"아직 찾아보려는 시도도 안 한 것 같은데! 맞지?"

"어떻게든 찾게 될 거야. 겨우 일 년짜리 땜빵인데 못 구하겠어?"

"당연하지, 일 년 뒤에는 내가 다시 할 테니까."

"날씨는 좀 어떠니? 따뜻하게 입을 옷은 충분히 가져갔겠지?"

엄마가 중간에 끼어들었다.

"엄마, 여긴 날마다 30도가 넘어요. 영국 전체가 더위로 펄펄 끓고
있다고요. 지금까지 이렇게 뜨거운 여름은 한 번도 없었대요."

"그래, 그럼 됐어."

엄마가 말했다. 엄마 머릿속에는 엄마다운 질문만 떠오르나 보다.

오빠가 엄마 마음을 눈치챘는지, 전혀 뜻밖의 말로 나를 놀라게
했다.

"벌써 집이 그리워요."

"정말?"

엄마 얼굴에 부드러운 미소가 번졌다.

"생각했던 것보다도 더 여기가 낯선 것 같아요. 하지만 뭐, 금방
익숙해지겠죠."

"그럼, 당연히 넌 잘해 낼 거야!"

그러고는 다시 침묵이 이어졌다. 우리 가족은 평소 마음속 이야기를 터놓고 나누는 편이 아니었다. 그런 이야기를 한다는 것 자체가 좀 닭살이었다. 그래도 우리 가족은 서로 끈끈하게 결속되어 있었다. 지금과 같은 상황에도 서로를 바라보며 그저 미소를 짓는 것만으로 충분했다.

오빠가 미안한 듯, 고개를 갸우뚱 기울인 채 머리를 긁적이며 말했다.

"더 이상 할 말이 생각 안 나."

"큭, 나도 그래."

우리 사이에 따뜻한 느낌이 전해졌다.

"잘 지내. 정신 똑바로 차리고 살아!"

"오빠도!"

작별 인사로 오빠에게 윙크를 보냈다.

정신 똑바로 차리고 살라고? 뭐야, 영국에 살게 되다니 생뚱맞은 말을 다 하네.

나는 스카이프(Skype, 인터넷 무료 전화 상품 이름)를 종료하고, 문서 작성 프로그램으로 들어갔다. 이어서 자판을 두드려 문구를 썼다.

'드럼 연주자 구함!'

표제에 블록을 설정하여 글자를 크고 두껍게 조절했다.

'야제-노유 밴드가 새로운 드럼 연주자를 찾고 있습니다. 해마다 학교 축제와 시에서 개최하는 여름 축제에 초대받는 실력과 밴드입

니다. 좋아하는 곡은 무엇이든 연주할 수 있고, 직접 만든 곡도 연주 가능합니다.'

나는 광고 포스터처럼 보이게 하려고 글자체를 바꾸고 문구를 더 집어넣었다. 그런데 '드럼 연주자'라는 말이 어쩐지 90년대 분위기를 연상시켰다. 최근에 이런 용어를 사용한 게 누구였더라? 그래, 엘라! 그 생각에 미치자마자 바로 화가 났다. 마치 엘라와 나 사이에 어떤 공통점이 있는 것 같아 보였기 때문이다.

그 애는 그냥 비호감이었다. 그래서 제바스티안이 그 아이랑 사귀는 게 전혀 이해가 되지 않았다.

나는 '드럼 연주자'를 '드러머'라고 고쳐 쓴 뒤, 관심 있는 사람이 곧바로 연락할 수 있도록 내 이메일 주소를 집어넣었다.

그런데 '직접 만든 곡도 연주 가능합니다'라는 문구가 마음에 걸렸다. 미리 너무 많은 걸 이야기해서는 안 될 것 같았다.

그 문장을 곧바로 삭제했다. 아직까지 우리가 만든 곡을 사람들 앞에서 연주한 적이 없었기 때문이다. 여러 가지 이유가 있었지만 어떤 가사들은, 실은 내가 쓴 가사는 모두 지극히 개인적인 것이라, 모르는 사람들 앞에서 부른다는 게 꺼려졌던 것이다.

나는 내 프로필로 들어가서, 방금 작성한 문서를 올린 뒤 '공유하기'를 클릭했다. 이제 기다리기만 하면 되었다.

제바스티안의 사진 옆에 작은 녹색 불이 들어와 있었다. 그 아이도 컴퓨터 앞에 앉아 있는 게 분명했다. 나도 모르게 미소를 지었다. 곧

내 글을 읽을 테지?

'담벼락'에 올린 내 글은 곧바로 제바스티안이 공유했고, 이어서 제바스티안과 야스미나의 사촌이자 나와는 얼굴만 좀 아는 사이인 레나 메르텐스가 공유했다.

"노아는 어떻게 됐는데? 팔이 부러지기라도 했어?"

레나가 댓글을 달았다.

"교환 학생으로 영국에 갔어."

그때 담벼락에 쓴 내 글이 세 번째로 공유되었다. 우리 집 맞은편에 사는 한 쌍의 컴퓨터 중독자 중 한 명인 콘라드였다.

나도 모르게 한숨이 새어나왔다. 얘는 정말 구제불능이기 때문이다. 제발 오디션에 오지 말아야 할 텐데…….

콘라드와 동생 테오는 그야말로 '왕재수'였다. 걔네가 우리 꽁무니를 졸졸 쫓아다니는 걸 눈치챈 이후로 야스미나와 나는 그렇게 부르기 시작했다. 윗동네 숲 속에 있는 발트제 호수에 수영하러 가거나, 다른 아이들을 만나러 시내로 갈 때면 항상 걔네들이 우리 뒤를 따라붙었다. 성능이 무지 좋은 망원경이나 줌 달린 카메라를 갖고 있는 게 확실했다. 콘라드와 테오는 그걸로 우리를 관찰하다가, 우연을 가장해 나타나는 게 분명했다. 그렇게 시간이 남아돌고 할 일이 없을까? 한심하기도 하지……. 게다가 걔네들은 꼭 둘이 한 쌍으로 움직였다. 혼자서는 용기가 나지 않는 거겠지. 걔네는 정말 한심했다. 어느 정도 봐줄 만한 외모의 여자아이라면 누구든 가리지 않고 그렇게 졸졸 쫓아다녔으니까. 솔직히 말해, 그래서 나는 더 모욕당하는 기분이 들었다. 아무나 제발 걸려라, 하는 식으로 여자 꽁무니를 쫓는 애들의 표적이 되었다는 게 정말 불쾌했던 것이다.

구인 광고 문서를 출력했다. 물론 자작곡도 연주 가능하다는 문구는 뺐다. 컴퓨터를 끄기 전에 한 번 더 제바스티안이 아직 온라인에 접속해 있는지 확인해 보았다. 그 아이의 작은 프로필 사진 옆에 여전히 녹색 불이 켜져 있었다. 하지만 엘라의 사진 옆에도 마찬가지로 녹색 불이 들어와 있었다.

마렉

인터넷 창을 닫고 좀 전에 하다 만 지겨운 국어 숙제를 다시 하려고 했을 때였다. 새로운 글이 올라와 있었다. 그것은 단번에 내 눈을 사로잡았다. 후다닥 한 번에 눈으로 스캔을 한 뒤, 한 번 더 자세히 읽어 보았다. 마침내 기회가 왔다. 야제-노유가 드러머를 구하다니!

곧장 뒤뜰로 달려갔다. 거기엔 원래 차고였다가 아빠가 사무실로 개조한 곳이 있었다. 다행히 아빠는 비즈니스 모임에 가고 없었고, 오늘도 늦을 게 뻔했다.

에잇, 모르겠다. 나는 드럼을 덮어 두었던 커버를 벗겨 냈다. 예전에는 아빠가 드럼 사용법을 설명해 주고 직접 시범을 보여 준 적도 있었다. 하지만 그것도 잠시, 어느 순간부턴가 어린 여자 친구들에게 멋진 인상을 심어 주기 위한 수단으로만 사용되었다. 아빠의 딸뻘 되는 여자 친구들 말이다. 불행히도 아빠와는 반대로 나는 여자 아이들한테 그리 멋진 인상을 심어 주지 못하는 편이다. 그래도 다행이라면, 나 자신이 어느 부류에 속하는지 정도는 알고 있다는 점이다. 나는 웃음의 포인트를 잘 맞추지 못하면서도 남들에게 웃긴 이야기를 하는 쪽에 속한다. 또 가끔은 사람들이 나를 성가시게 생각하기도 하지만, 그걸 전혀 못 느끼다가 나중에서야 아차, 할 때가 있다. 그러니까 늘 너무 늦게 깨닫는 게 문제인 셈이다.

드럼 스틱을 잡고 두드리는 시늉을 해 보다가, 손으로 빙글빙글 돌려 보았다. 여전히 잘되지 않았다. 그래도 상관없었다. 아빠는 늘, 그런 겉멋 든 동작은 그야말로 겉멋일 뿐 드럼 연주와는 별개라고 말하곤 했으니까. 풋 심벌즈를 두드리며 본격적으로 드럼을 치기 시작했다. 드디어 내게도 기회가 왔다. 하지만 그건 야제-노유에게도 기회였다. 나 같은 실력자를 영입할 수 있는 기회. 아버지라면 이걸 '윈윈 게임'이라고 말했을 거다. 걔네가 제정신이라면 나를 무조건 합격시켜야 할 거다.

아빠는 항상 리듬을 놓치지 않고 악보에 충실히 연주하는 것이 가장 중요하다고 했다. 하지만 그건 어디까지나 이론일 뿐, 드럼이란 악기는 실제로 연주할 때면 이론을 완전히 무시하게 만드는 뭔가를 갖고 있었다! 거친 공격성, 한꺼번에 터져 나오는 분노, 세계 내리치는 쾌감과 둔탁한 마찰음이 이끄는 무아지경의 세계…… 나는 연주하고 또 연주했다. 땀이 비 오듯 쏟아지고, 숨이 턱까지 차올랐다. 현란한 손동작으로 톰톰(손으로 두드리는 아래위로 기다란 북)을 두드리는 걸 끝으로 한바탕 폭풍 같은 솔로 연주를 끝마쳤을 때, 그때서야 나는 누군가가 와 있는 걸 깨달았다.

"얘는 마렉이야. 보통은 집에서 저렇게 열정적이지 않아."

아빠가 무미건조한 음성으로 말했다.

"안녕?"

아빠 옆에 바짝 붙어 서 있던 여자가 말했다. 뭔가 평소와는 다른 분위기라는 걸 바로 알아차린 눈빛이었다. 그 여자는 나보다 몇 살 많아 보이지 않았다. 나는 아빠가 매번 집에 데려오는 여자들을 경멸했다. 아빠의 여자 친구들은 대부분 그리 골빈 것 같아 보이지도 않고, 심지어 대학에서 뭔가를 공부하는 학생들도 적지 않았다. 그런데도 그들은 아빠와 함께 밤을 보냈다. 왜냐하면 아빠가 잘나가는 광고 기획사에서 꽤 중요한 직책을 맡고 있는 것처럼 행동한 것에 넘어갔기 때문이다. 그들은 하나같이 순진한 소녀처럼 행동했고, 고개를 비스듬히 떨군 채 상냥하게 미소 지었다. 나는 항상 그들에게 이렇게 말하고 싶었다.

'이것 봐, 너도 머릿속에 생각이란 걸 키우고 있을 텐데. 생각 좀 하

고 사서! 우리 아빠 같은 늙은이랑은 어울리지 말란 말이야!'

"안녕?"

나는 그저 짧게 인사를 건넸다. 그러고는 드럼 스틱을 내려놓고 그들 앞을 지나쳐 나왔다.

그래도 다행인 건, 모든 여자들이 다 그런 건 아니라는 것이다. 적어도 그렇다고 나는 믿었다. 또 한편으로는 아빠가 광고 기획사에 다니는 게 참 다행이라는 생각도 들었다. 야제-노유 밴드 앞에서 그걸 조커로 활용할 수 있기 때문이었다.

리자

산림청 주택 단지 뒤로 난 길을 따라서 걸어 내려갔다. 주택 단지 안, 잘 다듬어진 정원이 활짝 핀 꽃들로 뒤덮여 있었다. 다양한 관목들이 세련된 간격으로 심어져 있었고, 잔디밭은 언제나 그렇듯이 깔끔하게 다듬어져 있었다. 그것만 봐도 여기에 어떤 사람들이 사는지 미루어 짐작할 수 있었다. 여기에 사는 사람들은 아마도 결손가정이라는 건 남의 집 이야기일 뿐, 엄마 아빠와 아이들로 구성된 완벽한 가족 형태를 어떻게든 유지하고 있을 것이다. 그러니 가정교육을 잘 받은 이곳 아이들은 다음 학년 진급에서 누락되는 일이 결코 없을 것이다. 그들은 또 가족이 함께 저녁식사를 준비한 뒤 식탁 앞에 오순도순 모여 앉아 다 같이 식사를 할 거고, 아직 멀었는데도 벌써부터 크리스마스에는 어디로 스키 여행을 떠날지, 해외 여행은 어디로 갈지 등등을 계획하고 있을 것이다. 그러니까 말하자면, 나와 엄마가 사는 모습과는 정확히 정반대일 것이다. 우리는 반년 전부터 윗동네의 낡고 비좁은 산림청 관사에 세를 얻어 살고 있었다. 왜 이곳으로 이사했는지는 나도 모른다. 이사를 하는 이유는 매번 달랐다. 이번에는 엄마가 도시를 벗어나고 싶다고 했다. 그동안 아무리 베를린에 정이 많이 들었어도, 모든 게 너무 시끄럽고 번잡해서 이젠 도시 생활이 넌덜머리가 난다고 했다. 엄마는 조용한 곳에서 자신의 책을 쓰고 싶다고, 술을 끊어야 하는데 베를린에서는 그럴 수가 없다고도 했다. 뭐 그런 식이었다. 하지만 어쩌면 나 때문에 이곳으로 온 건지도 모른다. 이곳으로 이사를 오면 엄마 생각으로는 내가 좀 정신을 차릴 거라고, 저승사자 같은 검정색 옷들을 벗어 버리고 화장도 지우고 얌전히 고등학교를 졸업할 거라고 기대했는지도 모른다. 만일 그렇다면, 엄마의 이러한 기대치에 오늘은 조금 더 가까워졌을지도…….

왜냐면 학교 게시판에서 드러머를 구인 광고를 보았기 때문이다. 그 구인 광고에는 빨간색 색연필로 – 아마도 율리가 그랬겠지 – 오늘 날짜와 '오디션 필수!'라는 문구에 크게 동그라미가 쳐져 있었다.

'혹시 아무도 신청 안 한 건 아닐까?'

한참 동안 이리저리 고민한 끝에 나는 평범한 블랙진에 티셔츠를 입었다. 얼굴에는 티 안 나게 옅은 메이크업을 하고, 머리는 차분하게 빗어 넘긴 뒤 하나로 묶었다. 그러고 나서 드럼 스틱을 손에 쥐고 밖으로 나왔다. 나는 이미 베를린에서 밴드 활동을 해 본 적 있었다. 우리는 주로 어둡고 우울한 음악을 했고, 자작곡을 많이 연주했으며, 다양한 곳에서 공연을 해 보았다. 하지만 그렇다고 야제-노유 밴드에서 많은 걸 기대하는 건 아니었다. 혹시 야제-노유가 지향하는 음악과 내가 지향하는 음악이 서로 다르다 해도, 밴드를 아예 안 하고 있는 것보다는 나았다.

나는 율리네 정원에 서서, 드럼이 빠진 밴드의 연주 소리를 듣고 있었다. 현관문으로 다가가 벨을 눌렀지만, 아무도 벨소리를 듣지 못한 것 같았다. 나는 다시 한 번 벨을 누르면서 내 쪽에서 너무 안달 나거나 급해 보이지는 않기를 바랐다. 그 순간 현관문이 활짝 열렸다.

"안녕하세요?"

율리의 엄마가 처음에는 나를 못 알아본 것 같았다.

"오디션 보러 왔어요."

"아, 그렇구나! 그래, 어서 들어오렴……."

율리 엄마는 그제야 내가 온 이유를 알겠다는 표정으로 말했다.

그때 나는 율리 엄마의 눈빛에서 나를 다시 알아보았다는 걸 느꼈

31

다. 우리는 2, 3주 전에 병원에서 만난 적이 있었다. 병원에 가게 된 건 엄마가 부엌에서 쓰러졌기 때문이다. 나는 그때 엄마가 무슨 병이 났거나 아니면 어딜 다쳤거나, 암튼 뭔가 심각한 일이 벌어진 거라고 생각했다. 엄마는 가끔씩 술을 조금도 이겨내지 못하는 심각한 혈액 순환 장애를 겪고 있었다. 부엌에서 발견했을 당시 엄마는 아무리 흔들어도 몸을 움직이지 못했다.

"구조 요청하지 마!"

엄마가 두 눈을 꾹 감은 채 으름장을 놓았다. 하지만 엄마를 계속 차가운 부엌 바닥에 누워 있게 할 수는 없었다.

"병원에 가야 돼. 혈액 순환에 문제가 생긴 게 분명해."

내가 '혈액 순환'이라는 단어로 말하고 싶은 건, 엄마가 알코올 중독일지도 모른다는 것이었다.

어쨌든 나는 택시를 불러서 엄마를 병원으로 데리고 갔다. 엄마가 몸을 전혀 가누지 못해서 택시 기사 아저씨가 도와주어야만 했다. 그런데 딸인 내가 엄마를 돌보는 것이 무슨 범죄라도 되는 걸까? 율리 엄마는 어쩐지 그런 식으로 나를 쳐다보는 듯했다.

나는 짐짓 율리 엄마를 다시 알아보지 못한 듯한 표정으로 현관 문지방을 넘어 들어가 실내를 두리번거렸다. 낮은 신발장 위에 신발들이 가지런히 줄 지어 있는 게 눈에 들어왔다.

"저기…… 신발을 벗어야 하나요?"

율리 엄마가 나를 집 안에 들이고 싶어 하지 않는 게 느껴져서, 굳이 필요하지도 않은 말을 내뱉어야만 했다.

"음…… 어디 좀 보자. 신발을 매트에 털어 내기만 해도 되겠다."

율리 엄마가 말했다.

나는 신고 온 캔버스화를 두어 번 현관 매트에 문지르며 율리 엄마를 향해 실없는 미소를 날렸다.

"지하실로 가 보렴. 시끄러운 소리를 따라가면 돼."

나는 지하실로 향하는 계단을 내려가, 베이스 기타 소리가 둥둥 울리는 연습실 문을 열었다.

"안녕?"

그 소리에, 방금까지 함께 이야기를 나누고 있었던 듯 보이는 율리와 야스미나, 제바스티안이 눈을 동그랗게 뜨고 나를 쳐다보았다.

"오디션 보러 왔어."

나는 누가 봐도 뻔한 이유를 굳이 설명했다.

"네가? 너 드럼 칠 줄 알아?"

율리가 놀라서 발을 미끄러뜨렸다.

그럴 줄 알고 나는 전에 베를린에서 밴드할 때 만든 공연 광고 전단지를 여러 장 가지고 왔다. 그걸 건네주자, 아이들은 구김이 간 여러 장의 전단지를 자세히 읽어 보았다.

제바스티안이 거의 핏빛에 가까운 자주색 전단지 한 장을 평평하게 펴며 말했다.

"우리는 여기 있는 이런 음악과는 전혀 다른 걸 하는데……."

그 아이는 전단지 위에 인쇄돼 있는 '다크'라는 단어를 손가락으로 톡톡 두드리며 말했다.

"그건 나도 알아. 하지만 나도 연주하고 싶어. 어떤 음악이건 상관없어."

그때 구석에 놓여 있는 드럼이 눈에 들어왔다. 가슴속에 그리움의 감정이 가득 차올랐다. 드럼은 꽤 비싸 보이고 또 잘 관리된 것처럼 보였다. 예상했던 것과 조금의 오차도 없이…….

"흐음."

제바스티안이 고민하는 숨소리를 냈다.

불편한 침묵이 감돌았다.

"뭐, 그럼 연주나 한번 들어 보자."

율리가 제안했다.

바로 그 순간 남자아이 두 명이 계단을 내려와 연습실 문을 밀고 들어왔다. 뒤돌아보니, 나와 같은 수업을 듣는 마렉과 내가 잘 모르는 키 작은 금발 아이였다. 키 작은 금발머리는 긴장한 듯 들고 온 자전거용 가방을 두 손으로 꽉 움켜쥐었다. 둘의 공통점이라면 촌스럽게도 샌들에 양말을 신고 있다는 것이었다.

"너희들 왔구나!"

야스미나가 말했다. 그들이 올 것을 이미 알고 있었던 것이다. 그런데 야스미나가 한시름 놓은 듯한 표정을 한 까닭은 뭘까?

"자, 그럼 시작해 볼까? 누가 먼저 할래?"

제바스티안이 물었다.

나는 당연히 마렉이 먼저 나설 거라고 생각했다. 짙은 갈색 머리칼에 덩치가 큰 마렉은 헬스클럽에 다니는 것 같아 보였다. 빵빵하게 부풀어 오른 팔뚝 근육을 강조하는 티셔츠를 입고 온 마렉은 나를 향해 여유만만한 미소를 지어 보였다. 나보다는 자기가 한 수 위라고 생각하는 듯했다.

마렉은 같이 온 키 작은 금발머리를 힐끗 쳐다보았다. 하지만 금발머리는 뭐가 신경 쓰이는지 아직도 자전거용 가방을 붙들고 씨름 중이었다. 금발머리는 먼저 연주할 생각이 전혀 없어 보였다.

"내가 먼저 할게."

나는 드럼 뒤로 돌아가 앉았다. 페달로 몇 번 베이스 드럼을 두드려 보았다. 일 년 넘게 드럼 앞에 앉아 보지 못했지만, 느낌이 좋은 게 잘할 수 있을 것 같았다.

"무슨 곡 할래?"

내가 물었다.

율리는 요즘 히트곡 중 하나를 제안했다. 별로 좋아하는 곡은 아니었지만 나는 그냥 고개를 끄덕였다. 내가 먼저 숫자를 세면서 베이스를 맡은 야스미나와 눈을 맞췄다. 곧바로 연주가 시작되었다. 다시 드럼 스틱을 잡으니 기분이 좋았다. 아니, 그 이상이었다. 비록 야제-노유와는 완전히 다른 취향을 갖고 있었지만 상관없었다.

제바스티안이 연주한 리프(반복 악절)를 받아서 율리가 노래를 불렀다. 그 순간 얘네들이 왜 이 노래를 골랐는지 확실히 알 수 있었다. 이 노래는 율리처럼 강렬하고 표현력이 좋은 목소리에 딱 맞기 때문이다. 심지어 율리의 목소리로 인해 이 노래는 라디오에서 흘러나오는 오리지널보다 더 호소력 있게 들렸다. 믹싱 작업이 들어가지 않은 상태인데도 말이다. 율리의 목소리는 한마디로 환상적이었다.

마침내 연주가 끝났다. 멋진 앙상블이었다.

"한 곡 더?"

제바스티안이 나에게 물었다.

내가 고개를 끄덕이자, 율리가 자신의 악보 책을 뒤적였다.

"'트루 컬러스' 어때? 신디 로퍼가 부른 거. 이 노래 알아?"

율리가 물었다.

나는 고개를 끄덕였다. 다행히 정말로 알고 있었다. 엄마가 와인을 많이 마신 날에 몇 번 그 노래를 틀어 준 적이 있었기 때문이다. 들으면서 전형적인 엄마 세대의 애창곡 같다고 생각했는데…….

"브러시(빗자루처럼 생긴 드럼 스틱) 있어?"

내가 물었다. 곡의 도입부에 사용하면 잘 어울릴 것 같기 때문이다. 제바스티안은 드럼 뒤쪽 선반을 턱으로 가리켰고, 정말로 거기에 평소에는 거의 사용하지 않은 것처럼 보이는 브러시가 있었다.

함께 그 곡을 연주하는 동안, 나는 다시 한 번 율리의 목소리에 감탄을 했다. 노래 수업을 오랫동안 받아 온 덕분일까? 아니면 처음부터 타고난 걸까?

"와우, 끝내줬어!"

연주가 다 끝나자 제바스티안이 말했다. 그러고는 금발머리를 향해 고개를 끄덕였다. 하지만 금발머리는 여전히 드럼 앞에 앉을 생각이 없어 보였다. 그러자 마렉이 당당한 걸음걸이로 드럼 앞으로 가서 앉았다.

나는 지하 연습실 벽에 기대어 연주 소리에 귀를 기울였다.

마렉의 연주는 그리 나쁘지 않았다. 하지만 내 개인적인 생각을 말하자면, 연주를 정확히 하는 편이 아니었다. 박자에 확신을 가지고 밴드 멤버들을 끌고 가기보다는 오히려 끌려가는 것 같았다.

두 곡의 연주가 끝난 뒤에 금발머리 차례가 되었다. 하지만 너무 긴장하는 바람에 삽입부를 놓친 데다, 다른 밴드 멤버들 연주는 무시한 채 혼자 4분의 4박자를 굉장히 둔하게 쳤다.

"그 정도면 됐어."

금발머리가 연주를 끝내자 율리가 말했다. 야제-노유 멤버들은 서로 눈짓을 교환했다. 아무래도 자기들끼리만 이야기를 하고 싶은 눈치였다.

"결과는 전화로 알려 줄게. 괜찮지?"

"당연하지."

내가 말했다.

"참고로 우리 아빠는 광고 기획사에 다녀서. 너희가 원한다면 데모 시디를 내가 대신 전해 줄 수 있어."

마렉이 청바지 뒷주머니에서 명함 한 장을 꺼내며 말했다.

"혹시 알아? 일이 잘돼서 계약까지 하게 될지."

"오홋! 구미가 당기는데."

야스미나가 명함을 냉큼 낚아챘다.

율리는 그때까지 나를 가만히 보고 있다가, 눈이 마주치자 어색하게 씩 웃었다.

'광고 기획사라고 다 잘나가는 건 아니잖아. 그래, 어쩌면 마렉의 아빠가 광고 기획사에 있다는 것만으로 혹할 정도로 걔네들이 순진하진 않을 거야.'

하고 나는 집으로 돌아가는 길에 생각했다. 어쩌면 내가 야제-노유 밴드의 새 드러머가 될지도 모른다. 아, 정말로 그러면 좋겠다! 이 사실을 알면 베를린에 있는 밴드 멤버들은 뭐라고 할까?

●야스미나

"오고 있을 거야."

제바스티안이 말했다.

나를 위로하려고 한 말이었다. 하지만 그런 소리는 진짜 듣고 싶지 않았다. 제바스티안은 학교 과제물을 거실 탁자 위에 산더미처럼 쌓아 놓은 채 한심한 미국 메디컬 드라마를 보고 있었다.

끈 달린 탑에 새로 산 여름 치마를 입은 나는 벌써 15분 전부터 거실로 나와 서성이고 있었다. 저녁에 쌀쌀해지면 입으려고 카디건을 손에 들고 있었는데, 손이 땀으로 흥건해졌다. 벤은 약속 시간에서 15분이 지났는데도 오지 않고 있었다. 나는 이렇게 무작정 기다리는 게 끔찍하게 싫었다. 더욱이 벤이 제시간에 나타나 우리 집 초인종을 울리고, 오늘 저녁을 위해 빌린 자동차에 나를 태우는 것이 이토록 나에게 중요한 일인 게 정말 싫었다. 휴대폰으로도 아무 연락이 없었다.

"왔다!"

제바스티안이 소리쳤다.

차에 브레이크를 거는 소리를 듣자마자 나도 벌떡 일어났다. 그러나 그 행동은 잘못된 것이었다.

"나 아직 준비 안 됐다고 말해 줘."

나는 제바스티안을 보고 입 모양만 크게 속삭였다. 그러고는 곧장 계단을 껑충껑충 뛰어넘어 위층 욕실로 향했다.

"무슨 바보 같은 짓이야."

제바스티안이 투덜거렸다.

"그 드라마가 나보다 더 바보 같거든."

내가 턱으로 텔레비전 화면을 가리켰을 때, 마침 병원 청소부가 자신이 외과 의사라고 거짓말을 하고 있었다.

"야, 그건……."

제바스티안이 나에게 뭔가 설명하려고 했지만, 나는 이미 욕실로 들어서고 있었다.

벤이 초인종을 울렸다. 제바스티안이 문을 열어 주며 내가 아직 준비가 덜 됐다고 얘기하는 게 들렸다.

그걸 신호로 나의 연기가 시작되었다. 나는 머리를 한껏 뒤로 쓸어 넘기면서 자연스러운 우아함을 연출했다. 조금 전까지의 불안과 초조한 기색은 얼굴에서 말끔하게 지워 버린 뒤였다.

"안녕, 벤!"

이런, 목소리가 너무 높게 나가 버렸다.

"와우, 너 정말 예뻐 보인다!"

벤이 말하며 나를 향해 씩 웃었다. 그러자 벤의 크고 건강한 치아가 드러났다. 벤도 멋져 보였다. 짧은 머리에 젤을 좀 많이 바른 듯했지만, 그것마저도 나에게는 감동이었다.

"고마워."

나는 조금 있어 보이려고 일부러 짧게 대꾸했다. 하지만 남친의 칭찬에 그 정도의 반응만으로는 부족했다. 그래서 그 아이의 뺨에 살짝 뽀뽀를 해 주었다. 벤 곁에 가까이 다가선 것만으로도 어느새 현기증이 일었다.

"갈까? 안 그러면 영화 보러 가기에 좀 빠듯할 것 같은데."

벤이 물었다.

그런 벤에게 '네가 너무 늦게 왔잖아.'라고 말하고 싶지는 않았다. 그래서 그냥 가방을 집어 들고 벤보다 앞장서서 집을 빠져나왔다.

우리가 사는 이 작은 도시에는 영화관이 딱 하나 있었고, 그것도 상영관이 겨우 두 개밖에 없었다. 그래서 영화를 고를 선택의 범위가 매우 한정돼 있었다. 언제나 둘 중에 하나를 선택해야만 했다. 안 그랬으면 벤은 나랑 로맨틱 코미디 대신 다른 영화를 보려고 했을 것이다. 슈퍼마켓 뒤편 작은 주차장에 차를 세운 뒤, 우리는 손을 잡고 영화관을 향해 걸었다.

쇼핑 거리 양쪽으로 늘어선 쇼윈도가 텅 빈 보도블록을 밝게 비추고 있었다. 길에는 우리 말고 아무도 없었다.

"여긴 정말 뭐가 없어. 너무 심심해."

내가 말했다.

"모두 멸종된 도시 같아."

벤이 나랑 거의 동시에 말했다. 마치 내 생각을 읽은 듯했다.

나는 뭐라고 말하는 대신에 벤의 앞을 가로막고 키스를 했다.

"이제 그만……. 안 그러면 너무 늦겠어."

벤이 내 입술에서 떨어지면서 말했다.

나는 다시 키스하고 싶었지만, 벤이 내 손을 잡고 영화관 쪽으로 급히 서둘렀다.

다행히 영화표를 사서 들어가면 곧장 영화를 볼 수 있는 시간에 도착했다. 우리는 서둘러 상영관 안에 들어가 나란히 자리를 잡았다. 우리를 빼면 관객이 겨우 다섯 명밖에 되지 않았다. 잠시 후 실내등이 꺼지고, 어둠 속에서 벤의 손이 내 허벅지에 닿는 것을 느꼈다. 여름 치마의 얇은 천을 통해 따뜻한 손의 온기가 바로 전해졌다. 나는 벤의 손등 위에 내 손을 올렸다. 젤을 듬뿍 바른 벤의 머리카락이 내 어깨에 닿았고, 나는 벤에게 키스를 했다. 그런데 민망하게도 벤은 그냥 가벼운 뽀뽀로 답해 줄 뿐이었다.

영화는 웃긴 장면으로 시작했다. 하지만 나는 영화에는 관심이 없었다. 중요한 것은 벤과 함께 있다는 거였다.

내가 좀 더 벤 쪽으로 몸을 기울이자 벤이 뭐라고 중얼거렸다. 하지만 무슨 말인지 알아들을 수 없었다. 벤은 스크린에 시선을 고정한 채 내 어깨에 팔을 둘렀다. 스크린에서는 나중에 여자 주인공과 만나게 될 귀여운 인상의 남자가 심각한 표정을 짓고 있었다.

"우리 둘만 있으니까 참 좋다."

내가 낮은 소리로 속삭였다. 정말 그랬다. 대부분 제바스티안 오빠와 율리, 그전에는 노아 오빠까지 한꺼번에 만나곤 했으니까.

"그러게, 더 자주 우리 둘만 만나자."

벤이 내 말에 수긍했다.

영화는 계속 이어졌다. 하지만 나는 영화 속 이야기와 점점 더 멀어지고 있었다. 내 머릿속에서는 앞으로 벤이랑 둘이서만 만나면 뭘할지에 대한 생각이 꼬리에 꼬리를 물고 이어졌다. 같이 아이스크림도 먹고, 수영도 하고……. 뭐 꼭 특별한 것이 아니어도 좋았다.

"너 그거 알아? 내가 율리한테도 관심을 가졌던 거. 그때는 내가 왜 그랬는지 정말 모르겠어."

벤은 나를 자기 쪽으로 더 가까이 끌어당기려고 했다. 하지만 내 안의 무언가가 완강히 거부했다. 율리……. 그래, 나도 알고 있었다. 어쨌든 걔가 나보다 더 예쁜 건 사실이었다. 그리고 아마도 나보다 더 자신감도 있을 것이다. 게다가 더 날씬하고……. 또 뭐가 있었지? 하지만 율리는 나의 가장 친한 친구였다! 하지만 언제나 똑같았다. 다시 말해, 율리가 '미스 월드'라면 나는 그저 율리의 친구로서 '우정상'을 받는 데 만족해야만 했다. 벌써 몇 년 동안이나 나는 율리의 그늘 속에서 눈에 띄지 않는 아이로만 존재해 왔다. 솔직히 그것 때문에 늘 마음 한구석이 우울했다.

그런데 하필이면 지금 이 순간 벤은 꼭 그런 이야기를 꺼내야 했을까? 벤이 내 뺨에 뽀뽀를 했다. 하지만 나는 스크린으로 시선을 고정한 채 꼼짝도 안 했다. 영화 속 여주인공은 당연히 나와 같은 고민을 갖고 있지 않았다. 그녀는 율리와 똑같이 자신만만한 표정을 지으며 길고 윤기 나는 머리칼을 귀 뒤로 쓸어 넘겼다. 귀여운 얼굴의 남자 주인공은 입을 벌린 채 멍하니 여주인공을 바라보았다. 물론 여주인공은 아름다웠다. 그건 누구도 부인할 수 없었다. 하지만 정말이지, 예쁜 거 하나면 다 되는 걸까? 남자가 여자한테 반하는 이유는 정말 그것 말고는 없는 걸까? 나는 책을 읽거나 영화를 보면 늘 그것이 궁금했다. 하지만 젠장, 그게 전부였다. 대부분의 경우 남자의 마음을 움직이려면 예쁜 것 하나로 충분했다. 거기에 뭐 굳이 덧붙이자면 콧대 높은 태도라 할까? 그것도 거의 공주병에 가까울 정도의 도도함 말이다.

벤이 갑자기 머리를 내 앞으로 기울이더니 키스를 했다. 나는 그의 팔에 안긴 채 가만히 있었다. 그러는 동안 벤은 어쩌면 나보다 율리를 더 원하고 있을지도, 율리와 함께라면 더 행복해할지도 모른다는 생각이 들었다. 동시에 나는 그런 생각을 머릿속에서 떨쳐내려고 애를 썼다. 나의 두 눈은 영화를 보고 있었지만, 눈앞에 펼쳐진 영상은 더 이상 영화 속 장면들이 아니었다.

율리

방금 리자와 통화를 하면서 오디션 결과를 알려 주었다. 이제 리자는 우리 밴드의 새로운 드러머가 되었다. 리자는 훌륭했다. 오디션에서 연주 실력이 가장 뛰어났으며, 평소처럼 세기말 풍의 칙칙한 옷을 입고 오지 않은 것도 탁월한 선택이었다.

나는 스카이프 프로그램을 켜고 오빠 얼굴이 나타나기를 기다렸다.

"무슨 일이야?"

잠시 후 오빠가 물었다. 머리를 아주 짧게 자른 모습이었다. 영국에 살다 보니 점점 더 '영국스러워'지는 것 같았다. 게다가 콧등이 햇빛에 그을려 있었다.

"새로운 드러머를 구했어. 누군지 절대로 못 맞힐걸? 진짜 상상도 못했을 거야!"

나는 곧장 본론부터 말했다.

엄마가 어느새 내 뒤로 다가와 화면을 보고 있었다.

"아니, 머리는 왜 그렇게 한 거야? 넌 그게 마음에 드니?"

엄마는 도무지 이해되지 않는다는 듯 물었다.

"아, 잘 모르겠어요. 무지 편하긴 한데……."

오빠는 거의 삭발에 가까운 머리를 손으로 쓰다듬으며 말했다.

엄마는 어이없는 듯 고개를 저었다. 아들의 새로운 머리 스타일이 영 마음에 들지 않는 모양이었다.

"율리, 너도 이 머리 별로냐?"

오빠가 물었다.

"예전이 더 나아."

나는 엄마 편을 들어 주었다.

"근데 누가 새 드러머가 됐다는 거야?"

오빠는 이제 그만 자신의 머리 스타일에서 화제를 돌리고 싶은 듯했다.

"맞춰 봐! 오빠도 아는 여자애야. 하지만 누군지 절대 못 맞힐걸?"

오빠에게 슬쩍 힌트를 던졌다.

"여자애라고? 흠……."

오빠는 골똘히 생각에 잠겼다.

"모르겠다."

"리자야! 윗동네 옛날 산림청 관사에 사는 애 말이야. 오빠도 알잖아."

결국 내가 정답을 말할 수밖에 없었다.

"그 염세주의 아줌마? 설마……."

"맞아, 연주 실력이 얼마나 대단한지 몰라. 나도 그 정도인 줄은 상상도 못했어. 어쨌든 마렉보다는 훨씬 나아. 마렉도 오디션 같이 봤거든. 그리고 금발 꼬맹이도. 근데 둘 다 리자한테는 상대가 안 돼."

"그래?"

오빠는 못 믿겠다는 표정이었다.

"뭐, 그 뱀파이어처럼 얼굴 허옇게 떡칠한 애 말하는 거니?"

엄마가 끼어들었다.

"응."

내가 말했다.

"율리야, 설마…… 너 지금 농담하는 거지?"

"걔가 얼마나 드럼을 잘 치는데!"

나는 엄마가 왜 그런 반응을 보이는지 이해되지 않았다.

"저기, 혹시 나랑 더 할 얘기 있는 거야? 오늘 저녁에 대런이랑……."

오빠가 조심스럽게 물어보았다.

엄마가 다시 오빠를 보며 말했다.

"그래, 알았어. 그런데 어떻게 지내? 아직도 거긴 많이 더워?"

엄마와 오빠는 영국 날씨에 대해, 영국 음식과 학교에 대해 시시콜콜 이야기를 나눴다. 나는 별로 할 말이 많지 않았다. 마침내 엄마와 오빠가 작별 인사를 나눴다.

"나는 진지하게 말한 거야."

컴퓨터를 종료하는데 엄마가 말했다.

"뭘?"

나는 무슨 말인지 알면서도 엄마에게 되물었다.

"난 네가 리자랑 가깝게 지내지 않았으면 좋겠어. 이건 진지하게 하는 말이야. 알겠니?"

엄마는 내 눈을 똑바로 응시했다.

"하지만 걔는 정말 연주를 잘한단 말이야. 왜 꼭 그래야만 하는데……."

"앞으로 리자랑은 친하게 지내지 마."

엄마는 괴로운 듯 머리를 흔들며 심각한 표정을 지었다.

"그건 내가 허용하지 않을 거야. 아빠도 그렇고."

"도대체 왜?"

아빠는 최근에 상황이 아주 안 좋았다. 아빠 변호사 사무실에 몇 가지 일이 잘못되었기 때문이다. 아빠의 동업자가 아빠를 오랫동안 속인 게 드러났고, 그 일로 인해 많은 돈을 손해 보았다. 그래서 한동안은 우리 집마저 잃을지 모를 정도로 사태가 아주 심각했다. 간호사 일을 하고 있는 엄마의 월급으로는 담보로 잡힌 이 집이 남의 손으로 넘어가는 걸 막을 방법이 없어 보였다.

아빠는 매일 밤늦게까지, 심지어 주말에도 안 쉬고 악착같이 일했다. 그러다 아빠가 쓰러졌다. 어느 일요일 아침, 하필이면 정말 오랜만에 하루 푹 쉬려고 결심한 바로 그날이었다. 아빠는 병원으로 실려 갔고, 얼마 뒤 재활원에 들어갔다. 그런데 얼마 전부터 아빠는 다시 일을 시작했다. 아직은 안정을 더 취해야 하는데도 말이다. 우리가 한사코 말렸지만, 아빠는 그렇게 조심하고 신경 쓰다 보면 오히려 더 병이 날 것 같다고 했다. 차라리 일을 하면 다른 건 모두 잊을 수 있어서 마음이 한결 편하다고 했다. 그것 때문에 엄마와 아빠는 자주 다투곤 했다.

하지만 이 모든 게 리자랑 무슨 상관이지?

"직무상 묵비 의무 때문에 더 이상은 너한테 말해 줄 수 없어. 하지만…… 아무튼 너랑 걔는 안 어울려."

흐음, 그러니까 뭔가 병원하고 관련이 있다는 뜻이었다.

"걔가 병원에 갔어? 엄마, 무슨 일이 있었던 거야? 속 시원히 말 좀 해 줘."

"병원 업무에 관한 건 말하면 안 된다는 걸 너도 잘 알잖아."

엄마는 여전히 인상을 쓴 채로 고개를 저었다.

"그래도 그게 뭐냐니까? 아, 답답해. 진짜로 무슨 일이 있었던 거야? 혹시 걔 마약 해?"

혹시나 하는 마음으로 나는 아무 말이나 던져 보았다. 그런데 엄마 얼굴이 한순간 어두워진 걸로 봐서는 내 말에 뭔가 찔리는 게 있는 모양이었다. 학교에서는 리자에 관해 그와 비슷한 소문이 돌고 있었다. 나보다 한 학년 위인데도 그 소문은 내 귀까지 흘러들어 왔다.

"이제 더 이상 묻지 마, 율리! 암튼 걔는 너하고 안 맞아."

엄마는 손바닥을 들어 보이며 내 말을 막았다.

"하지만 벌써 우리 밴드에 들어오기로 얘기가 다 끝났단 말이야! 나보고 지금 전화를 걸어서……."

"내 핑계를 대도 돼. 내가 반대한다고 말이야. 그럼 더 잘 납득시킬 수 있을 거다."

엄마가 제안했다.

"그런데 왜 꼭 그래야만 하냐니까?"

나는 정말 답답했다.

"아, 제발 말 좀 들어. 그 아이도 자기 소문이 어떻게 돌고 있는지는 잘 알고 있을 거야. 그리고 또…… 내년에는 어차피 노아가 다시 오잖니."

"그냥 한번쯤 기회를 줘 봐, 엄마! 별문제 없을 거야."

"아니, 절대 안 돼!"

엄마는 끝까지 강경한 입장이었다. 그렇다고 아빠가 저녁에 퇴근했을 때, 굳이 이 일로 아빠를 피곤하게 하고 싶지도 않았다.

다음 날 아침, 분데스 로에서 학교 버스를 기다리는 동안 나는 야스미나에게 전날 있었던 일을 털어놓았다. 융통성이라고는 조금도 없는 우리 부모님에 대한 불만을 그런 식으로 쏟아내지 않으면 답답해 미칠 것 같았다. 그리고 당연히 야스미나도 나처럼 황당해하면서 함께 우리 부모님을 씹을 거라고 생각했다. 하지만 야스미나는 나와 생각이 달랐다.

"겨우 일 년이잖아. 게다가 리자가 우리랑 뭐, 꼭 그렇게 잘 맞는 것도 아니고. 안 그래?"

야스미나는 겨우 그렇게 말할 뿐이었다.

같은 학교 버스를 타는 리자는 아직 모습을 드러내지 않고 있었다.

"하지만 너도 리자 편이었잖아!"

"다른 애들이랑 비교하면 제일 낫긴 하지. 아무리 그래도⋯⋯."

야스미나는 어깨를 한껏 으쓱해 보였다.

"뭐가?"

내가 물었다.

"학교 축제에 같이 나간다고 한번 상상해 봐. 너네 엄마가 뭐라고 했더라? 얼굴 허옇게 떡칠한 뱀파이어였나? 아무튼 그 말이 딱이야."

야스미나는 리자네 집으로 이어지는 작은 언덕길을 쳐다보며 말했다. 내 눈도 야스미나의 시선을 그대로 따라갔다.

"흐음……."

"게다가, 소문처럼 약을 하는지 누가 알아."

그때 나타난 리자를 턱으로 가리키며 야스미나가 말을 이었다. 그 말에 나는 리자를 마치 처음 보는 사람처럼 다시 유심히 관찰했다.

"뭐, 소문이 사실이든 아니든 간에, 아무튼 제정신 갖고 사는 애는 아닌 것 같아."

키 큰 전나무들 사이로 난 작은 길로 리자가 빠르게 걸어 내려오고 있었다. 검은색 긴 레이스 치마에, 위에는 검붉은 블라우스를 입고 있었다. 긴 머리카락은 틀어 올려 플라스틱으로 된 새빨간 히비스커스 꽃 모양 머리핀으로 고정시켰다. 거기다 아이라인을 거의 관자놀이까지 길게 빼서 그린 모습은 그야말로…….

리자는 나와 시선이 마주치자 얼굴에 옅은 미소를 지어 보이면서 손을 들어 머리핀을 매만졌다.

"그럼 할 수 없지. 내가 처리할 수밖에."

야스미나에게 말을 던진 뒤, 리자를 향해 몇 걸음 다가가는 동안 내 입술에 그려진 미소가 얼마나 거짓된 것인가를 스스로 깨달았다. 그러나 그 미소마저 리자 앞에 멈춰 서자 일그러진 표정 속에 사라지고 말았다.

"뭐가 잘못됐어?"

리자가 의심스러운 눈초리로 물었다.

"우리 엄마가……."

말이 튀어나온 순간부터 나는 얼굴이 빨개졌다. 처음부터 엄마 핑계 따위를 댈 생각은 없었는데도 말이다.

"그러니까…… 우리 멤버끼리 다시 모여서 얘기해 봤는데……."

더 이상 어떻게 말을 해야 좋을지 몰랐다.

리자는 아무 말도 하지 않았지만, 내가 무슨 말을 할지 알아차린 듯 보였다. 두꺼운 아이라인 밑으로 리자의 두 눈이 가늘어지면서 반짝였다.

"너희 엄마?"

리자가 물었다. 목소리와 말투에서 내가 무슨 말을 할지 이미 짐작하고 있다는 게 느껴졌다.

"그게 말야, 그래, 우리 엄마가……."

"그런데?"

리자가 물었다.

말을 확실히 끝맺어야 하는 상황이었다. 그러나 할 말이 이미 하나의 문장으로 완성되어 입안에 맴돌고 있었지만, 그것을 밖으로 내뱉기가 어려웠다.

"그런데 뭐?"

리자가 다시 물었다. 내 입을 통해 직접 그 말을 듣고 싶은 게 분명했다. 리자는 나를 그냥 놓아주지 않았다.

"우리가 다시 한 번 생각해 봤는데, 아무래도 다른 드러머를 구해야 할 것 같아."

무척이나 기어드는 목소리였는데도 리자는 내 말을 알아들었다.

리자는 왜냐고 물어보지 않았다. 아무 말도 하지 않은 채, 그저 계속해서 나를 가만히 바라볼 따름이었다.

제바스티안

어쩌면 마렉이 이야기한 게 전부 사실일지 모른다. 마렉은 정말로 방과 후에 발트제 호수에서 수영을 했고, 집으로 가는 길에 우연히 우리 집을 지나치게 되었고, 그냥 한번 벨을 눌러 보았을지 모른다. 하지만 마렉은 나랑 친구 사이가 아니었다. 6학년 때 마지막으로 함께 축구를 하며 논 게 전부였다.

"우리 아빠한테 줄 데모 시디는 만들어 놓은 거야?"

마렉이 꽤 단도직입적으로 물었다.

그때 야스미나가 정원에서 들어왔다. 그전까지 선탠을 하고 있었기 때문에 비키니만 입은 상태였다. 어스름한 거실 안에서 야스미나의 까맣게 그을린 피부가 구릿빛으로 빛났다. 여동생은 뭔가 걸칠 옷을 찾으려고 위층에 있는 자기 방으로 갔다. 마렉의 눈길이 계속 여동생의 뒷모습을 따라가고 있었다. 그걸 보며 문득 마렉이 우리 집에 온 건 단지 드럼 때문만은 아닐 거라는 생각이 들었다.

"그러니까 너희들은 아직도 드러머를 못 구했다는 거야?"

마렉이 물었다.

"맞아, 화장품으로 얼굴에 떡칠한 뱀파이어랑은 안 하기로 했거든."

어느새 나타난 야스미나가 등 뒤에서 말했다. 여동생은 새로 산 여름 치마와 분홍색 티셔츠를 입고 있었다. 비키니 끈이 보이는 걸로 보아, 수영복 위에 그냥 걸친 모양이었다.

율리가 며칠 전에 리자와는 못 하게 되었다고 한 뒤로, 우리 밴드에 새로 들어오고 싶어 한 애는 아직 없었다.

"내 연주가 진짜 그렇게 형편없었어?"

마렉이 물었다. 그렇게 물으면서도 대답에 확신을 갖지는 못하는 표정이었다.

"아니, 그건 아니야."

야스미나가 말했다.

"그런데 왜 나를 뽑지 않았어?"

마렉은 그 질문이 어색한 듯 맞은편 벽을 향해 헛기침을 몇 번 했다. 그러고는 야스미나를 슬쩍 곁눈질하는데, 녀석의 주먹만큼 큰 귀가 빨갛게 달아올라 있었다.

야스미나와 나는 '뭐지?' 하는 표정으로 서로를 쳐다보았다. 마렉의 태도가 아무리 봐도 부자연스러웠기 때문이다.

"우리 아빠가 밴드에 진짜로 도움을 줄 수 있을 거야. 아빠 회사에서 광고 음악을 하는 사람들이랑 연결해 줄 수 있거든."

"뭐, 밑져야 본전이지."

야스미나가 말했다. 순간 나도 똑같은 말을 머릿속에 떠올리고 있었다.

"아빠 회사 녹음실에서 우리도 녹음해 볼 수 있고……. 어쩌면 음반을 만들어 줄지도 몰라."

마렉은 계속 야스미나에게 시선을 고정한 채 말했다. 얼마나 야스미나에게 꽂혀 있는 모습인지 마렉 자신만 전혀 모르는 듯했다.

"율리랑 얘기해 볼 테지만, 일단은 같이 하는 걸로 알고 있어. 드럼은 노아 오빠 거 쓰면 될 거야."

야스미나가 마렉을 향해 방긋 웃으며 말했다.

"알았어. 정말 잘됐다."

마렉이 말했다.

야스미나는 비키니 끈을 손가락으로 살짝 끌어당기면서 환한 미소를 지었다. 나로선 이해하기 힘든 야릇한 행동이었다.

"나도 드럼이 있으니까, 만약 노아가 싫다고 하면……."

"아냐, 그건 전혀 신경 쓸 거 없어."

"그래, 그럼……. 고마워."

마렉이 자리에서 일어서자, 야스미나가 현관까지 배웅했다.

"너, 벤이 싫어할 거라고 생각 안 해?"

야스미나가 다시 거실로 돌아왔을 때, 내가 물었다.

"무슨 뜻이야?"

야스미나가 물었다.

"저 자식이 너한테 푹 빠졌잖아! 정말로 모르는 건 아니겠지?"

"나한테? 설마……."

야스미나는 당혹스런 표정으로 나를 바라보았다.

내 동생한테는 도대체 뭐가 문제인지 모르겠다. 누가 자기를 좋아하는 것 같다고 하면 좀체 믿지를 못한다. 아니면 그런 척을 하는 걸까?

"진짜 맞다니까. 아마 벤도 이 사실을 알면 기분이 썩 좋지는 않을 걸!"

나는 강하게 주장했다.

"뭐, 그렇다 해도 그거랑 벤이랑 무슨 상관이야? 게다가 난 마렉한테 진짜 아무 관심 없다고. 자기 아빠 자랑하는 것도 좀 재수 없고, 울퉁불퉁한 근육도 정말 구역질 난단 말야."

"하지만 걔네 아빠 인맥이 정말 좋을 수도 있잖아. 다시 한 번 잘 생각해 보시지."

내가 반농담으로 말했다.

"내 주변에는 왜 하나같이 진상들만 있는지 몰라."

야스미나가 진지한 표정으로 말했다. 동생의 머릿속에는 아직 마렉의 잔상이 남아 있는 듯했다.

"그럼 벤은 뭐가 돼?"

"에휴……."

야스미나가 긴 한숨을 내뱉었다.

율리

"그래, 잘됐네. 그럼 마렉으로 하자."

내가 야스미나에게 말했다.

야스미나와 나는 나란히 집 방향으로 난 좁은 오르막길을 걷고 있었다. 늘 그랬듯이 우리는 왕재수들이 우리 주위에 들러붙지 못하게 걸음을 재촉했다.

왕재수들, 다시 말해 콘라드와 테오는 정말 짜증이 났다. 걔네들은 우리가 지나갈 때면 어느 순간 들러붙어서 마치 우리 넷이 함께 이야기를 나누며 걷고 있는 것 같은 착각에 빠지게 했다.

얼마 전 야스미나랑 둘이 집에 가고 있을 때에도 그랬다. 야스미나한테 저녁에 발트제에 가서 수영이나 하자고 하니까, 콘라드가 갑자기 끼어들어서는 "좋은 생각이야." 그러는 거였다. 누가 자기한테 한 소리라고!

리자는 요 며칠 학교에서 안 보였다. 마주치지 않으니까, 자연스럽게 내 마음도 조금은 가벼워졌다. 아무리 그래도 우리 밴드에 들어올 수 없다고 말했을 때, 시커먼 아이라인 속에서 반짝이던 그 눈빛이 자꾸만 떠오르는 건 어쩔 수 없긴 했다.

"오늘 수영 갈래?"

야스미나가 물었다. 그러면서 어깨 너머로 슬쩍 콘라드와 테오가 우리에게서 충분히 떨어져 있는지를 확인하였다.

"쉿, 저 왕재수들이 우릴 따라오면 어쩌려고 그래! 그럼 우린 호숫가에서 헐렁한 수영 팬티를 입은 창백한 얼굴의 컴퓨터 폐인들과 만나게 될지도 몰라. 으, 생각만 해도 끔찍해."

내 말에 야스미나가 킥킥거리며 웃었다. 콘라드는 궁금해서 미칠 것 같은 눈동자로 우리를 쳐다보았다. 그걸 보자 나도 웃음을 참지 못하고 키득거렸다.

그때 갑자기 테오가 숨까지 헐떡이며 우리와 걸음을 맞추려고 기를 썼다. 그러다 보니 테오의 짧고 굵은 두 다리가 아스팔트 위를 타자 치듯 탁탁탁탁 두드려 댔다.

"왕재수 하나 접근!"

야스미나가 나에게 소곤거렸다.

두 남자아이는 그 소리를 들었는지 놀란 눈으로 쳐다보았다. 그 표정을 보고 우리는 웃음을 터뜨리고 말았다.

"야, 그만 좀 놀려라!"

제바스티안이 소리쳤다. 제바스티안은 콘라드와 테오에게 따뜻한 위로의 눈길을 보냈지만, 왕재수들은 그 눈길을 무시했다. 그들은 제바스티안과 한편이 되느니, 차라리 우리의 충직한 개가 되었을 것이다. 그만큼 그 아이들은 우리 손 안에 있었다.

길가에 서 있는 키 큰 너도밤나무들을 뒤로 하고, 우리는 주택 단지로 접어들었다.

"그럼 나중에 봐. 마렉한테 전화해 주고!"

나는 야스미나와 헤어지며 말했다.

우리 집 앞마당으로 들어섰다. 늦여름의 햇살이 다시 뜨거워진 탓에, 엄마는 1층에 맞바람이 불도록 현관과 테라스 문을 모두 열어 두었다.

실내로 들어가자 마늘과 식초 향이 확 풍겼다. 식탁에는 마늘 바게트와 샐러드가 놓여 있었다.

"노아한테서 연락 왔니?"

식탁에 앉기도 전에 엄마가 물었다. 이런! 어제 전화해 보기로 한 걸 깜박 잊고 있었다. 하지만 영국의 작은 시골 마을에 사는 노아 오빠한테 맨날 무슨 별일이 있겠어……. 엄마는 뭐가 그리도 궁금한지 모르겠다.

나는 마늘 바게트를 한입 와그작 베어 물고 천천히 씹었다.

"맛있다! 오빠한테 바로 이메일 보낼게."

샐러드에 손을 뻗으며 내가 말했다.

"또 잊어버리면 안 돼."

저녁 식사가 끝나자, 나는 발코니에 있는 빨래 건조대에서 비키니를 걷어 와 입었다. 그 위에다가 티셔츠를 막 걸쳤을 때였다. 아래층에서 엄마가 간곡한 목소리로 이제 제발 오빠한테 이메일을 써 보내라고 소리쳤다.

나는 속으로 구시렁거리며 이메일 프로그램으로 들어가, 받은 메일함을 클릭했다. 처음에는 별로 특별한 게 없다고 생각했다. 학생 신문에서 보낸 단체 이메일과 몇 개의 광고 이메일이 다였다.

그런데 '슈튀프7'이라는 아이디로부터 이메일이 하나 와 있었다. 광고 메일 같지는 않아 보였다. 제목에 '드러머?'라고 쓰여 있는 걸 보니, 아무래도 마렉한테 새로운 경쟁자가 나타난 듯했다. 그런데……

— 율리, 넌 시건방진 걸레야. 모두들 너에 대해 그렇게 생각하고 있어!

슈튀프7이 나에게 쓴 글이었다. 그 외에는 아무것도, 어떤 서명이나 설명도 없었다.

나는 잠깐 동안 멍하니 앉아 있었다. 기분이 이상했다. 비키니에 티셔츠만 입고 있어서 그런지 모르겠지만, 어쩐지 발가벗겨진 느낌이었다. 그리고 조금 뒤 걷잡을 수 없는 분노가 일었다. 거의 죽을 것 같았다! 듣도 보도 못한 이상한 이름으로 나에게 이런 이메일을 보낸 사람은 대체 누구지? 그리고 왜?

나는 답장하기를 클릭했다.

– 넌 너무 비겁해! 네 글을 본 순간 떠오른 생각이야.

나는 린넨 바지를 껴입으면서도 계속 내가 쓴 답장에 시선을 고정
했다. 그리고 고심 끝에 결국 내 성과 이름을 모두 쓴 뒤 '보내기'를
클릭했다.

대체 뭐지? 순간 시커먼 아이라인 속에 반짝이던 리자의 두 눈동자
가 눈앞에 떠올랐다. 리자랑 무슨 연관이 있는 건 아닐까?

아니면 오늘 야스미나랑 함께 낄낄거리며 비웃었던 콘라드와 테
오가 남들 몰래 이런 짓거리를 한 걸까? 하지만 그 둘 중에 누구도,
이메일 주소를 새로 만들어서까지 나한테 이런 글을 보냈을 거라고
는 상상이 되지 않았다. 슈튀프7이 보낸 이메일은 어젯밤 열한 시쯤
발송된 것이었다.

곰곰이 생각에 빠져 있는데, 곧바로 슈튀프7로부터 다시 이메일이
도착했다.

– 네가 무슨 생각을 하든 관심 없어. 건방진 기집애, 조금만 기다려. 아
  주 쓴맛을 보게 해 줄 테니까!

나는 이메일 프로그램에서 빠져나와, 수건을 집어 들고 계단을 뛰어 내려갔다. 끓어오르는 감정을 어떻게 해야 할지 몰라 우산 스탠드가 눈에 띠자 발로 마구 걷어찼다. 한 번, 두 번…… 엄마가 부엌에서 달려 나와 도대체 왜 그러냐고 물어볼지도 모른다는 생각이 들 때까지 계속 걷어찼다.

익명이란 가면을 쓰고 나를 욕하는 게 누구인지, 그런 건 아무래도 상관없었다. 그런 수준 이하의 협박이나 하는, 차마 얼굴을 맞대고는 못하고 숨어서 지껄이는 인간 따위는 정말 내 알 바 아니었다. 더구나 그 비겁자가 한 말은 전혀 사실이 아니었다. 우리 반 아이들 중에 아니, 내가 다니는 베르타-폰-주트너 고등학교 전체를 통틀어 나를 건방지다고 생각하는 사람은 한 명도 없을 것이다. 또 나한테는 내 행동에 뭔가 마음에 들지 않는 게 보이면 언제든 솔직하게 말해 주는 마음 따뜻한 가족과 친구들이 있고, 그들은 단 한 번도 나에게 건방지다거나 혹은 그와 비슷한 말을 한 적이 없었다.

"노아한테 편지 썼니?"

엄마가 물었다.

"음……."

뭐라고 할 말이 없었다.

"그럼 지금이라도 얼른 써서 보내."

"엄마가 직접 하면 안 돼?"

"엄마 편지에 답장하는 아드님이면 얼마나 좋겠니."

엄마가 나를 보며 쓴웃음을 지었다.

"야스미나가 벌써 기다리고 있을 텐데!"

불평을 털어놓긴 했지만, 별수 없이 위층으로 돌아가 오빠에게 제발 연락 좀 하라고 짧은 이메일을 보냈다.

그리고 나서 이메일에 접속한 김에 슈튀프7이 뭘 또 보냈는지 다시 한 번 확인해 보았다. 하지만 새로 온 이메일은 없었다.

하루 종일 그 이메일은 머릿속을 떠나지 않았다. 야스미나와 함께 호수의 차가운 물속으로 뛰어들어 수영을 할 때에도, 땅바닥에 긴 수건을 깔고 누워 영어 단어를 외우는 동안에도 그 생각은 계속 나를 괴롭혔다.

그냥 삭제해 버려야 했다고 생각하면서, 나는 있는 힘껏 물장구를 치며 물살을 갈랐다. 아니야, 오늘 밤에 한 번 더 읽어 보고 나서 삭제하면 돼……. 아, 아니야…….

하지만 물에서 나와 뜨거운 태양 아래에서 선탠을 하는 동안 또 생각이 바뀌었다. 그 이메일을 어딘가에 따로 저장해 두거나 인쇄해야 한다고, 메일함에 그냥 놔둬선 안 된다고…….

"무슨 일 있어?"

나에게 영어 단어를 물어봐 주던 야스미나가 물었다. 사실 야스미나가 묻는 영어 단어들을 아까부터 하나도 못 맞히고 있었다.

"아니, 무슨 일은……. 그냥 맨날 똑같지 뭐."

"그럼 됐어."

야스미나는 잠시 침묵했다가 다시 물어보았다.

"컨셔스니스 (consciousness)?"

"아, 모르겠어! 좀 전에도 네가 물어본 건데……."

"의식."

야스미나가 답을 말해 주었다.

"에잇, 모르겠다."

나는 생선 뒤집듯 몸을 돌려 태양을 향해 드러누운 뒤 눈을 감았다. 얼굴에 뜨거운 햇살의 열기가 느껴졌다. 의식, 컨…… 컨소……으, 아무리 머리를 쥐어짜도 그 단어가 떠오르지 않았다.

"나 벤이랑 끝냈어."

야스미나가 갑자기 말했다.

나도 모르게 두 눈이 번쩍 떠졌다. 야스미나를 쳐다보았을 때, 눈앞에 어두운 점들이 춤을 추는 듯했다.

"왜 그랬어?"

야스미나는 어깨를 한번 으쓱했다.

"걔 혹시……."

"별로 얘기하고 싶지 않아. 어쨌든 난 괜찮아. 어차피 걔랑은 별로였으니까."

야스미나가 내 말을 잘라 버렸다.

저녁이 되어, 우리는 자전거를 타고 집으로 돌아왔다. 평소 조잘대던 모습과는 달리 둘 다 별말이 없었다.

지금도 그날 이후 일어난 그 모든 일들을 떠올릴 때면 언제나 나는 그날 오후로 되돌아간다. 우리가 함께 수영을 하고, 머릿속이 멍해서 영어 단어가 좀체 안 외워지던 그날 오후로. 그때 차라리 뭔가 다른 걸 해야 했을까? 그랬더라면 뭐가 달라졌을까? 머릿속에 되돌이표가 찍힌 것처럼 자꾸만 그때로 돌아가 생각을 되짚어 보게 된다. 혹시 다른 날 수영하러 갔더라면 어땠을까? 그랬다면? 그날, 다시 말해 슈튀프7이 처음으로 나에게 이메일을 보낸 그날은, 사과를 반으로 쪼개듯 두 개의 전혀 다른 부분으로 나뉜다. 사과의 한 쪽은, 학교에서 수업을 듣던 따사로운 햇빛 가득한 오전부터 차가운 호수에 뛰어들어 수영을 즐기던 오후까지다. 9월치고는 푹푹 찌는 무더운 날씨라 수영을 하면서 상쾌한 기분을 느낄 수 있었다.

　사과의 다른 한 쪽은 서늘해진 그날 저녁부터였고, 그때부터 모든 게 달라졌다. 저녁에 나는 컴퓨터를 켜고 오빠와 스카이프로 통화를 한 뒤, 받은 메일함을 열어 나에게 온 이메일들을 읽었다. 슈튀프7이 보낸 것도 있었고, 아닌 것도 있었다. 슈튀프7이 보낸 이메일들은 복사하기를 해서 붙여 쓴 듯 여러 문장이 서로 겹쳤다. 또한 슈튀프7이 나를 부르는 표현은 여러 가지였다. 예를 들어, 지 잘난 맛에 사는 걸레, 또라이, 폭탄, 흉물, 콧대 높은 싸가지……. 그런 식으로 나에게 욕을 해 댔다. 나는 이번엔 아무 답장도 하지 않고 묵묵히 그것들을 읽었다. 그런 편지에 답장을 하는 것 자체가 웃긴 일이었다. 답장을 한다 해도 무슨 말을 쓸 수 있단 말인가? 나는 그 이메일들을 모두 읽었다. 그런데 목 안에서 따끔한 통증이 느껴졌다. 마치 뾰족한 침을 가진 작은 벌레가 목 안쪽을 깨문 것 같았다. 그 느낌은 침대에 누워 슈튀프7이 누구인지 곰곰이 생각해 볼 때까지도 사라지지 않았다. 그러나 더욱 끔찍한 것은, 슈튀프7이 나에 대해 말한 게 어쩌면 맞을지도 모른다는 생각이 조금씩 들기 시작했다는 것이다.

•야스미나

늦여름의 마지막 뜨거운 오후 시간들을 나는 대부분 율리와 함께 산에 있는 호수에서 보냈다. 작년에는 리자가 엄마랑 같이 이곳에 더 자주 나타나곤 했다. 리자 엄마는 윗옷을 벗고 일광욕을 했고, 리자는 언제나 온몸을 검은색 천으로 두른 채 뭐 씹은 표정으로 그 옆에 바짝 붙어 앉아 있곤 했다. 한번은 리자 엄마가 우리 사진을 찍어 주고 나서, 윗도리를 벗은 채로 자기 사진도 찍어 달라고 했다. 리자는 성질을 냈고, 화가 나서 발을 쾅쾅 구르며 자기 집으로 돌아갔다. 하지만 그런 경우를 제외하고는 대부분 그들이나 우리나 그저 햇빛 속에 드러누워 일광욕을 즐길 뿐이었다. 간혹 그들은 우리에게 복숭아와 체리를 주기도 했다. 자기네 집 앞 나무에서 딴 걸 비닐봉지에 담아 온 것이다. 하지만 냉장을 시키지 않은 그 과일들은 미지근해서 먹을 때 약간 역한 기분이 들기도 했다.

하지만 올해는 리자와 리자 엄마가 보이지 않았고, 왕재수들도 성가시게 굴지 않았다.

나는 햇빛을 바라보고 누워, 이마 위에서 좀체 없어지지 않는 징글징글한 여드름을 햇빛이 모두 태워 버리기를 바라며 공상에 잠겨 있었다.

율리는 지치지도 않는지 차가운 물속에서 계속 왔다 갔다 수영을 하고 있었다. 안 그래도 날씬한 몸을 군살 하나 없는 탄탄한 근육질로 단련시키려는 것 같았다.

율리에 비해 더위 속에 축 늘어져 있는 나는 너무 게으르다는 생각이 들었다. 아무리 노력을 한다 해도 내 몸은 율리처럼 날씬한 몸매가 결코 될 수 없을 것이다. 계속 눈을 감은 채 누워 있다가 잠시 눈을 떠 보았을 때, 하늘을 가린 너도밤나무 잎사귀들 위로 태양의 흑점과 같은 것들이 아른거려 어지러웠다.

"푸우!"

율리가 물 위로 올라왔다. 마침내 몸매 가꾸기가 끝난 것이다. 율리는 수건으로 젖은 머리의 물기를 꽉 짜낸 뒤, 내 옆에 앉아 갈색으로 그을린 긴 다리를 닦았다.

"생각한 것보다는 마렉이랑 잘 맞는 것 같아."

"으응, 그래."

나는 도로 눈을 감으며 말했다.

우리는 지난주에 마렉과 처음으로 같이 연습해 보았다. 그런데 솔직히 말해, 베이스 주자로서 나는 마렉을 리드미컬하게 이끄는 게 꽤 버거웠다. 노아 오빠와 할 때는 완전히 그 반대였는데…….

"어쩌면 엄마 말이 맞는지도 몰라."

율리가 말했다. 율리의 목소리가 상당히 진지하게 들려서, 나는 다시 눈을 떴다.

"무슨 말이야? 리자 때문에 무슨 일 있었어? 걔가 어떻게 했는데 그래?"

"나한테 이메일을 보내고 있어."

율리가 말했다. 마치 그 한마디로 모든 게 설명이 된다는 듯.

"음…… 하지만 리자가 보내는 건지 확실한 건 아냐. 발신자가…… 그러니까 익명이나 마찬가지거든."

"무슨 이메일?"

내가 물었다.

율리는 호수의 수평선을 가만히 바라보았다. 호수의 표면은 비닐을 씌운 것처럼 매끈했고, 수심이 30미터가 넘는다는 호수 가운데 부분에는 짙푸른 하늘이 그대로 잠겨 있었다. 전에는 여기에 채석장이 있었는데, 폐쇄된 후 물에 잠겨 지금과 같은 호수가 만들어졌다고 한다.

율리는 큰 돌멩이 하나를 손에 쥐고 흔들어 보더니 자리에서 일어났다. 그러고는 몇 번 연습 삼아 팔을 크게 휘젓고는 짙은 푸른색 하늘 속으로 던졌다.

율리는 주변에서 다시 돌멩이를 주워 와 팔을 빙빙 돌리다가 호수로 던졌다. 하지만 그 돌멩이는 우리한테서 몇 걸음 안 떨어진 얕은 물가에 풍덩 소리를 내며 떨어졌다.

우리가 무엇에 관해 얘기하고 있었는지 잊어버릴 때쯤, 율리가 내쪽으로 돌아와 다리를 꼬고 앉으며 말했다.

"있잖아, 그 이메일, 악성 메일 말이야……."

"리자가 보낸 것 같다는 거? 뭐라고 썼는데?"

"처음에는 그냥 나보고 시건방지다고만 했어. 그런데 그다음부터는……."

율리는 어이없다는 듯 어깨를 한번 으쓱해 보이더니 호수의 수평선 위로 눈길을 던졌다. 그리고 다시 나를 쳐다보는 율리의 두 눈이 불안해 보였다.

"그런 이메일을 몇 개나 받은 거야?"

"열 개쯤 되는 것 같아. 아니, 더 많을지도 모르겠다."

율리는 숨을 한 번 깊이 들이마신 뒤 말을 이었다.

"진짜 솔직하게 말해 봐. 내가 그렇게 시건방져 보여?"

율리는 대답을 기다리며 내 얼굴을 뚫어져라 쳐다보았다. 나는 그 눈길을 피하지 않으려고 애를 쓰며 말했다.

"아니."

내가 할 수 있는 가장 단호한 말투였다. 그런데 그 순간 머릿속에 벤이 떠오르는 걸 어쩔 수 없었다. 벤이 사실은 율리를 좋아했다는 걸 알게 되면 율리는 뭐라고 할까? 만약 그걸 알게 된다면……. 근데 이제 더 이상 벤과 사귀는 사이도 아닌데 그게 무슨 상관이람. 물론 계속 벤이 내 머릿속을 맴돌고 있긴 했다. 하지만 어떡하라고……. 나도 정말 싫지만 어쩔 수 없는걸.

"오히려 시건방진 건 엘라 패거리잖아."

나는 다시 이야기의 끈을 이었다.

"그리고 또, 아주 쓴맛을 보여 줄 테니까 조금만 기다리래. 무슨 짓을 더 꾸미려나 봐. 아침에 버스 정류장에서 마주치면, 리자는 항상 날 뚫어지게 쳐다봐. 그 시커멓게 화장한 두 눈으로!"

율리의 목소리가 커졌다.

"걔 눈빛은 진짜 기분 나빠. 얼굴은 허옇게 떡칠을 하고 말이야. 꼭 뱀파이어 같다니까. 그런 애가 쳐다보면 누구든 소름 끼칠 거야."

나는 율리의 말에 맞장구를 쳐 주었다.

우리는 잠시 말이 없었다.

"휴, 그만 생각해야지. 그게 리자 짓인지 아직은 확실한 것도 아니니까."

율리는 자리에서 일어나 수건을 둘둘 말아 챙겼다.

"리자가 아니라면, 그럼 대체 누구란 말이야?"

내가 물었다.

율리

"안녕!"

지지직거리며 뭉개지는 화면 속 오빠와 작별 인사를 했다.

오빠는 나에게 손을 흔든 뒤 프로그램에서 나갔다. 나는 잠시 어두운 화면 앞에 그대로 앉아 있었다. 매일 저녁 그렇듯이 나는 오빠와 이야기를 나누었다. 나는 오빠에게 마렉에 대해, 이곳의 늦여름 무더위와 매일 호수로 수영 가는 것에 대해 이야기했다. 물론 나를 괴롭히는 이메일과 리자에 대해서는 빼고 말했다.

엄마는 야간 근무라서 집에 없었고, 아빠는 거실에 앉아 서류들을 보고 있었다. 아빠는 기껏해야 일주일에 한 번 정도 오빠와 대화를 나누었다. 그러면서 아빠는 부모 자식 간에 무슨 할 얘기가 그렇게 많겠냐고 했다.

화면 속 작은 화살표 모양의 포인터를 움직여 컴퓨터를 종료하려고 했지만, 이번에도 작은 화살표는 내 뜻과는 상관없이 이메일 프로그램을 클릭했다. 이미 슈튀프7의 이메일은 스팸으로 설정해 둔 상태였다. 그런데 나는 스팸 메일함을 비워 내는 대신, 저항할 수 없는 힘에 이끌려 그걸 또 열어 보았다.

새로운 이메일이 와 있었다. 바로 삭제해야 했지만, 어쩔 수 없이 또 열어 보았다. 처음에는 무슨 뜻인지 하나도 이해되지 않았다. 그러나 그 문장을 멍하니 보고 있는 동안 피부에 소름이 돋았다.

거기엔 이렇게 단 한마디의 말만 적혀 있었다.

– 무섭지?

나는 답장하기 버튼을 누른 뒤 글을 입력했다.

– 전혀.

하지만 그것은 사실이 아니었다. 심장이 두근거리기 시작했다.

그냥 답장을 보내지 말자고 생각했다. 지금까지는 대부분 답장을 보냈고, 그걸로 내 나름대로는 슈튀프7에게 복수를 한 셈이었다. 그만큼 이전의 이메일들은 찜찜하고 기분 나쁘긴 했어도 두려움의 대상은 아니었다. 하지만 이번 이메일은 달랐다. 이번에는 내가 당연히 무서워해야 할 뭔가가 있는 것 같았다. 그게 뭔지 궁금했다.

나는 '전혀'를 삭제하고 대신 '뭐가?'라고 자판을 두드렸다.

이메일을 보내기 전에 잠깐 망설였지만, 결국 보냈다. 슈튀프7은 내가 이메일을 보내면 바로 그날로 답장을 보낸 적도 있고, 며칠 후에 보낸 적도 있었다. 그런데 오늘은 바로 답장이 왔다.

나도 이번에는 이메일을 여는 데 조금도 주저하지 않았다.

– ^^

이게 전부였다. 나는 그 기호를 뚫어져라 바라보았다. 마치 그렇게 하면 흔적도 없이 사라져 버리기라도 할 것처럼 말이다. 갑자기 한기가 느껴지고 몸이 떨렸다.

원래는 컴퓨터를 종료하고 거실로 가서 서류 작업을 하고 있는 아빠 옆에 앉아 텔레비전을 볼 생각이었지만, 나는 리자의 프로필(페이스북 개인 계정)을 클릭했다. 하지만 거기엔 어떤 펑크록 그룹에 대한 소개와 코르셋 스타일 치마, 영국식 교복을 연상시키는 짧은 주름치마를 파는 온라인 의류 매장 정보 말고는 아무것도 없었다.

나는 다른 친구들의 프로필을 하나하나 뒤지며 돌아다녔다. 2백 명 가까이 되는 페이스북 친구들의 게시판과 사진 앨범 속에서 슈튀프7의 흔적을 찾아 헤맨 것이다. 이런 식의 탐정 놀이를 한 건 오늘이 처음은 아니었다. 하지만 이번에도 아무 소득이 없었다. 우리 모두가 예전에 사용했던 플랫폼으로 들어가 보기도 했지만, 그곳에도 단서가 될 만한 건 아무것도 없었다. 멍하니 있던 나는 이번엔 포털 사이트로 들어가 검색창에 무작정 '슈튀프'라는 단어를 쳐 보았다. 뭔가 건질 거란 기대는 물론 하지 않았다. 그런 단어는 지금까지 한 번도 들어 본 적 없었고, 어쩌면 아주 희귀한 성(姓)이지 않을까 하는 막연한 생각만 했을 뿐이다. 왠지 사람 이름같이 들렸기 때문이다.

검색 결과 제일 먼저 위키 백과의 설명이 몇 줄 떴다. 그런 단어가 있긴 있었구나……. 호기심이 일었다.

위키 백과를 클릭해 들어갔다. 슈튀프는 늑대 인간의 한 종류라고 설명되어 있었다. 라인 강 서안의 신화와 전설 속에 등장한다고 하는데, 특징이 얼굴을 마주 보고 공격하는 것이 아니라, 갑자기 뒤에서 나타나 등을 꽉 움켜쥔 채 끝까지 들러붙는 것이라고 나와 있었다. 슈튀프가 등에 달라붙은 사람은 한 발 한 발 내디딜 때마다 점점 더 땅으로 꺼질 듯 몸이 무거워지면서 죽음의 공포를 느끼게 된다. 그렇게 온몸의 기운이 다 빠질 때까지 끌려다닌 뒤에 결국은 정신을 잃고 쓰러져 죽게 된다는 것이다.

팔에 일제히 소름이 쫙 돋으면서, 온몸이 으스스 떨렸다.

나는 위키 백과의 설명을 거의 외울 정도로 여러 차례 반복해서 읽었다. 그리고 다시 한 번 슈튀프7이 보낸 이메일을 클릭해 보았다.

ㅡ 무섭지?

여전히 원래 쓰여 있던 글 그대로였다.

나는 컴퓨터를 끄고 거실로 내려갔다. 아빠는 그새 서류들을 다 정리하고, 범죄 드라마를 보고 있었다.

"뭐 별일 없니?"

아빠가 물었다. 텔레비전 화면의 푸른 불빛 때문일까? 아빠의 얼굴이 조금 늙어 보였다.

"아니, 없어."

아빠 앞에서 슈튀프 이야기를 꺼낸다는 건 있을 수 없는 일이었다.

아빠 옆에 앉아서 나도 텔레비전을 보았다. 신경질적인 형사가 범인을 찾아가는 과정을 보다 보니 문득, 슈튀프라는 늑대 인간 이야기가 너무도 비현실적이다 못해 우스꽝스럽게 여겨졌다. 형사는 용의자가 가는 곳마다 따라붙어서 협박을 하며 못살게 굴었다.

"저 사람은 범인이 아니야. 진짜 살인범을 감싸 주고 있을 뿐이지."

아빠가 혼잣말하듯 말했다.

하지만 곧 형사도 그것을 알아차리고 (진작 좀 알아차리지) 진짜 범인을 찾아냈다. 이어서 형사와 진짜 범인은 공장 건물들 지붕 위로 뛰어다니며 추격전을 벌였다. 범인이 그만 발을 헛디뎌 넘어진 순간, 형사가 범인을 덮치고 범인 손목에는 수갑이 철컥 채워졌다.

"자, 이제 그만 자러 들어가자."

아빠는 기지개를 켜며 말한 뒤, 텔레비전 전원을 껐다.

나도 자러 내 방으로 돌아왔다. 밤공기가 꽤 쌀쌀해져서 베개를 꼭 끌어안았다. 세상이 침묵 속에 빠져들어 있었다. 귀뚜라미 소리도, 거리를 달리는 자동차 소리도 전혀 들리지 않았다. 눈을 감고서 내일 학교에 가면 만날 친구들과 보고 싶은 노아 오빠를 떠올려 보았다. 그러다 서서히 졸음이 쏟아지는 걸 느꼈다.

나는 발트제 호수에 있었다. 한밤중이었다. 얼음처럼 차갑고 사나운 바람이 몰아쳤고, 너도밤나무 꼭대기에 매달린 가지들이 바람에 '쏴아아' 하며 서로 부대끼는 소리를 냈다. 갑자기 나뭇가지 하나가 부러져 내 옆으로 날아와 떨어졌다.

　나무 위 어딘가에 소름끼치는 뭔가가 있었다. 그것은 나를 기다리고 있었지만, 나는 그것이 무엇이고 정확히 어디에 있는지 알 수 없었다. 마치 원숭이처럼 이 가지에서 저 가지로 펄쩍펄쩍 뛰어다니던 검은 그림자는 무성한 나뭇잎 뒤에 숨어 나를 가만히 지켜보았다. 한순간 나뭇잎들 사이로 번뜩이는 눈빛이 보였다. 그 눈은 차가운 빛을 내뿜으며 나를 뚫어지게 바라보고 있었다. 그러나 좀 더 자세히 보니, 그건 단지 잎사귀들 사이로 드러난 달빛이었다. 그런데 거대한 나무줄기 뒤에서 또 뭔가가 보였다. 온몸이 털로 뒤덮인 끔찍한 괴물이었다. 하지만 좀 더 가까이 다가가서 보자 이번에도 그냥 이끼에 불과했다. 그렇지만 나는 정체 모를 어떤 괴물이 나를 노리고 있다는 걸 육감으로 알 수 있었다.

　나는 달리기 시작했다. 집을 향해 미친 듯이 달렸다. 그러자 키 큰 나무들이 마치 마법에 걸린 듯 점점 더 거대한 그림자로 변하더니 내 뒤를 쫓아왔다. 나는 분명 내가 어디에 있는지, 어느 방향으로 달려야 할지를 정확히 알고 있었다. 그러나 키 큰 나무들을 피해 이리저리 도망치는 동안 길을 잃고 말았다. 어느 순간 뭔가 시커먼 물체가 나무에서 툭 떨어지더니 내 등을 붙잡고 늘어졌다. 나는 비명을 지르며 등에서 그것을 떼어내기 위해 펄쩍펄쩍 뛰고 몸을 마구 흔들었다. 하지만 그것은 내 어깨에 꽉 들러붙어 떨어지질 않았다. 벗어나기 위해 발악을 하는데도 아카시아 가시처럼 생긴 두껍고 시커먼 발

톱들이 내 어깨의 살과 뼈 속으로 점점 더 깊이 파고들었고, 나는 어깨가 찢어지는 고통에 울부짖었다.

그러다 잠에서 깼다. 창문은 활짝 열려 있었고, 커튼이 차가운 밤공기 속에 흔들리고 있었다. 나는 차갑게 식은 어깨 위로 이불을 끌어당겼다.

그냥 꿈이었을 뿐이야……. 나는 방 안의 어둠을 향해 속으로 중얼거렸다. 그냥 꿈일 뿐이라구.

리자

50킬로미터를 가는 데 거의 두 시간이 걸렸다. 버스를 세 번이나 갈아타야 했기 때문이다. 낡은 버스들에선 특유의 큼큼한 냄새가 났고, 에어컨은 아예 달려 있지도 않았다. 더구나 좌석 등받이 뒷면은 하나같이 한심한 낙서들로 도배되어 있었다. 그런 버스를 이용하는 승객들은 대부분 차를 살 돈이 없어 대중교통을 이용해야만 하는 사람들이었다. 그래서 이 지역에서는 돈이 생기면 제일 먼저 사는 게 자동차였다.

마침내 내가 찾는 집이 있는 도르프 로에 들어섰을 때의 기분은 이루 말할 수 없었다. 그 집에는 내가 합류하려는 밴드의 연습실이 있었다. 나는 그 밴드를 '더블 엑스'라는 인터넷 홈페이지에서 발견했다. 그들이 연주하는 음악은 거침없고 열정적이어서 좋았다. 그런데 그 집 앞에 가까이 갔을 때, 나는 주소를 착각한 게 틀림없다고 생각했다. 넝쿨장미가 뒤덮인 작은 목조 건물이 밴드의 이미지와는 맞지 않게 소박하면서도 '착해' 보였기 때문이다.

그래도 혹시나 하는 마음에 초인종을 눌렀다. 코에 커다란 안경을 걸치고 앞치마를 두른 아주머니가 문을 열어 주었다. 얼핏 보기에 빵을 굽고 있던 것 같았다. 아주머니의 한쪽 뺨에 비스듬히 한 줄로 밀가루가 묻어 있었다.

"리자 맞지? 잘 찾아와서 다행이구나! 애들이 좋아하겠네!"

아주머니가 큰 소리로 말했다. 마치 오랜 세월 동안 기다려 온 사람을 만난 것처럼 반가워하는 목소리였다.

아주머니는 나를 집 안으로 들인 뒤 곧장 열려 있는 뒷문으로 안내했다.

"애들은 지금 뒤뜰 정자에서 연습 중이야."

밴드 멤버들은 방금 연습을 끝낸 듯 보였다. 모두 세 명이었는데, 다들 검은색 옷을 입고 뜨거운 태양 아래에서 땀을 비 오듯 쏟아내고 있었다. 두 명은 나보다 나이가 조금 많아 보였고, 상당히 말랐다. 꼭 끼는 스판 바지와 캔버스화가 꽤 스타일 있어 보였다. 하지만 나에게 다가온 나머지 한 명은 반대로 뚱뚱한 편이었다. 꼭 끼는 바지 위로 삐져나온 배가 걸을 때마다 좌우로 출렁거렸다. 블루블랙으로 염색한 헝클어진 곱슬머리의 그 아이는 밀가루 반죽같이 하얀 목에 징 박힌 초커 목걸이를 하고 있었다.

"우리의 새 드러머구나. 환영해!"

뚱뚱한 아이가 악수하기 위해 손을 내밀면서 쾌활한 목소리로 말했다. 손톱에는 검은색 매니큐어가 칠해져 있었다.

다른 두 명의 마른 아이들도 나에게 손을 내밀었다. 그들의 이름은 '요나스'와 '르네'였고, 곱슬머리의 이름은 '샤우나'였다. 아마도 어떤 록 가수의 이름을 따온 것 같았다. 밴드 이름은 '세인트 샤우나'였다.

우리는 이미 더블 엑스라는 인터넷 사이트에서 각자의 음악적 취향과 견해에 관해 이야기를 나눈 적이 있고, 서로 많은 부분에서 공감했다. 그래서인지 '서티 세컨즈 투 마스(Thirty Seconds to Mars)'의 '어 뷰티풀 라이(A beautiful lie)'로 처음 합주를 하게 되자, 생각보다 상업적인 곡이어서 기분이 좀 묘했다. 그래도 상관없었다. 그저 드럼을 칠 수 있다는 것만으로도 좋았다. 베이스 주자인 요나스는 얌전한 인상이었는데, 연주가 시작되자 드럼 앞에서 깡충깡충 뛰기도 하고 뱅뱅 돌기도 하면서 거의 제정신이 아닌 사람처럼 연주했다. 하마터면 탐탐 위로 쓰러질 뻔할 정도였다. 그렇게 자신의 모든 것을 연주에 쏟아붓는 모습이 보기 좋았다.

그다음에 우리는 밴드 자작곡들을 연주해 보았고, 이어서 스네어 드럼을 아주 부드럽게 칠 수 있는 다양한 고스트 노트들에 관해, 그 외의 이런저런 다양한 실험들에 대해서 이야기를 나누었다.

그런데 정자에 세워 둔 드럼은 칠 때의 느낌이나 소리 모두 마음에 들긴 했지만, 한 번도 제대로 조율된 적이 없는 것 같았다.

"다음번 연습하기 전에 내가 드럼을 좀 조율해 봐도 될까? 그럼 소리가 훨씬 더 좋아질 것 같아."

내가 먼저 제안했다.

"드럼도 조율할 수 있는 거야? 진짜 몰랐는데."

요나스가 말했다.

"그럼 다음 주에 일찍 와서 해 봐."

샤우나가 말했다.

누가 봐도 이 밴드를 이끌어 가는 건 샤우나가 분명했다. 하지만 요나스도 자기 목소리를 내야 할 때에는 조곤조곤 할 말을 다 했다. 오직 르네만 입을 꼭 다문 채 키보드 앞에 앉아 있었다. 가끔씩 오선지 공책에 몽당연필로 뭔가를 끄적이는 걸로 봐선 아마도 작곡을 하는 것 같았다.

우리는 마지막으로 다시 한 번 밴드 자작곡들을 연주해 보았다.

"너 정말 잘한다. 너도 그건 알고 있지?"

연습을 그만 끝내야 했을 때 요나스가 말했다. 곧 있으면 버스를 타야 할 시간이었던 것이다.

"그냥 그렇지 뭐."

내가 말했다.

"아니, 진짜야! 지금까지 많은 드러머들과 연주해 봤지만 너 정도 실력을 가진 애는 아무도 없었어."

요나스가 말했다.

"근데 왜 그동안 다른 밴드에서는 연주를 안 했어?"

샤우나는 질문을 던지면서, 기타를 치다가 손톱의 매니큐어가 까지진 않았는지 살펴보았다.

"여기 이사 온 지 얼마 안 돼. 전에 베를린에 살 때는 밴드에 있었어. 아주 훌륭한 선생님한테 레슨을 받기도 했고."

'세인트 샤우나'의 세 멤버는 눈을 크게 뜨고 나를 쳐다보았다. 아마도 그들에게 베를린이란 달나라만큼이나 먼 미지의 세계일 거다.

"여기 와서는 몇 주 전에 오디션을 한 번 본 적 있어. 근데 그 밴드는 나랑 안 맞았어. 알고 보니까 너무 주류 음악을 하는 밴드였거든. 게다가 그 밴드의 여자 보컬이 나를 별로 맘에 들어하지 않았어. 하긴 뭐 그런 일이 흔하긴 하지."

내 말은 틀리지도 않았지만, 진실도 아니었다.

"우리한테야 행운이지."

샤우나가 씩 웃었다.

"근데 어느 밴드인데? 혹시 우리가 아는 애들 아냐?"

요나스가 물었다.

"야제-노유라고, 너희는 아마 모를 거야. 거의 대중 음악만 해. 진짜 차트에 오르는 곡들만 연주하더라."

나는 불만을 나타내기 위해 입을 삐죽 내밀며 얼굴을 찡그렸다. 그리고 나도 어쩔 수 없었다는 뜻으로 혀를 쭉 내밀었다. 그렇게 나는 더 이상 야제-노유와는 아무런 상관이 없으며, 앞으로도 절대 그럴 일이 없다는 것을 분명히 하고 싶었다.

"야제-노유? 지금까지 한 번도 들어 본 적 없는 밴드야."

샤우나가 말했다.

"굳이 알 필요도 없어."

내가 대꾸했다.

"걔네들 이 년 전에 슈파르카세 은행 경연대회에서 우승한 팀 같은데, 맞지? 우리도 그때 같이 참가했어."

여태 잠자코 있던 르네가 갑자기 말했다. 아마도 그 아이가 처음으로 입을 연 순간이었을 것이다.

샤우나는 곱슬머리가 몇 가닥 흘러내린 이마를 찡그리며, 도무지 기억나지 않는다는 표정을 지었다.

"걔네 팀 보컬이 기억나. 미친 가창력을 가진 애였잖아. 글치만 걔네가 연주한 곡은 아주 쓰레기였어."

샤우나를 보며 르네가 덧붙였다.

"맞아, 보컬은 죽여줬어! 그래서 우승한 거야. 샤우나, 너도 그렇게 말했잖아!"

요나스가 르네의 의견에 맞장구쳤다.

샤우나는 갑자기 기억이 되살아난 듯 소리쳤다.

"그래, 그 여자애! 노래를 꽤나 잘 불렀던 것 같아. 게다가 아주 섹시했고."

"긴 금발머리를 휘날리는데 오죽하겠어?"

르네가 샤우나를 향해 능글맞은 미소를 지어 보이며 말했다.

"걔가 율리야."

나는 소리 나지 않게 중얼거렸다. 세인트 샤우나의 남자애들마저 율리를 알고 있었다!

엘라

"쟤가 걔지? 금발 여자애랑 같이 있는 저 애 말야."

늘 그래 왔듯이 아빠가 나를 학교에 바래다주면서 물었다.

아빠의 시선이 가리키는 곳을 보니, 제바스티안이 자신의 쌍둥이 여동생과 율리와 함께 학교 운동장을 가로질러 천천히 걸어가고 있었다. 그들은 뭔가 신 나게 떠들고 있었다. 아마 또 자기네 밴드에 관한 이야기를 하고 있겠지.

"누구 말이야?"

나는 아빠에게 되물었다.

"허 참, 네 남자 친구 말이야. 넌 남자 친구를 대체 언제 집으로 데려올 거냐?"

아빠가 말했다.

"아……."

나는 단지 그 말만 하고 보조석 차문을 열기 위해 손잡이를 잡아당겼다.

"남친한테 한번 물어나 봐!"

차문을 닫고 숨을 깊이 들이마실 때 아빠가 한마디 던졌다.

제바스티안은 그전에 내가 사귀었던 남자애들과는 전혀 달랐다. 다른 남자애들은 유치하고 한심한 짓거리를 할 때가 종종 있었다. 이를 테면 땀이 밴 축축한 손으로 내 어깨와 팔을 세게 붙잡거나 가끔은 끈적거리는 맥주 키스까지 하려고 했다. 그들은 얼마 안 되어 나한테 완전히 푹 빠졌고, 그래서 나는 금방 싫증이 나곤 했다. 그런데 제바스티안은 달랐다. 그 아이와 나의 관계는 설명하기가 어려웠다. 뭔가 꽤 복잡했다. 아마도 그건 제바스티안을 만나면서 한 번도 확실한 느낌을 가져 본 적이 없어서일지도 몰랐다. 어쨌든 그 아이가 나한테 홀딱 반했다고는 할 수 없었다. 그래서 가끔은 다른 데를 쳐다보는 척하면서 그 아이의 눈길이 나에게 얼마나 머무는지를 신경 쓸 수밖에 없었다. 그러면 뭔가 기분이 찝찝하고 허전했다. 마치 지금 내 심정처럼. 나를 발견한 제바스티안이 고개를 한 번 끄덕이며 아는 척을 하고는, 곧바로 야스미나와 율리 쪽으로 고개를 돌려 버리는 지금처럼. 그러고는 마치 나란 존재를 그새 잊어버린 듯다시 신 나게 자기들끼리 히히덕거리는 걸 보는 지금처럼…….

율리! 제바스티안에게 저 기집애는 뭐가 그리도 특별한 걸까? 내눈에 율리는 그저 우리 학교를 통틀어 가장 거만하고 멍청하고 무뇌아인 데다, 쓰레기고 못생겼으며 완전 싸가지 없는 기집애일 뿐인데. 아니, 우리 학교뿐만 아니라 이 도시의 모든 학교를 통틀어서 그럴거다. 게다가…… 아무튼 절대 가까이 하고 싶지 않은 부류에 속한다. 그런데 그런 기집애가 나의 제바스티안에게 눈독을 들이고 있는것이다. 겉으로는 그저 평범한 친구 대하듯 행동하고 있지만, 내가누군데! 다른 사람은 몰라도 나를 절대 속일 수 없다.

"안녕, 엘라!"

이자벨이 내게 인사를 건넨 덕분에 지금까지 사로잡힌 생각에서벗어날 수 있었다. 나도 이자벨에게 인사를 건넸다. 그리고 속으로기뻐했다. 제바스티안이 다시 나에게 고개를 돌렸기 때문이다. 그래, 나야! 제바스티안…… 절대 다른 생각하면 안 돼…… 다른 생각하면…….

"야, 엘라!"

옆에서 제바스티안의 목소리가 들렸고, 거의 동시에 그의 손이 내팔을 잡는 게 느껴졌다.

제바스티안은 여전히 그 기집애들과 함께였다.

"어? 안녕, 제바스티안!"

그런데 나는 왜 그랬을까. 뻔히 누군지 알면서도 전혀 예상 밖이라는 표정을 짓다니…….

제바스티안이 내 뺨에 뽀뽀해 주자, 율리의 얼굴에 비웃음이 나타났다. 하지만 나는 전혀 신경 쓰지 않았고, 오히려 보란 듯이 제바스티안의 뺨에 뽀뽀해 주었다.

대체 뭐가 그렇게 비웃을 만한 일이지? 나는 아주 무표정한 얼굴로 율리를 쳐다보았다.

수업 시작을 알리는 종소리가 두 번째로 울렸다. 당장 교실로 들어가야 했다. 우리는 모두 동시에 달리기 시작했고, 고풍스러운 학교 건물의 좁은 계단 위로 우르르 뛰어 올라갔다. 우리 교실은 2층에 있었다.

"너한테 뭐 보여 줄 게 있어!"

5학년 애들 몇 명이 우리를 마구 밀치면서 계단을 뛰어 내려갈 때 이자벨이 내게 속삭였다.

"야, 아주 이것들 봐라!"

알리나가 뒤에서 소리쳤다. 우리를 밀치고 내려간 5학년 애들이 알리나를 계단 난간으로 밀어붙인 채 서로 빠져나가려고 애쓰고 있었다.

"야, 왜 너희 층에 가만히 안 있고 어딜 싸돌아다녀? 아, 젠장!"

알리나가 하급생들에게 화를 냈다.

알리나와 이자벨은 유치원 때부터 나의 절친이었고, 우리는 교실 맨 뒷줄에 책상 두 개를 붙여 나란히 앉아 수업을 들었다. 다행히 에르메르트 국어 선생님이 아직 교실로 들어오지 않았다. 그 기회를 이용해 이자벨이 알리나에게 자기 스마트폰을 건네주며 보라고 했다.

"설마, 안 믿겨!"

알리나가 속삭였다. 그러면서 율리 쪽으로 시선을 던졌다.

"그냥 보이는 대로 믿어!"

이자벨이 알리나에게 속삭였다.

이번에는 알리나가 나에게 폰의 액정 화면을 보여 주었다.

"그거 벌써 봤어."

내가 말했다. 나는 가방 안을 뒤져 국어책을 꺼냈다.

"진짜? 어떻게 알았어?"

이자벨이 나에게 속삭였다.

하지만 그때 에르메르트 선생님이 첨삭이 끝난 과제물을 한쪽 팔에 끼고 들어왔다. 알리나는 잽싸게 휴대폰을 이자벨의 가방 속으로 집어넣었다. 에르메르트 선생님은 학교 규칙을 곧이곧대로 따르는 편이기 때문에, 폰을 발견하는 즉시 압수할 게 뻔했다.

"좋은 아침!"

선생님은 들고 온 과제물 꾸러미를 교탁 위에 내려놓고, 가방에서 책과 공책을 꺼냈다. 그런 다음 우리들을 험악한 표정으로 노려보았다. 반 여기저기서 아이들이 서로 머리를 맞대고 쑥덕거리고 있었기 때문이다. 그 아이들도 율리의 새 프로필을 보고 있었을 것이다.

"잡담은 쉬는 시간에 하지! 그래 주면 아주 고맙겠구나."

선생님이 아이들을 둘러보며 큰 소리로 말했다.

반 아이들 모두 에르메르트 선생님의 엄격한 수업 방식을 이미 잘 알고 있었기에, 평소처럼 딴짓을 하거나 떠드는 아이가 없었다. 그런데도 확실히 오늘은 반 분위기가 여느 때와는 다르게 들떠 있었다. 그리고 그것은 물론 국어 과제물 채점 결과가 전체적으로 아주 안 좋았던 것과는 전혀 상관없었다.

"숙제를 이 정도 수준으로 해 올 거라곤 상상도 못했구나."

수업을 마무리한 뒤 에르메르트 선생님이 가방 안에 책과 공책을 집어넣으면서 말했다. 마침내 휴식을 알리는 벨소리가 울렸다.

"한 번만 더 보여 줘 봐. 아직도 믿기지가 않아!"

벨소리가 울리자마자 알리나가 이자벨 쪽으로 의자를 더 바짝 갖다 붙이며 말했다.

이자벨이 알리나에게 자기 폰을 건네주었다.

"너희들 율리의 새 프로필 봤어?"

우리 앞에 앉은 롯테가 뒤를 돌아보며 물었다. 나서기 좋아하는 한심한 애였다.

"걔 미쳤나 봐."

나는 그 모든 게 별것 아니라는 듯이 어깨를 한번 으쓱해 보였다.

제바스티안은 정보처리학 수업을 듣기 위해 컴퓨터실로 가려다 나

를 보고 씩 웃었다. 나는 뽀뽀를 해 주려고 자리에서 일어섰다. 그런
데 같은 수업을 듣는 율리와 야스미나가 중간에 길을 가로막고 서
있었다. 나는 그 둘을 가볍게 밀어내고 제바스티안 앞으로 갔다.

"있다가 봐."

나는 제바스티안의 귀에 대고 속삭였다.

그런데 율리가 또 나를 기분 나쁘게 했다. 야스미나에게 곁눈질로
내 쪽을 가리키며 재수 없다는 표정을 지었기 때문이다.

"프로필 좋던데."

나는 율리에게 말했다.

"뭐? 뭔 소리야?"

율리가 멍한 표정으로 물었다.

나는 웃으며 아무 대답도 하지 않았다. 잘난 척은 혼자 다 하더
니…….

율리

슈튀프7은 벌써 며칠째 이메일을 보내지 않고 있었다. 그러는 사
이 마음 한구석에 얹힌 듯했던 갑갑함이 아주 조금씩 나아졌다.

나는 화면 아래쪽 바를 클릭해 컴퓨터를 종료했다. '모든 게 다시 원래대로 돌아온 거야. 그건 그저 나쁜 꿈이었을 뿐이야.' 하고 나 자신에게 말했다.

이른 아침, 열린 창문으로 새들의 노랫소리가 들려왔다. 가을 아침 햇살이 정원 뒤로 늘어선 키 큰 너도밤나무들 사이로 길쭉길쭉 뻗어 나왔다. 마치 태양이 자신의 가늘고 기다란 손가락들을 자랑하고 있는 것 같았다. 책가방을 챙긴 뒤 부엌에서 커피 한 잔을 마시고 가벼운 여름 재킷을 걸쳤다. 엄마는 벌써 병원으로 출근했고, 아빠는 샤워를 하고 있었다. 샤워기에서 쏟아지는 물소리에 아빠의 흥얼거리는 노랫소리가 섞여 있었다. 부엌에 걸린 시계를 보니 일곱 시가 조금 지났다. 이제 나갈 시간이었다.

버스 정류장에는 이미 야스미나와 제바스티안이 나와 있었고, 왕재수도 한 명 근처에 서 있었다. 리자만 오늘도 혼자 딴 세계 사람인 듯 멀찍이 떨어져 있었다. 오늘은 좀 늦게 일어난 것 같았다. 평소와 같은 검은색 옷을 차려입긴 했지만, 머리에 가짜 히비스커스 머리핀을 꽂고 있지 않았기 때문이다.

그런데 내가 리자를 너무 오랫동안 멍하니 보고 있었나? 리자가 나한테 무슨 할 말이 있는 것처럼 입꼬리를 살짝 움직인 것이다. 하지만 그것만으로는 무슨 뜻인지 알 수 없었다. 나에게 무엇을 암시하려고 한 것일까? 정말로 리자가 슈튀프였을까? 내가 오늘 아침에도 컴퓨터에 접속해 보았다는 걸 알기나 할까?

버스가 우리를 학교로 실어 날랐다. 운동장에서 만난 엘라는 곧바로 제바스티안에게 다가가 평소에 늘 하던 대로 연기를 하듯 부자연스러운 키스를 했다. 야스미나와 나는 서로 쳐다보면서 미소를 지었다. 엘라의 행동은 보면 볼수록 참 가식적이었다. 제바스티안의 눈에는 그런 게 보이지도 않나 보다.

시작 종소리가 처음 울렸을 때, 나는 다른 아이들보다 앞서 뛰기 시작했다. 화장실을 먼저 들러야 했기 때문이다. 그리고 그곳에서…… 그것을 보고 말았다. 화장실 벽은 칠을 한 지 얼마 안 되었다. 긴 여름방학이 끝날 때쯤이면 늘 그렇게 새로 칠을 하곤 했으니까. 그런데 안쪽 화장실 벽에 '율리'라고 내 이름이 크게 쓰여 있었다. 마인드맵을 그릴 때면 항상 한가운데에 써 넣어야 하는 중심 단어처럼 내 이름 둘레에도 동그라미가 거칠게 그려져 있었다. 또 거기에는 내 이름을 쓴 것과 같은 볼펜으로 이미 두 개의 연관 단어가 적혀 있었다. '잘난 체하는'과 '쓰레기'라고. 수업 시간에 마인드맵을 할 때와 똑같은 방법으로 해 놓았다. 그리고 그 옆에 또 다른 누군가가 연필로 '노래도 열라 못함'이라고 더 써 넣느라 애를 쓴 흔적이 보였다. 연필 선이 너무 얇아 잘 안 보일 거라고 생각했는지, 글자들을 몇 번이나 겹쳐 썼다. 내 이름이 쓰인 동그라미에는 아직 연관 단어와 연결되지 못한 선들이 몇 개 더 그어져 있었다. 다른 여자아이들 머릿속에 나에 관한 더 좋은 표현들이 떠오르길 기다리는 듯했다.

나는 아무 칸이나 들어가 변기 뚜껑을 닫고 그 위에 주저앉았다.

두 번째 시작 종소리가 울리고, 학생들이 각자 교실로 몰려 들어가는 소리가 났다. 그 후로 이따금씩 복도 위로 또각또각 걷는 하이힐 소리가 들렸고, 그마저도 얼마 지나지 않아 완전한 정적 속에 사라져 버렸다. 오직 심장이 고통스럽게 쿵쾅거리는 것 말고는 아무 소리도 들리지 않았다.

지금 교실로 들어가 마치 아무 일 없었던 것처럼 행동한다는 건 상상도 할 수 없었다. 갑자기 온몸에 근육이나 뼈가 하나도 없는 것 같은 느낌이 들었다. 마치 도마 위에 놓인 창백한 푸른빛 닭 가슴살처럼 나는 변기 뚜껑 위에 앉아 있었다. 젤리처럼 흔들리는 내 몸속으로 예리한 칼이 들어와 살을 얇게 저미는 느낌이 너무도 생생했다. 참혹하게 난도질당하는 기분이었다. 속이 메스꺼웠다.

가까스로 몇 분을 더 참고 기다린 뒤, 나는 살그머니 화장실 문을 열었다. 그러고는 굳이 그럴 필요가 없었는데도 살금살금 복도를 지나 계단 아래로 내려갔다. 학교 정문이 반쯤 열려 있었다. 그 위로 눈부신 태양이 아무렇지도 않게 나를 내려다보고 있었다. 나는 어디를 바삐 가야 하는 사람처럼 빠른 걸음으로 운동장을 가로질렀다. 그러는 동안 고풍스러운 학교 건물의 높다란 창문들이 나를 뒤쫓는 수십 개의 눈동자 같았다.

나는 곧장 시내로 걸어 내려가서 지나가는 행인들 속으로 나를 숨겼다. 상점들은 아직 문을 열지 않았다. 다행히 모퉁이에 있는 작은 빵집에서 테이크 아웃 커피를 살 수 있었다. 커피를 들고 근처 벤치에 가서 앉았다. 고개를 드니 따뜻한 햇살이 얼굴을 감싸 주었고, 나는 눈을 감았다. 눈꺼풀 밑으로 눈물이 차오르면서 가슴이 아려 왔다. 또 한편 이렇게 불쌍해 보이는 모습을 누군가에게 들킬까 봐 겁나기도 했다. 일이 어떻게 돌아가는 건지 곰곰이 생각해 봐야 했다. 하지만 머릿속 생각들이 숨바꼭질을 하듯 나타났다 사라졌다 해서 어느 것 하나 확실하게 붙잡을 수가 없었다. 그래도 차라리 그게 나았다. 눈물을 참는 건 너무 어려웠다. 하지만 나는 결코 눈물 따위는 흘리고 싶지 않았고, 누가 그런 내 모습을 보고 측은하게 생각하는 건 더욱 싫었다. 지금까지의 날들은 낮과 밤으로 나뉘어 있었다. 그러나 이제 끝났다. 이제는 해가 떠도 온통 어둠이었다.

커피를 다 마신 뒤, 자리에서 일어나 집으로 향했다. 이 시간대에는 집으로 가는 버스가 없었다. 하지만 길을 걷는 게 오히려 더 좋았다. 터덜터덜 집을 향해 걷는 동안 아빠가 사무실에 나가서 집에 아무도 없길 간절히 기원했다.

집에 돌아오자마자 지하 연습실로 내려가 낡은 안락의자에 몸을 던졌다. 조금 있다가 몇 주 전 녹음했던 연주곡들을 들어 보았다. 스피커를 뚫고 나오는 내 목소리가 귀를 때렸다. 나, 여기 있구나……. 나 여기 있었어……. 나도 모르게 두 눈이 촉촉해졌다. 자신의 감정을 거침없이 당당하게 표현하던 나……. 그 목소리가 무척이나 아름답게 들렸다. 그래, 어쩌면 그게 정말로 거만해 보였는지도 몰라…….

이어서 최근에 녹음한 곡들을 몇 개 더 들어 보았다. 그런데 마렉의 드럼 소리가 형편없었다. 연습할 때는 그걸 알아차리지 못했다. 자동으로 머릿속에 리자가 떠올랐다. 오늘 아침 입꼬리를 살짝 비틀면서 나에게 하고 싶었던 말은 과연 무엇이었을까? 아니면 그냥 나를 비웃은 걸까? 그렇다면 화장실에 내 이름으로 낙서를 한 건…… 리자였을까? 연주 녹음을 끄고 잠시 가만히 앉아 있었다. 하지만 곧 온갖 생각들로 머리가 복잡해지기 시작했고, 그중에 몇 개의 생각들이 머릿속에서 회전목마처럼 빙글빙글 맴돌았다.

더 이상 견딜 수 없었다. 지하 연습실에서 후다닥 뛰쳐나와 비키니를 챙긴 뒤 자전거를 타고 호수로 달렸다. 살갗에 닿는 물이 얼음장처럼 차가웠다. 나는 호수의 양끝을 오가며 있는 힘을 다해 수영을 했다. 나중엔 지쳐서 하늘을 보고 누운 채 그냥 둥둥 떠다녔다. 파란 하늘엔 구름 한 점 없었다. 기운을 차린 나는 다시 발로 힘껏 물을 차 내면서 팔을 크게 휘저었다. 완전히 뻗어 버릴 때까지 호수의 이쪽 끝에서 저쪽 끝까지 몇 번을 왔다 갔다 했다.

늦은 오후에 부모님이 퇴근했고, 우리는 함께 저녁을 먹었다. 엄마는 요즘 학교생활이 어떤지 물었다. 나는 별일 없다고 거짓말을 했다. 아빠는 식사 중에도 생각은 벌써 거실 탁자에 펼쳐 놓은 서류에 가 있는 것 같아 보였다.

야스미나한테서 전화가 왔다. 오늘 왜 수업을 빼먹었냐고 물었다. 나는 학교에 도착하자마자 몸이 너무 안 좋아서 바로 집으로 돌아왔다고 거짓말을 했다.

"아, 그랬구나."

잠시 침묵하던 야스미나가 물었다.

"그럼 우리 오늘 수영 못 가?"

"응, 안 되겠어. 지금은 좀 자는 게 낫겠어."

"에효, 그럼 할 수 없지 뭐. 벤이나 만나야겠다."

야스미나가 말했다.

"벤?"

나는 좀 놀랐다.

"그래, 벤!"

야스미나가 뭐 안 될 거 있냐는 식으로 말했다.

"그럼 재밌게 놀아."

단지 그 말밖에 할 게 없었다.

나는 일찍 잠자리에 들었다. 호수에서 격렬하게 수영을 한 덕분에 금방 잠들 수 있었다.

밤에 또다시 슈튀프 꿈을 꾸었다. 아침에 눈을 뜬 뒤에도 여전히 그놈의 발톱이 파고들었던 어깨가 찢어질 듯 아프고 몸이 너무 무거워서, 숨을 쉬는 것조차 버거웠다. 그러나 더욱 고통스러운 것은 일어나서 학교에 가야 한다는 것이었다.

•야스미나

율리를 보면 그것에 관해 말하려고 했지만, 막상 얼굴을 보니까 무슨 말부터 어떻게 시작해야 할지 몰랐다. 그리고 만약 율리가 그것에 관해 말하길 꺼려 한다면? 마치 아무 일도 없었던 것처럼 행동하려고 한다면?

옆자리에서 율리가 수학 문제지 위로 몸을 숙인 채 뭔가를 끄적이고 있었다. 하지만 문제를 풀고 있는 건 아니었다. 자세히 보면, 답을 써 넣어야 하는 네모 칸 위에다 동그라미를 반복해서 그리고 있었기 때문이다. 영혼을 잃어버린 듯한 율리의 멍한 얼굴 위로 기다란 금발 머리카락 몇 가닥이 흘러 내려와 있었다.

"다 같이 정답을 확인해 보자. 앞에 나와서 문제를 풀어 볼 사람?"

칠판 앞에서 클라인 수학 선생님이 미소를 지으며 물었다.

당연히 콘라드가 손을 번쩍 들었고, 칠판 앞으로 나갔다. 그리고 문제를 푼 뒤에는 어떻게 그 문제를 풀 수 있었는지 설명했다.

"아마 대부분은 여기서 X를 0으로 놓고 계산할 테지만, 그건 바보 같은 짓이죠. 왜냐하면 그렇게 하면……."

콘라드는 그런 식의 설명이 나를, 그리고 어쩌면 나 말고도 몇몇 우리 반 아이들까지 모욕했다는 걸 전혀 눈치채지 못하고 있었다. X를 0으로 놓고 계산한 바보 중에 한 명이 바로 나였으니까.

클라인 선생님이 고개를 끄덕였다.

"바로 그거야, 콘라드! 물론 나라면 바보 같다는 표현은 절대 하지 않았겠지만 말이다."

선생님은 들고 있던 수학책 페이지를 넘겼다.

"그러면 이제 문제 3b를 풀어 보자. 어떻게 하면 이걸 정사각형으로 만들지 잘 생각해 봐."

선생님은 그 문제를 어떻게 풀어야 하는지 말로 설명하다가, 나중에는 아예 칠판에 직접 풀어 주었다.

나는 선생님 몰래 휴대폰을 꺼내 전원을 켰다. 그러고는 율리의 프로필을 찾아 책상 밑으로 율리에게 보여 주었다.

"뭐 하는 거야?"

율리가 선생님 눈치를 보며 속삭였다.

"댓글들 좀 봐."

"야스미나, 혼자서 다 푼 것 같은데, 그럼 어디 한번 나와서 다른 거 풀어 봐."

선생님이 나를 향해 분필을 내밀었다. 클라인 선생님은 귀가 너무 밝았다.

"자, 어서!"

선생님이 재촉했다.

수학에 관한 한 바보인 내가 억지로 자리에서 일어나 칠판으로 가는 동안, 율리는 내 휴대폰을 손에 쥐고 있었다.

"어떻게 해야 할지 먼저 생각해 보고 풀어 봐."

선생님은 나에게 문제를 읽어 주었고, 나는 칠판에 그대로 숫자와 기호들을 받아 적었다.

"그럼 이제 무엇을 가장 먼저 해야 할까?"

선생님이 말했다.

나는 고민하는 것처럼 문제를 응시했다. 하지만 사실 어떻게 풀어야 할지 하나도 몰랐다. 머릿속에 하얀 연기가 가득 찬 것 같은 느낌 속에 반 아이들을 슬쩍 둘러보았다. 대부분 나와 마찬가지로 어떻게 풀어야 할지 모르는 표정이었다. 그때 콘라드 혼자 자신만만한 표정으로 손을 번쩍 들었다. 진짜 왕재수였다.

율리는 아주 바른 자세로 앞을 보고 앉아 있지만, 얼굴이 벌겋게 상기되어 있었다. 그리고 눈앞에 마주한 칠판을 보고 있는 게 아니었다. 칠판뿐만이 아니라 그 어느 것도 보고 있지 않았다. 한순간 율리의 두 눈에 눈물이 가득 차올라 반짝거렸다. 율리는 황급히 눈물을 훔치고 아랫입술을 깨물었다.

"콘라드, 너라면 이 문제를 어떻게 풀겠니?"

클라인 선생님이 물었다.

콘라드는 그것을 문제를 풀어 달라는 요청으로 받아들였고, 의자를 밀치고 일어나 앞으로 당당하게 걸어 나왔다. 나는 왕재수에게 분필을 건넸고, 왕재수는 이번에도 얄밉도록 능숙하게 문제를 풀었다.

다시 자리에 가서 앉았을 때, 율리가 내 휴대폰을 돌려주었다. 그때 내 손등에 스친 율리의 손가락 끝이 얼음처럼 차갑게 느껴졌다.

"괜찮아?"

나는 율리에게 속삭였다.

율리는 말없이 고개를 저었다. 그리고 애써 칠판으로 시선을 고정했다. 하지만 눈물을 참기 위해 아랫입술을 깨물고 눈에는 잔뜩 힘을 주고 있다는 걸 나는 알고 있었다.

"그건 내 프로필이 아니야! 어떻게 그런 게…….."

율리가 작은 소리로 말했다.

"나도 알아."

내가 속삭였다.

"내가 어떻게 그런 걸 써? 정말 말도 안 돼. 그건 위조된 거야! 누군가 내 프로필을 위조한 거라고! 마치 내가 그런 것처럼 해서…….."

볼펜을 쥐고 있는 율리의 손가락이 심하게 떨렸다.

"한 번 더 나와서 풀고 싶은 거야? 조용히 좀 하면 안 되겠니, 응?"

클라인 선생님이 우리 쪽을 보고 말했다.

"선생님, 죄송한데요. 율리가 지금 몸이 안 좋대요."

최대한 공손한 목소리로 내가 말했다.

"왜 그래? 무슨 일이야?"

선생님이 미심쩍은 듯 물었다. 하지만 눈물이 그렁그렁하고 벌겋게 달아오른 율리의 얼굴을 보고는 바로 의심의 눈빛을 거두었다.

"나가서 신선한 공기라도 쐬고 오렴."

율리는 고개를 숙인 채 비틀거리며 자리에서 일어섰다. 그 바람에 율리의 의자가 쿵 하는 소리와 함께 뒤로 넘어갔다.

"야스미나랑 같이 가도 돼요? 다리에 힘이 빠져서 혼자서는 힘들 것 같아서요."

율리가 물었다.

클라인 선생님은 못마땅한 표정이었지만, 그래도 허락해 주었다.

"그래, 그럼 야스미나도 함께 갔다 와."

둘이 문 쪽으로 걸어 나가는데, 엘라 패거리의 키득거리는 소리가 귀에 들어왔다.

"자, 다른 학생들은 그다음 문제를 풀도록! 그리고 오늘은 방정식 숙제를 내 줄 테니까 다음 주까지는 꼭 풀어 오는 거다. 알았지?"

선생님이 말했다. 그 말에 아이들은 일제히 신음 소리를 쏟아냈다.

"너한테 뭐 보여 줄 게 있어. 화장실로 가 보면 알아."

텅 빈 복도로 나왔을 때 율리가 나에게 떨리는 목소리로 속삭였다.

제바스티안

율리의 새 프로필에 들어가 보았을 때 거기 있는 모든 게 믿기지 않았다. 내가 아는 율리는 절대 그런 애가 아니었다. 사실 율리를 알고 지낸 건 꽤 오래되었다. 우리는 어렸을 때 함께 '플레이모빌'(독일의 유명 장난감 브랜드) 장난감을 가지고 노는 친구였고, 부모님들이 새로 이사 온 각자의 집에서 벽을 칠하고 거실을 수리하고 정원을 가꾸는 동안, 우리는 호숫가에서 낡은 널빤지들로 우리만의 비밀 기지를 만들기도 했다. 나중에 더 커서는 함께 음악 밴드를 만들어 무대에도 올랐다. 율리는 무대에 오르기 직전 굉장히 떨기도 하고, 여러 사람들 앞에 나서는 걸 힘들어한 적도 많았다. 그렇기 때문에 그 프로필은 도저히 율리가 썼다고 할 수 없었다. 어릴 적 율리는 유난히 가늘고 긴 팔다리를 휘젓고 다니는 비쩍 마른 아이에 불과했다. 그런데 어느 순간 누구나 선망하는 늘씬하고 매력적인 지금의 모습으로 변화했고, 나는 그러한 변화를 가까이에서 지켜보았다. 어쩌면 율리도 그 정도 외모면 어딜 가도 꿀리지 않는다는 걸 알고 있을지 모른다. 하지만 아무리 그렇다고 해도 율리가 어떻게 그런 말을 할수 있을까. 내가 아는 율리는 절대 그런 애가 아니다.

율리의 새 프로필에는 다음과 같은 글이 쓰여 있었다.

'여자애들은 내 말 잘 들어! 너희 남자 친구는 다 소용없어. 걔네들이 속으로 원하는 애는 따로 있거든. 그게 누군지 알아? 바로 나야!'

나는 '섹시~! 섹시~!! 섹시~!!!'라는 제목이 달린 율리의 앨범을 클릭했다. 거기엔 율리의 사진들이 있었다. 다른 사람이 아닌 진짜 율리의 사진들이었다. 율리는 비키니를 입은 채 카메라를 향해 웃고 있었다. 그 비키니는 내가 실제로 본 적이 있는 거였고, 또한 그 사진들

속 배경은 율리가 자주 가는 발트제 호수가 분명했다.

주머니에서 휴대폰을 꺼내 전화번호 하나를 클릭했다. 신호가 가
고 얼마 안 되어 엘라의 목소리가 들렸다.

"너 그 일이랑 관련 있는 거야?"

나는 다짜고짜 엘라에게 물었다.

엘라는 그저 웃기만 했다.

"그런 거야, 안 그런 거야?"

감정을 억누르지 못해 목소리가 떨렸다.

"무슨 소릴 하는 거야? 혹시 율리의 새 프로필 얘기하는 거야?"

엘라가 물었다.

"그래, 그거 말고 뭐겠어?"

엘라와는 차라리 전화로 대화를 나누는 게 편했다. 직접 얼굴을
보면서 얘기한다면 아마 이렇게 거침없이 말하진 못했을 거다. 그러
나 통화 중에라도 마음이 흔들리는 것을 막기 위해 엘라의 그 크고
검은 눈과 달달한 향을 떠올리지 않으려고 애썼다. 대신 엘라의 목
소리에만 집중을 했다. 그런데 막상 그렇게 하고 보니, 솔직히 말해
서 엘라의 목소리가 상당히 뻔뻔하게 느껴졌다.

"너도 댓글 달았어?"

엘라가 물었다.

"거기다 무슨 댓글을 달아?"

"왜 이래, 누구든 그 높은 콧대를 좀 꺾어 주는 게 율리 자신을 위

해서도 좋을 텐데."

그런 식으로 말하다니……. 정말 불쾌했다.

"그래서 가짜 프로필을 만들어 올린 거야?"

"누가? 내가?"

잠시 우리 사이에 침묵이 흘렀다.

"너 설마 진담으로 하는 얘긴 아니지? 뭐라고? 참, 내가……."

엘라는 말을 채 끝맺지 못했고, 마지막 단어들은 우리 사이의 어두운 침묵 속으로 사라져 버렸다.

내가 아무 말도 하지 않은 건 먼저 생각을 정리해야 했기 때문이다. 지금 엘라가 한 말을 과연 곧이곧대로 믿을 수 있을까? 그러나 어차피 여자 친구를 못 믿어서 이렇게 전화를 한 거 아니었나?

"잘 모르겠어. 네 말을 믿어야 하는지……."

내가 듣기에도 내 말투가 딱딱했다.

"그게 무슨 말이야? 내가 한 게 아니라고 하면 안 한 거지, 왜 사람 말을 못 믿어?"

엘라는 크게 한숨을 내쉰 뒤 말을 이었다.

"넌 나를 조금도 믿지 않고 있어. 눈곱만큼도."

나는 컴퓨터 화면을 아래로 내리면서 엘라의 댓글을 찾아보았다.

'넌 싸구려 중에 최강이야!'

율리의 비키니 사진들 중 하나에 달린 엘라의 댓글이었다.

"여보세요? 아직 안 끊은 거지?"

엘라가 물었다.

"근데 넌 왜 그 프로필이 가짜라는 거야? 율리도 한번쯤은 자기의 본모습을 사람들한테 보여 줄 수 있는 거잖아."

"난 율리를 잘 알아. 율리는 그런 애가 아니야."

"아, 그래? 너 율리를 아주 잘 아는구나. 근데 그게 무슨 뜻인지는 알고 있어?"

엘라의 목소리가 갑자기 아주 차분해졌다.

나는 어떻게 대답해야 할지 몰랐다. 그래서 다른 댓글들을 죽 훑어보기만 했다.

"이런 댓글들을 보고 율리가 어떤 심정일지 생각해 봤어? 만일 이게 네 일이라면 어떻겠어?"

내가 물었다.

"그야 당연히 좋진 않겠지."

그렇게 순순히 인정하는 엘라의 목소리는 다시금 내가 알던 그 목소리로 돌아와 있었다. 순간 엘라의 두 눈이 얼마나 크고 맑은 검은색인지, 또 그 아이의 입술이 얼마나 부드러운지 떠올랐다.

"그럼 네가 단 댓글 삭제해!"

엘라는 아무 말도 하지 않았다.

"사……."

나는 숨을 깊게 들이마신 뒤 작정을 하고 말을 내뱉었다.

"사랑의 증거로."

엘라는 여전히 아무 말 없었다. 사실, 아직 사랑 같은 걸 이야기할 만한 단계는 아니었다. 그렇지만 내 여자 친구가 진짜도 아닌 가짜 프로필에다 그렇게 혐오스러운 댓글을 다는 건 견디기 힘들었다. 당연히 나는 엘라와 계속 사귀고 싶었다. 그 감정만큼은 확실했다.

"알았어, 댓글 지울게."

엘라가 진지한 목소리로 말했다.

"저, 정말?"

나는 말을 더듬거렸다. 그와 동시에 속으로는 고민했다. 그 대답이 나에게 얼마나 많은 걸 의미하는지 지금 엘라에게 말해 줘야 하나? 결국 나는 그 생각을 털어놓을 수밖에 없었고, 스스로도 참 좀스러운 놈이라고 생각했다. 여자 친구의 행동 하나하나에 참견하는 옹졸한 놈 같았기 때문이다.

엘라는 웃었다. 어쩌면 엘라도 나를 그렇게 생각했을지 모른다.

율리

"어쨌든 그건 프로답지 못한 일이야. 대체 무슨 생각으로 그런 걸 인터넷에 올린 거야?"

마렉은 인상 쓰며 고개를 흔들었다.

사실 우리가 오늘 모인 건 다음 공연 계획을 짜기 위해서였다. 그런데 마렉은 나를 비난하려고 작정하고 나온 듯했다.

"뭐? 너 설마 그 프로필을 진짜로 내가 만들었다고 생각하는 거니? 어떻게 그딴 걸 믿을 수가 있어?"

나는 어이가 없었다.

"대부분의 아이들이 그러니까. 그동안 얼마나 많은 애들이 그걸 봤는지 알기나 해? 어떤 댓글들이 달렸는지는 확인해 봤냐고!"

물론 내 두 눈으로 하나하나 다 읽어 보았다. 하지만 그렇다고 말할 수는 없었다. 또다시 벌레에 찔린 것처럼 목이 부어올랐다.

"하지만 네가 그런 게 아니라면, 너를 아주 잘 아는 누군가가 그런 게 틀림없어."

마렉은 문득 골똘히 생각에 잠긴 표정으로 말했다.

"그래 그거야, 셜록 홈즈 씨!"

나는 부어오른 목으로 가까스로 목소리를 짜냈다.

"그렇다면 과연 누굴까? 의심 가는 사람 있어?"

마렉의 말투가 정말로 탐정 같았다.

"나도 똑같은 생각이 들었어. 분명 널 잘 아는 누군가가 그랬을 거야."

제바스티안이 말했다.

물론 이 가짜 프로필 사건 뒤에 누가 숨어 있는지 나도 꽤 확신이

가는 사람이 있었다. 무엇보다도 비키니를 입고 있는 내 사진들에서 단서를 얻을 수 있었다. 또한 슈튀프와 같은 전설 속 캐릭터와 화장을 떡칠한 뱀파이어가 썩 잘 어울린다는 생각도 무시할 수 없었다. 늑대 인간과 뱀파이어, 얼마나 환상적인 조합인가! 나는 리자가 이 모든 일을 꾸몄을 거라고 확신했다. 물론 슈튀프7은 더 이상 이메일을 보내지 않았다.

"어쨌든 가만히 있으면 안 돼. 프로그램 공급자에게 연락해서 가짜 프로필을 당장 삭제해 달라고 해."

제바스티안이 말했다.

"알겠어, 그렇게 할 거야."

"꼭 그렇게 해야만 한다고! 밴드를 위해서라도!"

마렉이 말했다.

"그래, 그렇게 할 거라니까!"

잠긴 목을 뚫고 나온 소리가 신경질적으로 갈라졌다.

"그렇게 예민할 필요 없어! 그냥 홈피 고객 센터에 들어가서 이용자 수칙을 위반한 사람이 있다고 신고하면 돼."

마렉이 말했다.

"이제 좀 그만 내버려 둬!"

뭐가 잘못됐는지 계속 베이스 기타 연결선들과 씨름을 하느라 우리의 대화를 듣고만 있던 야스미나가 불쑥 말을 던졌다.

야스미나는 내 눈물을 본 유일한 친구였다. 그저께 나는 눈물이 그렁그렁한 채 야스미나를 데리고 여학생 화장실로 갔다. 거기서 벽에 그려진 마인드맵을 본 야스미나는 나를 꼭 끌어안아 주었다. 그 뒤 우리는 그걸 지우기 위해 안간힘을 썼다. 하지만 비누와 화장지로는 별 효과가 없었다. 오히려 그걸 지우는 모습을 누구한테 들키기라도 한다면 그게 더 난처한 상황이 될지 몰랐다.

"나도 바보 아니거든. 이제 그만해."

마렉에게 내가 말했다. 그런데 문제는 내가 진짜로 바보일지 모른다는 거였다. 내 것으로 위조된 프로필이 일주일 전부터 인터넷상에 떠 있는데도 프로그램 공급자에게 신고할 생각은 단 한 번도 해 본 적 없었다.

"그럼 공연 때 어떤 곡들로 할지 다시 얘기해 보자!"

"좋아, 연주곡 리스트를 작성하자."

제바스티안이 내 말에 맞장구를 쳐 주었다. 나를 바라보는 그 아이의 시선에 따뜻함이 묻어 있었다.

이야기가 다 끝난 뒤에도 내 생각은 여전히 리자에게 머물러 있었다. 생각하면 할수록 더욱더 리자가 그랬을 거라는 확신이 들었다. 이대로 가만있어서는 안 될 것 같았다. 사진들이 바로 리자가 범인임을 보여 주는 단서였다. 호수에서 리자 엄마가 우리 사진을 찍어 주었을 뿐 아니라, 리자가 자기 엄마를 찍어 주는 것도 본 적 있었다. 그러면서 몰래 나도 찍었는지 모르는 일이었다.

다른 밴드 멤버들을 먼저 보내고 뒤에 남아 있던 나는 위로 올라가 재킷을 집어 들고 자전거에 올라탔다.

"어딜 가니? 노아가 금방 전화할 텐데."

엄마가 문에서 소리쳤다.

"좀 갔다 올 데가 있어!"

키 큰 너도밤나무들 사이로 옛 산림청 관사까지 페달을 밟았다. 그 집은 숲 속에 외롭게 홀로 있었다. 거기까지 올라가 본 건 꽤 오랜만의 일이었다. 노을 속에 잠겨 있는 리자의 집은 멀리에서도 당장 보수가 필요해 보였다. 하얀색 페인트칠이 군데군데 벗겨져 있고, 2층 셔터문은 더 이상 사용하지 않는 듯했다. 집 앞에는 낡은 골프(독일 폭스바겐 사에서 생산하는 차) 한 대가 서 있었는데, 좀 더 가까이 가 보니 차가 벽돌을 쌓아 만든 수리대 위에 올려져 있었고, 그 주위에는 키 큰 잡초가 무성하게 자라 있었다.

차 가까이 다가서자 1층 창문에서 커튼이 움직이는 듯싶더니, 곧이어 리자가 현관문을 열고 튕겨 나왔다. 현관문의 칠도 거의 다 벗겨져 있었다.

"여긴 왜 왔어?"

리자가 인사 대신 물었다. 평소에 입던 검은옷 대신 분홍색 목욕 가운을 입고, 머리에는 큰 수건을 두르고 있었다. 얼굴은 완전 민낯이었다. 양팔을 허리에 받치고 서 있는 리자는 아무것도 거리낄 게 없다는 표정이었다.

"네가 잘 알고 있잖아!"

어떻게 그렇게 큰 소리로 악을 쓸 수 있었는지 나 스스로도 놀랐다. 타고 온 자전거가 풀밭 위로 쓰러졌다. 그런데 리자는 뭘 잘했다고 저렇게 자신만만한 태도일까!

"네가 나한테 악성 이메일을 보냈잖아! 그리고 내 프로필도 네가 조작했고! 어떻게 그런 짓을 할 수가 있어? 넌 정말 비겁해!"

나는 계속해서 악을 써 댔다.

"누구니?"

리자 뒤에서 목소리가 들렸다.

"학교 같이 다니는 애야."

리자는 자기 뒤로 현관문을 닫은 뒤 성난 얼굴로 나를 노려보았다. 그러고는 내 어깨를 밀치며 낮은 소리로 말했다.

"여기 말고 다른 데 가서 얘기해."

그러면서 리자는 나를 한 번 더 밀쳤다.

"야, 기다려 봐. 여기서 얘기 못 할 건 뭔데!"

나는 팔을 붙잡으려는 리자의 손을 뿌리쳤다.

"뭐 하는 짓이야?"

그 바람에 리자의 머리를 말고 있던 수건이 풀어져 땅으로 흘러내렸다. 리자는 수건을 들어 올렸다. 머리에 아무런 장식도 하지 않고, 눈 화장도 전혀 하지 않은 리자의 모습이 평소와는 전혀 달랐다.

"제기랄, 네가 원하는 게 도대체 뭔데?"

리자는 엄마를 의식해 거의 속삭이다시피 말했다.

"그 프로필 지워. 알았어? 안 그러면……."

"안 그러면 뭐?"

리자는 다시 젖은 머리 위로 수건을 둘렀다. 그때 리자 얼굴 위로 웃음기가 살짝 지나간 것 같았다.

"널 신고할 수도 있어!"

내가 큰 소리로 말했다.

"난 네가 무슨 말을 지껄이는지 도통 모르겠단 말이야. 당장 집으로 돌아갔으면 좋겠어."

그때 집 안에서 무슨 소리가 난 듯 리자는 고개를 돌렸다가 다시 나를 쳐다보며 단호하게 말했다.

"이런 어이없고 불쾌한 행동에 일일이 상대해 줄 시간이 나한텐 없다고."

"너 우리 밴드에 못 들어오게 돼서 열받은 거 맞잖아."

리자는 머리를 감싼 수건을 꽉 붙잡은 채 고개를 세게 흔들었다.

"넌 겨우 그것밖에 생각을 못하니? 그 유치한 상상력은 어디까지인지 모르겠다. 근데 너 그거 알아? 내가 다른 밴드에 들어갔다는 거. 게다가 우린 너네처럼 대중에게 아부하는 그런 쓰레기 같은 곡들은 아예 취급을 안 한다고!"

"오호, 그래? 그런데 말야……."

나도 쉽게 물러설 생각은 없었다.

그때 현관문이 열리고, 리자의 엄마가 한 손에는 와인 잔을 든 채 비틀거리며 나왔다. 리자는 어깨 너머로 엄마를 흘깃 보더니, 불안하게 흔들리는 눈으로 나를 다시 응시했다.

"그 사진들은 네가 찍은 거 맞잖아."

하지만 리자는 내 말에 전혀 귀를 기울이지 않았다.

"이제 그만 꺼져!"

거칠게 말을 내뱉고 나서, 리자는 눈 깜짝할 사이에 술 취한 엄마한테 뛰어갔다. 그러고는 엄마를 집 안으로 데리고 들어가 버렸다.

마렉

아빠의 여자 친구들 때문에 여간 불편한 게 아니었다. 그들은 하나같이 뭔가 자연스럽지 않고, 이상하게 내 신경에 거슬리는 행동만 했다. 최근 우리 집을 드나드는 여자도 마찬가지였다. 예를 들어 아침식사 자리에, 완벽하게 옷을 갖춰 입고 거의 분장에 가깝게 완벽한 메이크업을 한 상태로 나오는 거였다. 도대체 뭐 하는 짓인지……. 그동안 자신의 벌거벗은 몸과 화장이 뭉개진 얼굴을 우리 아빠한테 들킨 게 한두 번은 아닐 텐데. 그런데도 아침식사 자리에 풀 메이크업을 하고 나오는 이유는 대체 뭐지? 설마 나한테 잘 보이려고? 내가 자신에 대해서 어떻게 생각하는지가 그렇게 중요하단 말인가? 정말 이해 불가다!

나는 빵을 뜯어 먹으면서 계속 아빠의 여자 친구를 관찰했다. 그런데 그때 내 머릿속에 들어온 건 율리였다. 율리! 인터넷상에서 웃음거리가 좀 되었다고 그렇게까지 심각해야 할까? 물론 밴드의 이미지를 생각하면 중요한 문제이긴 하다. 하지만 율리 개인으로서는 죽느냐, 사느냐 할 정도의 문제는 아니지 않은가.

율리는 남자라면 누구나 다 좋아할 만한 외모에다 입이 쩍 벌어질 만큼 노래도 잘 부른다. 그건 스스로도 이미 잘 알고 있을 것이다. 그런데 그런 일이 터지고 나서 하는 행동을 보면 한심하기 짝이 없다. 아니, 그렇게 괴로워하면서도 정작 서비스 제공자한테는 알리지도 않았다니……. 문제를 해결할 생각이 있기는 한 걸까? 대체 언제까지 그러고 있을 거지?

'사이버 모빙(온라인상에서 특정인에게 가해지는 집단 폭력)'이란 단어를 인터넷으로 검색하면 60만 건 이상의 글들이 주르륵 올라오고, 그중에 대부분은 어떻게 대처해야 할지에 관해 유용한 도움말을 준다. 그건 어제저녁 내가 직접 인터넷에 쳐 본 결과다. 이렇게 문제를 해결하려는 자세 면에서는 내가 율리보다 확실히 더 낫다.

그리고 야스미나. 나는 정말 야스미나가 마음에 든다. 그런데 그 애는 좀…….

그때 아빠의 여자 친구가 나에게 무슨 얘기를 한 것 같았다. 야스미나에 대한 생각은 거기서 끊기고 말았다.

"뭐라고요?"

나는 별 관심도 없으면서 물었다.

"언제 너희 밴드가 연주하는 걸 들을 수 있냐고?"

언제부터 우리 밴드에 관심이 있었다고 아빠의 여자 친구가 그렇게 말했다. 아마 아빠한테 잘 보이려고 그냥 하는 소리일 거다.

"지금은 상황이 좀 안 좋아요. 보컬이 얼마 전에 사이버 모빙을 당했거든요."

무덤덤하게 내가 말했다.

"어머, 너무 끔찍하다!"

아빠의 여자 친구가 휘둥그레진 눈으로 말했다. 그 표정이 꼭 내 말에 크게 공감하는 모습을 보이려고 일부러 노력하는 것 같아 애처로워 보였다.

"요즘 애들한테는 그런 일이 많은 것 같아. 정말 문제야."

이것 보세요! 나보다 몇 살이나 더 많다고 그러십니까! 아빠의 여자 친구들은 하나같이 나랑 몇 살 차이가 안 날 정도로 어렸다. 엄마가 집을 나간 뒤로 그들은 끊임없이 우리 집을 드나들었고, 나는 그런 환경 속에 사는 게 가끔은 견디기 힘들었다.

하지만 대체로 그런 건 아무 문제가 되지 않았다. 그것이 바로 나의 가장 큰 장점이다. 대부분의 것들이 내게는 그리 중요하지 않았다. 이처럼 주변 상황에 둔감하기 위해서는 몸에 두터운 털이 필요한데, 내 몸을 둘러싼 털가죽은 너무 두꺼워서, 그것을 피부에서 벗겨 내려면 뉴질랜드에서 근육질의 양털 깎기 전문가가 와도 힘들 정도다.

어렸을 때는 팔꿈치가 깨지거나 무릎이 까지면 엉엉 울면서 엄마한테 달려가곤 했다. 그럴 때면 늘 엄마는 나보고 너무 여리다면서 안아 주기는커녕 옆으로 밀어냈다. 그때마다 나는 엄마가 아무 감정이 없는 사람이라고 생각했다. 하지만 그 생각은 완전히 틀린 것이었다. 엄마는 단지 나에게 미리 경고하려고 한 것뿐이었다. 고통과 슬픔에 예민하게 반응하면 안 된다는 것을…….

그런데 야스미나를 볼 때마다 늘 느끼게 되는 이 묘한 감정에 대해서는 엄마도 미처 경고를 하지 못했다. 이 감정은 내 몸의 두꺼운 모피로도 막아 낼 수가 없었다.

그렇지만 율리를 볼 때면 엄마가 옳았다는 생각이 들었다. 율리는 누구에게나 선망의 대상이었다. 멋진 목소리를 가진 데다 예쁘기까지 하니까. 그런데 지금은 그 꼴이 뭔가? 내가 온몸을 두터운 털로 감싼 채 스스로를 보호하고 있다면, 율리는 아무런 보호막 없이 여린 피부에 와 닿는 온갖 자극에 상처받고 아파하고 있는 것이다.

"집에 저지방 버터 있니?"

아빠의 여자 친구가 또다시 내 생각을 흩뜨렸다.

"아마도요."

안 그래도 이미 불편할 텐데 굳이 기분 상하게 하고 싶지는 않았다. 나는 순순히 냉장고로 가서 저지방 버터를 찾아왔다.

•엘라

오늘 오후에는 이자벨, 알리나와 함께 '패션 & 스타일' 동아리 모임을 가졌다. 일 년 전 우리는 학교 축제를 위해 패션쇼를 준비하면서, 학교의 편의 시설과 다양한 재료들을 활용하면 좋겠다고 생각했다. 그래서 우리는 방과 후에 패션과 관련된 공부도 하고 아이디어 회의도 하는 동아리를 만들기로 했다. 대부분의 아이들은 그 얘길 듣고 비웃었지만, 퇴니스 미술 선생님은 굉장한 생각이라며 용기를 북돋아 주었다. 그렇게 우리는 정기적으로 방과 후에 학교에 남아 선생님의 지도 하에 옷을 디자인하고, 패턴을 만들고, 바느질도 배웠다. 우리는 셋 다 나중에 패션 디자인을 전공하고 싶었는데, 관련 학과에 들어가기 위해서는 완성도 있는 포트폴리오가 필요했다. 그런 까닭에 우리는 더욱 이 동아리 활동에 열성적이었다. 하지만 오늘 분위기는 평소와 조금 달랐다. 왜냐하면 퇴니스 선생님이 오늘은 시간이 없다며 우리에게 섬유실 열쇠만 건네주고 가서, 간만에 우리끼리 웃고 떠드느라 신이 났기 때문이다.

"어쨌든 그 댓글은 삭제했어. 제바스티안이 부탁을 하니 어떡해. 사랑의 증거로 그렇게 해 달라잖아. 어쨌든 제바스티안은 누군가가 율리의 프로필을 조작한 거라고 생각하고 있어."

나는 아이들에게 간단히 제바스티안과 주고받은 통화 내용을 알려 주었다.

"사랑의 증거 좋아하시네. 네 남친이 말하는 사랑 참 별나다!"

알리나가 꼬투리를 잡았다.

이자벨도 덩달아 코웃음을 쳤다.

"무슨 말을 그렇게 해?"

나는 기분이 언짢아졌다.

"너 그렇게 안 봤는데 완전 숙맥 아니니? 네 남친은 널 걱정하는 게 아니란 말이야."

알리나는 그런 모호한 말을 던진 뒤, 고개를 숙이고 스케치를 하기 시작했다.

"제바스티안과 율리를 의심하는 거야?"

어느 정도는 예상하고 있었지만 확인이 필요했다.

"오호, 그러니까 잘 생각해 봐! 걔네 둘은 항상 같이 다니잖아. 학교에도 같이 오고, 밴드에서 같이 연습도 하고. 저녁에도 분명 같이 어울려 놀걸?"

알리나가 고개를 들어 나를 쳐다보며 말했다.

알리나는 연필을 깎기 시작했다. 작은 플라스틱 연필깎이에서 얇은 연필 껍질이 밀려 나왔다. 알리나는 연필심의 뾰족한 끝을 살펴보며 그 정도면 되었는지 확인했다. 그사이 나는 뭐라 대꾸해야 할지 몰랐다.

"율리가 널 얼마나 질투하는지 알아? 네 앞에서 야스미나랑 서로 주고받는 눈빛도 그렇고. 진짜 너만 보면 눈이 막 돌아가더라."

이자벨이 끼어들었다.

"그럼 제바스티안은 왜 나랑 사귀는 걸까?"

나는 애써 아무렇지도 않은 듯 말했다. 사실 이자벨과 알리나가 오늘 이 이야기를 꺼내자마자 이미 내 안에서는 이러한 의구심이 고개를 들고 있었다.

"율리와 제바스티안이 서로 사랑에 빠졌다면 말이 되는 거지. 그러니까 지금은 오버랩 되고 있는 중이다, 이거야. 너한테서 율리한테로 말이지."

이자벨은 빤한 거 아니냐는 듯 어깨를 한번 으쓱해 보였다.

"어쩌면 남들은 다 눈치챘는데 그 둘만 자기 속마음을 모르고 있는지도 몰라. 아니면 그걸 인정할 용기가 없거나."

"그러거나 말거나야. 어쨌든 내 댓글은 다 지웠으니까 이제 신경 쓸 것도 없어."

나는 쿨하게 보이려고 애를 썼다.

"뭐, 사랑의 증거로? 너 율리가 어떤 아이인지 잘 알지? 작년 우리 패션쇼 때 무슨 일이 있었는지 그새 까먹은 건 아닐 텐데."

이자벨이 비꼬았다.

당연히 아직 기억에 남아 있었다. 우리는 작년 학교 축제 때 다른 반 여자애들 몇 명이랑 팀을 이루어 패션쇼를 했다. 총 스무 벌의 옷을 준비했는데, 그중에 일부는 우리가 직접 바느질을 해야 했고, 몇 벌 아닌데도 주말마다 모여서 구슬땀을 흘려야 할 만큼 힘들었다.

118

우리는 또한 최고의 무대를 선보이기 위해 비싼 조명을 빌리기도 했다. 그래서 달랑 두 개 있는 대강당의 싸구려 조명등을 충분히 보완할 수 있었다. 음악도 무척 신경을 썼는데, 미리 곡들을 골라서 순서대로 편집하는 과정이 생각했던 것보다 훨씬 어려웠다. 그때 구세주로 나타난 사람이 제바스티안이었다. 그리고 그때 처음으로 그 아이가 내 눈에 들어왔다.

우리는 마지막 며칠 동안 복잡한 동선을 익히면서 워킹을 연습했다. 리허설 때는 정말 모든 게 척척 잘 맞았고, 공연 전날 밤 기대에 부푼 나는 거의 잠 한숨 못 자고 뒤척였다. 태어나서 뭔가를 이렇게 열심히 한 적이 없었다.

드디어 학교 축제의 날이 밝았다. 우리는 대강당 무대 앞에 책상들을 한 줄로 쭉 이어 붙여 캣워크를 만들었다. 그 책상들 위에 검은색 벨벳 천까지 덮자, 정말 프로 무대 같아 보였다.

마지막 모델로 나선 내가 검은 벨벳 캣워크 위를 걷고 있을 때 제바스티안이 사운드 믹싱 기계 앞에 앉아 있는 게 보였다. 많은 패션쇼가 그런 식으로 피날레를 장식하듯이 나는 순백색 웨딩드레스를 입고 있었다. 우리가 만든 웨딩드레스는 정말 환상적이었다. 그런데 문제가 있었다. 너무 꼭 끼어서 그걸 입은 상태로는 몸을 전혀 굽힐 수가 없었다. 게다가 나는 아찔한 굽 높이의 하이힐을 신어야만 했다. 그래야 전체적인 밸런스가 맞았기 때문이다. 그래서 무대 위에 오를 때 이자벨이 도와줘야만 했다. 신비로운 분위기의 전자 음악이 대강당 안에 가득 울려 퍼지고, 붉은색 조명이 캣워크 위를 비추고 있었다. 그때 그 사건이 터졌다. 아마도 책상들이 옆으로 조금씩 밀렸나 보았다. 하지만 나는 조금도 알아채지 못한 채 걷고 있었다. 한순간 책상들 틈새에 하이힐 뒷굽이 걸렸고, 나는 그만 기우뚱하다 넘어지고 말았다. 신비로운 음악은 계속 울려 퍼지고, 붉은색 조명은 계속 나를 비추고 있었다. 그런데 최악인 것은, 드레스가 너무 꼭 끼어서 누가 와서 나를 일으켜 세우지 않으면 나 혼자서는 절대 일어날 수 없다는 것이었다. 그래서 나는 그 많은 관중 앞에서 무대에 쓰러진 채 마치 물고기를 구걸하는 물개처럼 팔다리를 버둥거려야만 했다. 그때까지만 해도 아무도 웃지 않았다.

어느 순간 제바스티안이 음악을 멈추었고, 거의 동시에 대강당 천장의 형광등들이 일제히 깜빡거리면서 켜졌다. 눈부시도록 환한 불빛 아래에서 여전히 나는 어찌할 바를 몰라 버둥거리고 있었다. 걸려 넘어진 왼발이 누군가가 용접용 버너의 불꽃을 갖다 댄 것처럼 너무 뜨겁고 아팠다. 가까이에 앉아 있던 율리가 가장 먼저 달려와 나를 일으켜 세우려고 애를 썼다. 나는 발이 너무 아파 엉엉 울면서 율리에게 꼭 매달렸다. 그러나 율리의 가냘픈 몸으로는 나를 도울 수가 없었다. 율리는 그 상황이 우스운지 내 팔을 계속 잡아당기면서도 웃음을 참기 위해 입술을 깨물었다.

"미안."

그러더니 율리는 결국 '쿡!' 하고 웃음을 터뜨렸다.

그러자 관중석의 다른 아이들도 나에게 심각한 일이 발생한 건 아니라고 생각했는지 웃기 시작했다.

"옷이 너무 꽉 끼어서 그래! 도저히 못 일어나겠단 말야."

나는 계속해서 내 팔을 잡아당기고 있는 율리에게 속삭였다.

율리는 웃음을 참으려는 듯 얼굴을 일그러뜨리고는 있었지만, 이미 입에서는 '푸흐흐흐' 하는 웃음소리가 새어나오고 있었다. 그러면서도 율리는 계속해서 미안하다는 말을 되풀이했다. 하지만 실제로는 전혀 미안한 표정이 아니었다. 율리한테는 이 모든 게 그저 코미디의 한 장면일 뿐이었다. 나쁜 년!

나는 결국 발목 인대가 찢어져서 몇 주 동안 깁스를 하고 다녀야 했다. 그보다 더욱 참기 힘든 건, 모두가 나를 보며 배꼽이 빠져라 웃어 댄 일이었다.

나는 이자벨과 알리나에게 더 이상 그 패션쇼 얘기를 하지 말아 달라고 부탁하고 싶었다. 그런데 문득 전혀 다른 생각이 머리를 스쳤다. 그 패션쇼 때 율리는 자기의 진짜 얼굴이 무엇인지를 적나라하게 보여 주었다. 그렇다면…….

"그때 패션쇼를 녹화한 디브이디(DVD)가 아직 있을까?"

내가 물었다. 알리나 아빠가 그때 우리 패션쇼를 녹화해 주었지만, 우리는 그걸 지금까지 단 한 번도 본 적이 없었다. 그 끔찍한 참사 때문에 어느 누구도 먼저 그걸 보잔 말을 못 했던 것이다.

이자벨과 알리나가 나를 쳐다보았다. 지금 내 머릿속에서 무슨 일이 벌어지는지 궁금한 표정이었다.

"그 디브이디만 있으면 율리의 진짜 얼굴이 무엇인지 사람들한테 보여 줄 수 있잖아. 프로필 따위가 아니어도 그 기집애가 쓰고 있는 가면을 벗겨 버릴 수 있단 말이지. 뭐, 편집 기술이 조금 필요하긴 하겠지만."

이자벨과 알리나의 얼굴에 미소가 번졌다.

"일단은 짜깁기를 잘해야겠는걸."

알리나가 말했다.

율리

귀 옆으로 숨소리가 거칠게 들렸다. 털이 무성한 팔이 위에서 내 목을 점점 더 세게 눌렀다. 땅에서 진한 흙냄새가 올라왔다. 숲 속 어딘가에 쓰러져 있는 나를 슈튀프의 육중한 몸이 위에서 누르고 있었다. 더럽고 질척거리는 땅바닥에 얼굴이 처박힌 나는 고개를 돌리려고 애를 썼다. 하지만 슈튀프의 손이 내 머리카락을 꽉 움켜쥐고는 더러운 진흙 속으로 내 얼굴을 더 깊이 처박았다. 더 이상 숨을 쉴 수도, 소리를 지를 수도 없었다. 팔과 다리는 마비되었고, 전기에 감전된 것처럼 극한의 공포가 순식간에 온몸으로 퍼져나갔다. 심장이 심하게 요동치더니 점차 약해졌다. 슈튀프는 그렇게 내 몸에서 마지막 숨을 짜내었다. 이대로 끝이라는 생각이 희미하게 내 안에서 깜박였다. 그러다 한꺼번에 숨을 몰아쉬며 잠에서 깼다.

깜깜한 밤이라서 대충 윤곽만으로 침대에 있다는 걸 짐작할 수 있었다. 탁자 위 전등을 켰다. 익숙한 가구와 벽에 걸린 내 사진과 그림들이 눈에 들어왔다. 그러자 비로소 잠을 깬 뒤에도 여전히 남아 있던 두려움이 사그라질 수 있었다.

침대 밖으로 나와서 팔다리를 움직여 보았다. 정상이었다. 이어서 손으로 목을 더듬어 이상이 없음을 확인한 뒤, 소리를 낼 수 있는지 확인하기 위해 조금 흥얼거려 보았다. 모든 것이 괜찮았다. 그래, 모든 게 정상이야. 적어도 그렇게 생각하려고 애를 썼다. 하지만 그 생각이 틀렸다는 걸 나는 알고 있었다. 침대 가장자리에 힘없이 털썩 걸터앉았다. 자명종 시계를 보니 네 시가 조금 지났다. 다시 침대에 누워도 잠이 올 것 같지 않았다.

컴퓨터를 켜고 요즘 몸이 거의 자동으로 하는 일을 했다. 그러니까 내 가짜 프로필에 들어가 보는 것이었다. 나도 그게 쓸데없는 짓이라는 걸 잘 알고 있었다. 하지만 나도 어쩔 수가 없었다. 그건 마치 중독 같았다. 두려움에 몸을 떨면서도 나도 모르게 어떤 새로운 댓글이 달렸나, 누가 그걸 쓴 건가 끊임없이 확인해야만 했다. 고통을 이길 수 없다면 차라리 안 봐야 하는데……. 나는 특히 리자가 어떤 댓글을 달지 궁금했다. 하지만 리자는 결코 전면에 나서지 않았다. 심지어 리자는 내 프로필 친구 목록에도 없었다. 겉으로 보기에는 아예 내 프로필과는 아무 상관도 없는 아이였다. 그런데 리자뿐만이 아니었다. 슈튀프7에 관한 단서라면 뭐든 찾기 위해 샅샅이 훑어보고 이리저리 클릭해 보았지만, 역시나 그 어떤 미세한 흔적조차 찾을 수 없었다.

내 프로필에 댓글을 다는 사람들은 나의 거만함을 비웃고 경멸하거나('입 닥쳐, 혼자 잘난 줄 아는 골빈 년아!' 혹은 '누가 너한테 그딴 거 물어봤어? 너나 잘해!'라는 식으로) 혹은 정육점에 내걸린 고기를 보고 이야기하듯이('허리가 너무 일자네', '젖가슴이 좀 작은 것 빼면, 나머지는 봐줄 만하군' 같은 말이나 그보다 더 심한 표현들로) 비키니를 입은 내 몸매에 대해 이런저런 평가를 내렸다. 그러나 그들은 다른 한편에서 내가 그걸 보고 있다는 걸 전혀 느끼지 못했다. 자기도 모르게 자꾸만 댓글들을 클릭하는 손가락을 차라리 잘라 버리고 싶으면서도, 눈물을 흘리면서 그것들을 읽고 있는 내가 있다는 것을 말이다. 내가 꿈을 꾸는 동안 느낀 건 두려움이 아니었다. 그건 수치심이었다.

처음 며칠 동안은 내 진짜 프로필을 통해서 억울함을 알리기도 했다. 그때 나는 엄청 열받은 상태여서 가짜 프로필은 나도 모르는 누군가 조작한 것이라고 몇 번이고 반복해서 글을 올렸다. 그러나 대부분의 사람들은 그런 것에 관심이 없었다. 물론 그 후 나한테 미안

하다고 사과한 사람들도 있었다. 그것이 위로가 되기도 했지만, 그 건 아주 극소수에 불과했다. 그런데 내 프로필을 공유하는 사람들 중에 대부분은 우리 반 아이들이었기 때문에, 나는 심지어 우리 반 아이들 모두를 의심한 적도 있었다. 얘네들은 무엇 때문에 이렇게 자 주 내 가짜 프로필에 들어오는 걸까 생각을 하면서.

그런데 가짜 프로필이 왜 아직도 그대로 있는 건지 몰랐다. 프로 그램 공급자에게 이미 삭제 요청을 했지만, 조치는커녕 아직까지 아 무런 응답도 해 주지 않고 있었다. 그래서 나는 다시 한 번 더 신고 를 했다. 고객 센터에 들어가 몇 가지 절차를 거친 다음 불편 사항 접수를 완료했을 때, 아빠 목소리가 들렸다.

"율리야, 일어났니?"

아빠가 방문을 몇 번 두드렸다.

컴퓨터 화면에서 재빨리 가짜 프로필 창을 닫은 순간 아빠가 방문 을 열었다.

"응."

"벌써 컴퓨터 앞에 앉았구나! 숙제가 많니?"

"아니, 몸이 좀 안 좋아. 그래서 잠도 안 오고."

아빠한테 운 걸 들킬까 봐 마음이 조마조마했다.

아빠가 손가락 끝을 내 뺨에 살짝 대 보았다.

"열은 없는 것 같구나. 잠이 안 오더라도 누워서 쉬는 게 좋겠다."

아빠 말에 나는 바로 침대 속으로 기어들었다. 아빠는 이불을 턱

아래까지 쭉 끌어당겨 주고, 들뜬 곳이 없도록 이불 여기저기를 꾹 꾹 눌러 주었다. 잠시 유년기로 돌아간 기분이었다. 순간 아빠의 목을 팔로 꼭 끌어안고 싶었다. 예전에는, 그러니까 유치원에 다닐 때는 아빠가 나를 침대로 데려다 주면 항상 그렇게 하곤 했다. 하지만 지금은……. 그렇게 하면 눈물이 쏟아져 나올 것 같았다. 그러면 아빠가 왜 그러냐고 물을 것이고, 그럼 나는 어쩔 수 없이 그 프로필을 보여 주어야만 할 것이다. 그런데 왜? 왜 그러면 안 된다고 생각하는 거지? 오히려 그렇게 하는 게 더 속 편하지 않을까? 나는 고민 끝에 숨을 깊게 들이마시며 진실을 말하려고 용기를 끌어 모았다.

"푹 자도록 해, 알았지? 학교에는 내가 전화하마."

어느새 아빠는 문지방을 넘고 있었다.

기회를 놓치고 말았다.

"응, 알았어."

• 야스미나

오후에 율리네 집에 갔다. 율리는 많이 아파 보이지 않았고, 지하 연습실에 앉아 우리 밴드가 오래전에 녹음한 걸 듣고 있었다. 율리는 나를 보자 음악을 껐다.

"너 오늘 진짜 아까운 걸 놓친 거 알아?"

율리를 보자마자 내가 말했다.

율리는 몇 초간 두려움과 의심이 뒤섞인 눈빛으로 나를 보았다. 자기와 관련된 사건일까 봐 그랬을 것이다. 하지만 먼저 나에게 무슨 일인지 자세히 캐묻는 대신, 가만히 다음 말을 기다렸다.

"글쎄, 엘라랑 제바스티안 오빠가 반 애들이 다 보는 앞에서 싸웠지 뭐야."

"뭐? 왜 그랬대?"

일단 자기 얘기가 아닌 걸 알고는 율리의 표정이 조금 밝아졌다.

"진짜 막 소리 지르면서 싸웠어. 둘 다 하마터면 에르메르트 선생님 수첩에 이름이 적힐 뻔했다니까."

율리는 이제 환하게 웃었다. 내가 전해 주는 말들이 어쩐지 율리를 즐겁게 해 주는 것 같아 보였다.

"제바스티안 오빠는 가짜 프로필을 만든 사람이 엘라일 거라고 확신하는 것 같아. 아까 점심 먹을 때도 그런 식으로 말하더라고."

율리의 얼굴에서 와이퍼로 닦아 내듯 미소가 싹 지워졌다.

"점심 먹을 때?(독일 초중고 학생들은 수업이 오후 열두 시나 한 시에 끝나기 때문에 집에서 점심을 먹는다) 그럼 너희 부모님도 그거 아셔?"

율리가 다시 두려움과 의심이 뒤섞인 눈빛으로 물었다.

"아니, 오늘은 우리 둘이서만 먹었어."

나는 율리를 안심시켰다. 오늘은 엄마 아빠 모두 상담이 있었다. 두 분 다 선생님인데, 오늘 같은 특별한 경우만 아니면 보통은 우리와 함께 점심을 드셨다.

"그건 그렇고, 아까부터 계속 전화벨이 울리는데도 제바스티안 오빠는 전화를 안 받고 있어."

"음, 난 아직도 리자가 이번 일과 관련이 있다고 믿어. 예를 들어 비키니 차림으로 호수에서 찍힌 사진들은 리자네 엄마가 찍어 준 거잖아. 안 그래?"

율리가 말했다.

"글쎄…… 모르겠어."

"너도 알다시피 리자는 밴드 때문에 나한테 감정이 안 좋잖아. 그 가짜 프로필이 인터넷에 뜬 날도 나를 보며 비웃었단 말이야."

율리가 나를 설득하려는 듯 말했다.

"그때 걔가 무슨 말은 안 했어?"

"아니, 그냥 야릇한 썩소만 지었어. 저번에 내가 걔네 집에 찾아갔는데, 내가 초인종을 울리기도 전에 뛰어나오더니 당장 꺼지라고 난리를 치더라."

율리는 한숨을 길게 내쉬었다.

"그래? 그러면서 뭐래? 자기가 그랬……."

"아니, 하지만 아니라고 부정하지도 않았어. 걔네 엄마가 나오는 바람에 얘기가 끊겼어. 얼핏 보니까 술에 취한 것 같더라."

율리가 말했다.

"난 리자가 그랬을 것 같지 않아."

내가 말했다.

"근데 리자는 자기가 아니라는 말도 확실히 안 했어. 진짜로 자기가 아니라면 분명히 안 했다고 말하는 게 당연한 거 아냐? 안 그래?"

"왕재수들은? 호수에 갈 때마다 우릴 얼마나 많이 쫓아왔는지 한번 생각해 봐. 그중에 어느 날 사진을 찍었는지도 모르잖아."

내가 말했다.

"하지만 왜? 그러니까 내 말은, 걔네들이 그럴 만한 이유가 뭐냐는 거야. 하긴 우리가 걔네한테 그리 친절한 건 아니었지."

그러면서도 율리는 여전히 뭔가 혼란스러운 표정이었다.

"당연하지. 절대 친절한 건 아니었어."

율리는 힘없이 중얼거렸다.

세바스티안

그것은 아마 엘라가 보낸 백 번째 문자였을 것이다. 거기에는 '제발'이라는 단어 하나만 쓰여 있을 뿐, 그 밖에는 아무것도 없었다.

우리는 어제 학교에서 대판 싸웠고, 오늘은 반 아이들이 보는 앞에서 여러 번 서로 마주치고도 모른 체 지나쳤다. 율리는 여전히 아파서 결석 중이지만, 어제저녁 율리를 만나고 온 야스미나가 실제로 보니 아주 잘 지내고 있다고 했다. 하지만 나는 그렇게 생각하지 않았다.

주머니에서 휴대폰이 다시 진동했다. 역시나 엘라였다. 고민 끝에 이번엔 전화를 받았다.

"좀 만나!"

엘라가 거만한 말투로 말했다.

"좋아."

입에서 자동으로 그 말이 튀어나왔다. 그동안 엘라가 퍼부은 전화와 문자 공세에 지칠 대로 지쳐 있었기 때문이다.

"우리 집으로 와."

엘라가 말했다.

나는 엘라가 또다시 '제발'이라는 말을 하기 전에 무미건조한 목소리로 대꾸했다.

"알았어."

얼마 안 있어 나는 엘라네 집 앞에 도착했고, 엘라가 문을 열어 주었다. 나는 내심 울어서 얼굴이 붓거나 눈이 빨개진 엘라를 기대했다. 하지만 기대와는 달리 엘라는 샤워를 한 뒤 세심하게 화장까지 마친 모습이었다. 머리카락은 아직도 젖어 있었고, 몸에서는 달콤한 향이 풍겼다.

우리는 곧장 엘라의 방으로 갔다. 엘라의 노트북 컴퓨터가 켜져 있었다. 화면에는 어떤 동영상이 실행되고 있었는데, 처음에는 무슨 동영상인지 알 수 없었다. 하지만 곧 알아챌 수 있었다. 그것은 내가 믹싱을 담당했던 패션쇼 동영상이었다.

"잘 봐! 난 율리에게 공정한 기회를 줄 거야."

엘라가 말했다.

"이건 또 뭐 하자는 거야?"

"콘라드가 도와줬어. 잠자코 봐 봐."

그것은 '조작하지 마'라는 이름의 웹사이트였고, 시작 화면에 프로필 조작에 대한 경고문이 보였다. 이번에 율리에게 일어난 사건과 관련해 누군가가 올린 글이었다. 그것만 봐서는 그 경고문을 쓴 사람이 엘라인지 아니면 콘라드인지 알 수 없었다. 어쨌든 그 웹사이트 자체는 그리 나빠 보이지 않았다.

그 사이트에는 율리의 가짜 프로필이 링크되어 있었고, 이미 그와 관련된 논쟁이 뜨겁게 달아올라 있었다. 어떤 아이들은 율리의 성격이 가짜 프로필에 나와 있는 것과 실제로도 똑같다며 절대 조작된 게 아니라고 주장했다. 물론 여기에도 율리의 비키니 사진들이 올라와 있었고, 그 사진들에는 댓글이 셀 수 없을 정도로 줄줄이 달려 있었다. 그러나 대부분은 성적 수치심을 자극하는 말들이었다.

몇몇 아이들은 프로그램 공급자한테 요청해서 그 프로필을 삭제해야 한다고 율리에게 조언하기도 했다. 또 어떤 아이들은 아예 프로그램 공급자 자체를 보이콧해야 한다고 주장했다.

그 외에도 율리와 관련된 동영상이 하나 올라와 있었다. 그것은 여러 개의 촬영분을 하나로 편집한 것이었다. 제일 먼저 학교 축제 때 무대에 선 우리 밴드 모습이 나왔고, 이어서 율리가 앙코르 곡을 부르는 장면이 나왔다. 그리고 다시 리허설 때로 돌아가 율리가 노래 부르는 모습이 나왔는데, 아마도 마지막 전체 리허설인 것 같았다. 그러다 마침내 동영상 끝부분에 이르자 문제의 장면이 나왔다. 책상을 이어 만든 캣워크 위에서 엘라가 고통스러운 얼굴로 쓰러져 있는데, 율리가 큭큭거리다가 거의 숨넘어갈 듯 배를 잡고 웃는 모습이었다.

게다가 그 동영상에는 엘라가 인대 파열로 깁스를 한 장면도 추가되었다. 그렇게 편집된 결과, 친구의 고통 앞에서 큭큭거리며 웃음을 참지 못하는 율리는 정말 못된 아이로 비쳐졌다.

"대체 너 뭐 한 거야? 그리고 콘라드가 널 도왔다고? 그 자식이 왜?"

나한테서 아주 거친 목소리가 나왔다.

"풋, 콘라드가 어떤 애인지 너도 알잖아."

엘라는 나를 보며 미소 지었다.

엘라는 그 크고 검은 두 눈과 달달한 향수로 콘라드를 꼬신 게 틀림없었다.

"공정한 기회라고? 이런 걸 공정한 기회라고 한다면······."

나는 기가 막혀 말을 잇지 못했다.

"누구나 자유롭게 여기서 자기 의견을 말할 수 있어. 네가 그렇게 아끼는 율리를 위해서도 좋은 거라고. 자기 편도 있다는 걸 알 수 있잖아."

엘라가 말했다.

"너도 뻔히 알 텐데 그래. 그래 봤자 결국 발가벗겨지고 물어뜯기는 게 누군지."

나는 점점 더 화를 참을 수가 없었다.

엘라는 내 말을 이해하지 못하겠다는 듯 고개를 옆으로 기울인 채, 커다란 눈을 끔벅이고만 있었다.

"넌 이 웹사이트로 그 사건을 더 많은 사람들한테 광고하는 셈이야. 게다가 옷이 너무 꽉 껴서 혼자서는 일어나지도 못하는 너도 정말 눈 뜨고는 못 봐 주겠다고."

엘라의 눈이 가늘게 찢어졌다. 나는 엘라가 뭐라고 미처 대꾸하기 전에 집 밖으로 나섰다.

"너 진짜 그럴 거야?"

그제서야 엘라가 뒤에서 소리쳤다.

나는 뒤돌아서서 마지막으로 엘라를 보았다. 한때는 사랑한다고 생각할 만큼 소중했던 그 애를……. 하지만 이제 그 애는 없었다. 엘라는 그저 한심한 여자애일 따름이었다.

율리

한동안 바짝 말라 있던 정원 잔디 위로 가을비가 내리고 있었다. 나는 눈을 크게 뜨고 컴퓨터 모니터를 들여다보고 있었다. 지난 이틀 동안 거의 이러고만 있었던 것 같다. 이럴수록 나 자신이 점점 더 작아지고, 상처투성이가 된다는 걸 나도 알았다. 하지만 다른 건 아무것도 할 수 없었다. 콘라드는 새로운 웹사이트를 만들면서, 거기에 자신은 지극히 중립적인 입장임을 공식적으로 밝혔다. 하지만 말도 안 되는 소리였다. 그런 웹사이트를 만든다는 것 자체가 이미 중립적인 태도와는 거리가 멀었다. 혹시 콘라드가 슈튀프7인 건 아닐까? 그리고 내 프로필도 조작하지 않았을까? 하지만 아무래도 거기까진 아닌 것 같았다.

밤이 되자 새로운 협박 이메일이 날아왔다. 엘라가 자기 이름을 밝히고서 나를 위협한 것이다,

– 여우 같은 기집애! 너 죽을 줄 알아!

이건 또 무슨 황당한 일이지?

나는 곧장 휴대폰을 들어 엘라에게 전화를 걸었다. 하지만 받지 않았다. 잠시 콘라드가 만든 웹사이트를 멍하니 바라보았다. 죽을 줄 알라고? 다시 휴대폰 버튼을 눌러 엘라에게 전화를 걸었다. 통화

대신 음성 사서함으로 넘어갔다. 화가 머리끝까지 치밀어 휴대폰을 내동댕이쳐 버렸다. 애꿎은 휴대폰은 안락의자 쿠션 위로 떨어졌다가 공중으로 튕겨 오른 뒤 바닥으로 굴러떨어졌다.

결국 나는 밤새도록 잠 못 이루고 뒤척이다가 새벽 다섯 시에 일어났다. 샤워를 하고 학교 갈 준비를 마쳤다. 너무 피곤해서 버스 안에서는 거의 비몽사몽이었다.

하지만 교실에서 엘라가 눈에 들어온 순간, 나는 곧바로 정신이 들었다. 엘라는 뭔가 따분한 듯한 표정으로 다른 방향을 보고 있었다.

"네가 어제 한 말이 뭔지 좀 설명해 볼래? 죽을 줄 알라고? 어떻게 하겠다는 건데?"

나는 다짜고짜 엘라에게 다가가 물었다.

엘라의 시선이 순간 제바스티안 쪽으로 향했다. 하지만 그 아이는 다른 곳을 보고 있었다.

"네가 뭔데 나를 협박해? 너나 밤길 조심하라고! 이 비겁한 년아!"

나는 목청껏 소리쳤다. 그런데 위협적이어야 할 목소리가 너무 하이 톤이 되고 말았다.

"너 완전히 돌았구나!"

엘라가 내뱉었다. 그러고는 우습다는 듯 한쪽 입꼬리를 올렸다.

도저히 참을 수가 없었다. 나는 엘라를 때리려고 덤벼들었다. 하지만 어느새 나타난 제바스티안이 내 팔을 붙들고 엘라에게서 떨어뜨렸다.

"내버려 둬. 쟤 곧 제정신으로 돌아올 거야."

제바스티안이 내 귓가에 나직한 소리로 말했다.

"뭐? 무슨 소리야?"

내가 물었다.

"어제 나랑 끝났거든. 그걸 네 탓으로 돌리는 것 같아."

제바스티안이 속삭였다.

순간 제바스티안과 눈길이 부딪쳤는데, 나도 모르게 얼굴이 빨개 졌다. 어색해진 나는 급히 다른 데로 시선을 돌렸다.

때마침 클라인 선생님이 교실로 들어왔다. 선생님은 기분이 썩 좋아 보이지 않았다. 우리한테 왜 자기 자리에 앉아 있지 않고, 숙제해 온 걸 책상에 꺼내 놓지도 않았냐며 괜히 트집을 잡았다.

"연습 끝나고 나서 얘기해. 오늘 드디어 대강당에서 연습하잖아."

내 자리로 돌아가는데 제바스티안이 속삭였다.

"대체 무슨 일이 있었던 거야?"

내 자리로 돌아오자 야스미나가 나에게 물었다.

"야스미나! 이제 제발 좀 수업을 시작해도 되겠습니까, 네?"

클라인 선생님이 조롱하듯 말했다. 하지만 그 말은 오히려 선생님 자신을 엄하기보다는 우스운 존재로 만들어 버렸고, 심지어 선생님 말이라면 꾸뻑 죽는 아첨꾼 콘라드마저 몰래 키득거릴 정도였다.

수업 시간 내내 너무 피곤해 도저히 집중이 안 되었다. 게다가 시간은 발목이 잡힌 듯 한없이 느리게 흘러갔고, 가끔씩 엘라의 시선이 목덜미에 꽂히는 걸 느끼기도 했다. 하지만 뒤돌아보면 엘라는 그때마다 딴청을 부렸다.

그동안 우리 밴드는 대강당에서 연습할 날만을 손꼽아 기다려 왔다. 몇 주 있으면 학교 축제가 열리기 때문에 이제는 정말 학교에 있는 장비들로 연습해 볼 필요가 있었다.

"오늘은 학교 축제 때 연주할 목록에 대해서 얘기를 좀 해 보자."

교실 문을 나서자 마렉이 말했다.

"그건 몇 주 전에 미리 다 뽑아 놓았는데, 그게 어딨더라……."

제바스티안이 책가방 속으로 손을 밀어 넣어 몇 개의 종이쪼가리들을 끄집어낸 뒤 그중에 하나를 내밀었다.

"자, 이게 우리 연주 목록이야."

그런데 막상 대강당에서 노래를 부르려니까 목소리가 잘 안 나왔다. 너무 잠을 못 자서 그런 건지 아니면 다른 이유 때문인 건지 잘 모르겠지만, 어쨌든 목이 잠겨 있었다. 그러자 또다시 목 안에 벌레들이 기어 다니기 시작했고, 목 안쪽이 금방 부어올랐다. 더 이상은 어떤 소리도 낼 수가 없었다.

"왜 그래?"

내가 2절을 부르다 말고 갑자기 멈추자, 마렉이 짜증 난 목소리로 물었다.

나는 억지로 헛기침을 해 댔다. 그건 오프레아-칸 선생님이 발성에 안 좋다고 벌써 몇 년 전부터 못 하게 한 거였다.

"그 동영상 때문이야?"

마렉이 대놓고 물었다.

"아니! 아직도 몸이 좀 안 좋은 것뿐이야."

나는 곧장 부인했다. 그걸 인정하기는 죽기보다 싫었다.

"그럼 목을 좀 쉬게 해야겠다."

야스미나가 말했다.

"너 노래할 수 있겠어?"

마렉이 물었다. 그 질문은 내가 아닌 야스미나를 향한 것이었고, 마렉의 얼굴이 그새 발갛게 달아올랐다.

"아니."

야스미나가 대답했다.

"그래도 한번 해 봐! 그럼 연습 시간도 줄고 좋잖아."

마렉은 쉽게 물러설 기미가 없어 보였다.

야스미나가 주저하는 눈빛으로 나를 쳐다봤다.

"그래, 한번 해 봐. 아무래도 나보다는 네가 더 나을 거야."

내가 말했다.

야스미나는 마렉에게 수줍은 미소를 보낸 뒤, 마이크 앞으로 다가섰다. 야스미나의 목소리가 생각보다 꽤 괜찮았다.

"잘하네."

야스미나가 한 곡을 다 불렀을 때 내가 말했다. 나는 죽도록 피곤했고, 어서 침대에 드러눕고만 싶었다.

리자

나는 상점들을 이곳저곳 기웃거렸다. 이런 소도시에서는 마음에 드는 물건을 하나도 발견하지 못할 걸 빤히 알면서도, 그렇게 시간을 보내는 건 집에 가기 싫어서였다. 조울증이 심한 엄마는 지금 조증 단계에 있었다. 엄마는 그동안 써 온 글을 드디어 완성할 거라면서 여러 가지로 나를 무척 성가시게 했다.

버스 정류장에 갔더니 율리가 앉아서 버스를 기다리고 있었다. 율리는 완전히 축 늘어져 있었다. 샴푸 광고에 나올 정도로 윤기가 자르르 돌던 머리카락이 오늘따라 왠지 부스스하고 거칠어 보였다.

버스가 오려면 아직 5분이 남았다. 다음 버스는 한 시간 뒤에나 온다. 비가 내리기 시작했다. 할 수 없이 나는 유리로 된 버스 정류장 안으로 뛰어들어 갔다. 그러고는 멋쩍어서 도로 위 웅덩이에 떨어지는 빗방울들을 관찰하는 척했다.

율리는 나를 발견한 뒤 몸이 굳었다. 율리가 우리 집 앞에 나타난 그날 이후로 나와 율리는 말 한마디 섞은 적이 없고, 심지어 눈을 마주친 적도 없었다.

"너 아주 훌륭하게 해냈어."

율리가 작은 목소리로 말했다. 그런데 내게 하는 소리인지 혼잣말인지 분명치 않았다. 그래서 나는 계속 물웅덩이만 쳐다보았다.

"나랑 더 이상은 말 안 하기로 한 거야?"

율리가 물었다. 목소리가 조금 더 커졌다.

"아, 빌어먹을……. 너 아직도 그 생각 못 버린 거니?"

또다시 똑같은 말을 지껄일 거라 생각하자 진저리가 났다. 나는 과감하게 율리 쪽으로 한 발짝 다가갔다. 그러자 율리는 내게서 위협을 느낀 듯 의자에서 일어섰다.

자세히 보니 율리의 얼굴이 그동안 변해 있었다. 언제나 당당해 보이던 얼굴이 이제는 그저 무기력하고 슬퍼 보이기까지 했다.

"축하해 줘야겠네. 그동안 너 말고도 많은 애들이 너랑 똑같은 짓을 하게 되었으니까."

"난 아니야. 나를 좀 봐. 너한테 무슨 일이 일어났든 나랑은 아무 상관 없다고. 무슨 말인지 알겠어?"

하지만 율리는 내 말을 전혀 믿지 못하겠다는 표정이었다. 나는 파랑과 검정색 체크무늬 미니스커트에다 무릎까지 올라오는 레이스업 부츠를 신고 있었다. 그리고 비 때문에 머리가 망가져 있었다. 그래, 내 차림새나 머리 스타일이 율리 눈에 역겨워 보일 수는 있을 거다. 하지만 나는 그딴 비키니 사진이나 가짜 프로필 따위로 장난이나 치는 그런 형편없는 인간이 아니다! 물론 나도 율리의 프로필이나 그것과 관련된 웹사이트에 들어가 댓글들을 읽어 보긴 했다. 하지만 그건 오로지 호기심 때문이었다. 다른 애들은 대체 무슨 생각들을 하는지 궁금했으니까! 어쨌든 이 모든 우스꽝스러운 소동은 나와는 전혀 상관없는 일이었고, 나랑은 전혀 딴 세계의 일이었다.

율리는 내 부츠를 내려다보다가 다시 내 머리 모양을 올려다보았다. 하지만 더 이상 아무 말도 하지 않았다.

"게다가 내가 너네 밴드에 못 들어가서 그런 거라고 착각한다면 말이지, 난 이미 다른 밴드에 들어갔다고."

율리는 여전히 침묵했다.

"지금 밴드가 너희 야제인지 뭔지 하는 밴드보다는 훨씬 더 나랑 잘 맞는다고."

율리에게 잠시 생각할 시간을 준 다음 나는 덧붙였다.

"그냥 내가 한 말 싹 다 잊어버려. 어차피 넌 내가 무슨 말을 해도 안 믿을 거잖아."

버스가 왔고, 나는 버스 맨 뒷좌석에 가서 앉았다.

율리

버스 안에서 휴대폰을 들여다보았다. 새로 올라온 게 있는지 확인해 보기 위해서였다. 아니나 다를까, 엘라가 나에 대한 험담을 계속 올리고 있었다. 나는 제바스티안과 아무 사이 아니라고 글자를 쳤지만, 입력을 누르지는 않았다. 왠지 그건 사실이 아닐지도 모른다는 생각 때문이었다.

노아 오빠가 보낸 이메일도 열어 보았다. 학교 대표로 뛴 축구 경기 사진이 첨부되어 있었다. 그 사진들을 한동안 바라보았다. 그사이 영국에도 비가 왔던 모양이다. 축구장은 여기보다 더 좋아 보였지만, 선수들은 진흙탕 속을 뒹군 꿀꿀이들 같아 보였다. 대부분의 사진 속에서 노아 오빠는 진흙투성이 얼굴로 활짝 웃고 있었다. 나 자신은 그렇게 웃어 본 게 언제인지 기억조차 희미하다는 생각에 또다시 눈물이 앞을 가렸다.

버스가 커브를 돌아 도심의 마지막 주택 단지를 지나쳤다. 정원마다 울긋불긋 핀 과꽃 봉오리들이 빗속에 간신히 매달려 있었다. 어느새 완연한 가을이었다. 버스는 계속 달렸다. 집까지 아직 두 정거장이 더 남아 있었다.

오빠의 이메일을 다시 읽어 보다가, 문득 모든 게 너무도 간단해졌다. '답장하기'를 클릭한 뒤, 머릿속에 떠오르는 생각들을 단 세 줄로 정리했다. 이어서 가짜 프로필과 콘라드가 만든 웹사이트를 링크로 걸었다. 그리고 더 깊은 고민에 빠지기 전에 전송 버튼을 클릭했다. 이메일이 성공적으로 전송되었음을 바로 확인할 수 있었다.

집에 오니 파스타가 준비되어 있었다. 바질 페스토와 올리브 오일 모두 병뚜껑이 열린 채 조리대 위에 놓여 있었고, 면은 이미 접시에 담겨 있었다. 포크로 면을 들어 올리니 서로 엉겨 붙어 하나의 큰 덩어리를 이루었다.

"늦으면 늦는다고 미리 말을 해야지. 몸은 좀 괜찮아졌어?"

입맛이 없어 포크로 애꿎은 면을 쿡쿡 찌르고 있는데 엄마가 말했다.

나는 흠칫 놀랐다. 엄마에게 아프다고 말한 걸 깜빡 잊은 데다, 순간 엄마가 이 일련의 사건들을 모두 알고 있다고 착각했기 때문이다.

"응, 이젠 괜찮아. 그냥 조금 피곤하기만 해."

"그러게, 피곤해 보이네."

"한 시간만 누워 있어야겠어."

침대로 가기 전에 한 번 더 휴대폰을 확인해 보았다. 하지만 새로 온 이메일은 없었다. 그사이 콘라드의 웹사이트에는 나에 대한 또 다른 내용의 비방 글들이 잔뜩 올라와 있었다. 내가 툭하면 다른 여자애들의 남친들을 꼬셨다는 내용이었다. 뭐라고? 정말 어이가 없었다. 그런 경우는 하늘에 맹세코 단 한 번도 없었다. 겨우 그 정도밖에는 생각을 못하는지······. 멍청한 닭대가리들······. 차라리 내 이름을 밝히고 내가 딱 꼬집어 누구누구를 어떤 식으로 꼬셨는지 묻고 싶은 충동이 일었으나, 겨우 억눌렀다. 솔직히 내 인생을 통틀어 남자 친구는 딱 두 명뿐이었고, 둘 다 나랑 사귀기 시작할 때는 싱글이었다. 설마 과거의 내 남친 이름들까지 다 까발려야 나를 믿겠다는 건가? 하지만 그런다고 해서 과연 나를 믿어 줄까? 그래 봤자겠지. 나를 포기하게 만든 것은 두려움이었다. 이렇게까지 공격적으로 나오는 여자애들 앞에서 어떻게 나를 방어할 수 있단 말인가.

나는 무기력하게 거실 소파에 들러붙어 오후 방송을 보았다. 지루

143

하고 졸음이 왔다. 눈꺼풀이 무거워졌고 어느 순간 눈을 감았다. 그래도 어쩌면 다 잘될 거야……. 비 내리는 늦은 오후, 꿈결로 미끄러지며 생각했다.

꿈속이었다. 집으로 향하는 길에 굵은 비가 엄청 퍼붓고, 키 큰 나무들이 '쏴아 쏴아' 소리를 내며 이리저리 서로 부대꼈다. 그런데 나뭇잎으로 가려진 어둠 속 어딘가에서 슈튀프가 나를 기다리고 있다는 게 느껴졌다. 하지만 나는 계속 가야만 했다. 비가 아무리 미친 듯 퍼붓고, 바람에 날아갈 것 같아도 어쩔 수 없었다. 포장 안 된 진흙길은 걸음을 내디딜 때마다 발이 푹푹 빠졌다. 가뜩이나 발걸음을 떼기가 어려운데, 마치 거대한 추가 매달린 듯 몸조차 무겁고 가누기가 쉽지 않았다. 그렇게 간신히 한 발 한 발 내디디며 가고 있는데, 길 끝에 있어야 할 우리 집이 없었다. 우리 집이 있어야 할 자리가 텅 비어 있는 것이다. 윗동네에도 너도밤나무들 사이로 보이는 옛 산림청 관사 말고는 아무것도 없었다. 나는 어디로 가야 할지 모르면서 진흙탕 속에서 허우적댔다. 겨우 한 발을 빼내면 다른 한 발이 더 깊이 빠졌다. 그러다가 아예 진흙탕 속으로 고꾸라졌다. 몸은 납덩이처럼 무겁고, 기운이 하나도 남아 있지 않았다. 하지만 나는 팔꿈치를 움직여서라도 계속 앞으로 나아가려고 애썼다.

잠에서 깨어났을 때, 나는 소파 위에 엎드린 채 버둥거리고 있었다. 텔레비전에서는 폭력적인 딸과 엄마에 대한 다큐 프로그램이 방영되고 있었다. 그들은 서로 격렬하게 싸우면서 문을 부수기까지 했다. 나는 도로 눈을 감았다. 아직도 끔찍하게 피곤했다.

엄마가 가까이 와서 소파 옆 탁자에 차를 한 잔 내려놓았다. 나는 자는 척하고 있다가, 엄마가 다시 부엌으로 가 식기 세척기에서 그릇들을 비우는 동안 차를 두어 모금 마셨다.

가슴이 답답했다. 휴대폰을 확인해 보았다. 오빠한테서는 아직 아무런 답장이 없었다. 하지만 엘라가 비열한 험담을 일삼는 '조작하지 마' 웹사이트에서는 그사이 나에 대한 모함과 악성 댓글들이 계속해서 줄을 잇고 있었다. 누가 선동한 건지 뻔했다. 차를 한 모금 더 마시려는데 손이 떨려 왔다.

제바스티안

– 안녕, 제바스티안!

이게 진짜 무슨 일이야? 어쩌다 율리한테 그런 일이 생긴 거야? 정말 화가 나 미칠 지경이야. 대체 어떤 비겁한 놈이 남의 프로필을 위조한 거야? 그리고 그 얼간이들(콘라드와 테오)은 또 무슨 짓을 벌인 거야? 게다가 네 여자 친구 엘라는 또 뭐냐? 걔는 왜 끼어 있는 거야! 우리 여름 파티에도 왔던 애잖아. 걔가 그럴 거라고 아무도 눈치 못 챘던 거야? 도대체 이게 무슨 일이야? 너 혹시 콘라드 이메일 주소 알아? 그 자식한테 뭐라고 해야겠어!

그나저나 난 잘 지내고 있어. 새로운 노래들도 만들었고. 지금 그게 중요한 건 아니지만. 암튼 나중에 보내 줄게.

지금은 내 동생이 제일 중요해! 제발 내 동생 좀 신경 써 줘! 이거 보고 바로 답장해!

추신 : 우리 아버지가 변호사인 거, 그 사이코들은 모르나?

나는 노아 형이 보낸 이메일을 몇 번이나 읽어 본 뒤 답장을 썼다.

– 안녕, 노아 형!

누가 뒤에서 음모를 꾸미고 있는지는 나도 몰라! 나도 이 상황이 끔찍하기만 해. 그리고 나를 믿어 줘. 엘라, 그 한심한 여자애랑은 나도 더 이상 안 만나! 형도 이미 알고 있는 바로 그 이유 때문이야.

나한테는 콘라드의 이메일 주소가 없었다. 하지만 내 프로필에 연결된 친구들에게서 찾을 수 있었고, 그것을 노아 형에게 보냈다. 그럼 이제 형이 콘라드한테 따끔하게 한마디 할 것이다. 내 프로필의 시작 페이지로 돌아왔을 때, 율리의 사진 뒤에 작은 초록색 불이 들어왔다. 율리가 접속한 것이다. 나는 다시 이메일 프로그램으로 돌아갔다.

– 나 지금 율리한테 가 볼 거야. 나중에 연락할게.

나는 노아 형에게 이메일을 보냈다. 하지만 율리가 어제 밴드 연습을 하다가 혼자 먼저 가 버린 일과 오늘 학교에 오지 않은 것은 형에게 알리지 않았다.

율리가 현관문을 열어 주었다. 얼굴에 약간 쑥스러운 미소를 띠고 있었다.

"얘기 좀 해."

말하는 순간 왠지 멜로드라마의 한 장면을 찍는 것 같았다.

율리는 고개를 끄덕이고는 거실로 앞장섰다. 거실 탁자에 차 한 잔이 놓여 있었고, 그 옆에 율리의 휴대폰이 있었는데, 방금 전까지 보고 있었는지 아직도 화면이 밝게 켜져 있었다.

"노아 형한테는 왜 알렸어?"

소파에 나란히 앉게 되자, 내가 물었다.

"노아 오빠가 너한테도 이메일 보냈어? 그래서 여기 온 거야?"

율리가 물었다.

"그것 때문만은 아니야."

내가 말했다.

율리의 시선이 자기 휴대폰 쪽으로 향했고, 나는 그런 율리를 바라보았다. 빗속을 돌아다니다 들어왔는지 축축하게 젖은 율리의 긴 머리카락이 지저분하게 뒤엉켜 있었다. 나는 율리의 귀 뒤로 삐져나온 몇 가닥의 머리카락을 가다듬어 주었다. 율리가 당황한 듯 조금 뒤로 물러났고, 나도 그랬다. 하지만 나는 곧 용기를 내어 율리를 내 쪽으로 끌어당겼다.

"오빠 말이, 엄마 아빠한테 모든 걸 털어놓으래."

율리가 힘없는 목소리로 말했다.

"응, 당연히 그래야지."

"하지만……."

율리는 말을 맺지 못했다.

나는 한쪽 팔을 율리 어깨에 얹고 내 쪽으로 조금 더 가까이 당겼다. 율리는 긴 한숨을 내쉬고는 나한테서 빠져나갔다.

"괜찮아."

율리가 말했다. 그게 무슨 뜻인지 알 수 있었다. 하지만 나는 위로를 하려던 게 아니었다. 아니, 정확히 말해 꼭 위로만 하려던 건 아니었다. 율리의 머리칼을 매만져 준 그 짧은 순간에 이미, 내 안에 숨어 있던 감정이 처음으로 자신의 모습을 선명하게 드러냈던 것이다. 그러니까 율리를 팔로 안은 것은 그저 친한 친구이기 때문만은 아니었다. 그 이상의 감정이 있었던 것이다.

"프로그램 관리자한테서는 답장이 왔어?"

감정을 감추려고 애쓰며 내가 물었다.

"아니, 아직."

"그럼 그 사람들도 처벌받지 않나? 적어도 방조죄 같은 걸로."

"어쩌면 그럴 수도……."

율리는 어깨를 한번 으쓱해 보였다.

"아빠랑 꼭 얘기해 봐! 그럼 어떻게 대처해야 할지 알게 될 거야. 그리고 또 일이 계속 커지는 것도 막을 수 있고."

율리는 고개를 끄덕였지만 자신이 없어 보였다. 순간 율리가 난처해하고 있다는 걸 깨달았다. 하긴 율리의 아버지는 우리 모두 알고 있듯이 지금 상황이 좋지 않았다. 회사 일도 그렇고 건강 문제도 그렇고……. 율리 말고도 골치 아픈 일들이 많을 것이다.

"근데 이해가 안 가는 건, 사람들이 왜 나한테 그런 일을 저질렀는가 하는 거야. 정말로 나한테 무슨 문제가 있는 걸까?"

율리가 혼잣말하듯 말했다.

"아니, 넌 아무 문제 없어. 절대로 그렇게 생각하면 안 돼. 그런 걸로 고민하는 거야말로 바로 그들이 원하는 거라고!"

나는 단호하게 말해 주었다.

"그래도……."

율리는 머리를 흔들었다.

"그만해!"

"생각해 봐. 우연히 그런 일이 일어난 게 아닌 거야! 그러니까 어쩌면 내가 실제로 그런 아이인지 모른다는 거야. 엘라가 무대 위로 쓰러졌는데도 그렇게 웃은 걸 봐. 그건…… 솔직히 말해서, 나 그 일로 마음 아픈 적 한 번도 없었어."

율리는 흘러내린 머리카락을 손가락으로 잡아당기다가 귀 뒤로 넘겼다.

"그래, 나도 알아."

"그리고 리자가 우리 밴드에 들어오는 걸 엄마가 반대했을 때도, 난 그냥 따랐어. 리자가 마렉보다 훨씬 더 낫다고 생각하면서도."

"흠."

나는 긴 숨을 내쉬었다.

"또 콘라드랑 테오도 그래. 난 걔네들한테 한 번도 친절하게 대한 적이 없어."

"네 머릿속에는 계속 똑같은 생각이 맴돌고 있어. 누가 나한테 그런 짓을 한 거지? 왜 그런 거지? 하는 그런 생각 말야."

"글치만 그게 제일 중요하잖아!"

"난 그렇게 생각 안 해. 무대에서 넘어지면 누구나 웃음거리가 되기 마련이야. 넘어진 사람이야 속상하겠지만, 다른 사람들이 웃음을 못 참는 것도 어쩔 수 없는 거라고. 너 그거 기억나? 작년 '슈파르카세' 공연에서 마지막 곡을 부를 때 네 목소리가 꼭 스폰지밥 같았던 거? 그때 거기 있던 사람들 모두 웃었잖아."

율리는 그때 일을 떠올리고는 이마를 찌푸렸다.

"응, 하긴 그때 내 목소리는 내가 생각해도 진짜 웃겼어."

"그래, 그거야. 그런 일은 충분히 있을 수 있는 거라고. 근데 이건 문제가 완전히 달라. 걔네들이 너한테 한 짓은 집단 폭력이란 말이야. 이해가 돼? 그리고 걔네들이 원하는 게 뭔지 알아? 너 스스로 계속해서 되묻는 거야. '내가 뭘 잘못했지? 어떤 행동이 그렇게 재수 없었지?' 하고. 그런데 넌 지금 그런 행동을 하고 있어. 걔네들이 원하는 대로 그렇게 끌려다니기만 할 거야?"

율리는 숨을 깊게 들이마신 뒤, 고개를 천천히 끄덕이며 미소를 지었다. 다시 예전의 그 미소였다. 그렇게 웃을 때면 나타나는 예쁜 보조개가 내 눈을 사로잡았다. 순간 율리가 무슨 짓을 해도 용서할 수밖에 없는 여우 같아 보였다.

"그럼 난 아무 잘못도 없고, 재수 없는 행동도 안 한 거야?"

율리가 물었다. 내 대답을 이미 알고 있는데도 말이다.

"그래, 정말 아니야. 난 너야말로 아주 정상이라고 생각해."

그렇게 나는 다시 한 번 확인시켜 주었다.

율리

창 밖 어둠 속에서 비가 계속 내리고 있었다. 제바스티안은 작별 인사로 나를 안아 주었고, 그 느낌은 아주 따뜻했다. 나는 곧장 컴퓨터로 가서 캡처한 화면들을 모두 인쇄했다. 가짜 프로필의 시작

페이지, 비키니 사진들, 악성 댓글들……. 그리고 콘라드가 만든 뒤 계속해서 새로운 글들이 올라오고 있는 그 웹사이트도 인쇄했다. 오늘은 나에게 악성 댓글을 달고 협박성 이메일을 보내는 애들이 조금도 무섭지 않았다.

오빠는 아빠한테 이 일을 전부 맡기라고 했다. 그리고 나를 괴롭힌 애들을 모두 신고하면 바로 겁먹고 그만둘 거라고 했다. 오빠가 옳다는 생각이 들었다. 이제 모든 게 다시 좋아질 것이다.

인쇄한 종이 뭉치를 들고 거실로 갔을 때, 아빠는 평소와 마찬가지로 서류 더미 앞에 앉아 있었다.

"한번 봐 줘."

나는 아빠에게 종이 뭉치를 건넸다.

아빠는 처음에는 별로 내키지 않는 표정이었다. 하지만 곧 그것이 무엇에 관한 것인지 알아차렸고, 점점 더 빠른 속도로 종이들을 넘기며 읽어 내려갔다. 마침내 아빠가 고개를 들었다.

"이런, 세상에!"

아빠는 여러 번 그 말을 반복했다. 그리고 조금 뒤 아빠가 물었다.

"율리야, 왜 진작에 나한테 보여 주지 않았어?"

나는 그저 어깨를 한번 올렸다 내렸다. 일하던 서류들을 아예 한쪽으로 치워 놓는 아빠의 얼굴이 오늘따라 무척 늙어 보였다. 아빠한테 걱정을 끼칠까 봐 그랬다는 말을 차마 털어놓을 수는 없었다.

"이거 왕따시키는 거 맞지? 걔네들 신고해도 되겠지?"

대답 대신 나는 이렇게 물었다.

"흠……."

아빠는 깊은 생각에 잠긴 채 아랫입술을 지그시 깨물었다.

"그게 그렇게 간단한 게 아니야. 하지만 신고할 수 있을 것 같구나."

아빠는 천천히 대답한 뒤 인쇄 뭉치를 뒤적이며 다시 자세히 읽어 보았다.

나는 입이 바짝 말랐다.

"여기 이것들은 모욕죄와 악성 댓글의 증거 자료가 될 수 있어. 이건 협박죄야. 물론 너의 인격권을 대단히 침해하는 행위지."

아빠가 의뢰인과 상담할 때처럼 말했다.

"그럼 다 한꺼번에 고소하면 돼?"

내가 물었다.

"바로 그게 문제야. 개별적으로 다 따로 조사한 뒤에, 개별적으로 고소해야 하거든."

아빠가 말했다.

아빠는 가짜 프로필을 유심히 살펴보았다.

"이거 삭제해 달라고 프로그램 공급자에게 요청은 해 놓았지? 근데 좀 더 일찍 나한테 오지 그랬니?"

"그게…… 잘 모르겠어. 창피하기도 했고, 그리고 또…… 아빠는 늘 할 일이 너무 많잖아. 그래서……."

"자칫 일이 엉망이 될 뻔했기 때문에 그래. 물론 그럴 가능성이 높진 않지만."

아빠는 진지하게 내 눈을 들여다보았다.

"그래도 프로필 위조에 관해서는 벌써 신고했어. 그런데 프로그램 공급자한테서 아직 아무런 연락이 없어."

내가 말했다.

"그럼 계속해서 이렇게 인쇄를 해 놓는 게 좋아."

아빠는 수첩에 뭔가를 끄적였다. 늘 그렇듯이 아빠 말고는 아무도 풀 수 없는 암호를 사용해서 적었다.

아빠가 콘라드의 웹사이트에서 뽑은 인쇄물들을 읽다가 물었다.

"여기 콘라드 슈라더라고 돼 있는데, 건너편에 사는 뚱뚱하고 얼굴빛이 창백한 그놈이냐?"

"응."

"그놈한테 본때를 보여 줘야겠구나. 물론 자기는 단지 프로필 위조에 대한 토론의 장을 마련한 것뿐이라고 주장하겠지. 그런 식으로 영리하게 발을 빼려 하겠지만, 그 정도 머리만으로는 부족하지."

아빠가 중얼거렸다.

그때 현관문에서 열쇠 돌아가는 소리가 들렸다. 병원 근무를 마치고 엄마가 집으로 돌아온 것이다. 한숨을 내쉬면서 엄마는 신발을 벗었다.

"오늘은 정말 힘들었어!"

엄마는 아빠의 볼에 뽀뽀하며 인사하다가 내가 뽑아 놓은 인쇄물을 발견했다. 엄마는 맨 위에 놓인 종이 한 장을 손에 들고 읽기 시작했다.

"이게 뭐야? 율리야, 설마 이거 너랑 관련 있는 건 아니지?"

엄마는 그 아래에 놓인 종이를 집어 읽었고, 그렇게 몇 장 더 읽다가 비키니 사진이 있는 종이를 들었다. 표정이 어두워진 엄마는 계속해서 다른 종이들을 한 장씩 집어 들고 꼼꼼히 읽었다. 다 읽고 난 다음 엄마는 소파에 앉아 있는 나에게 다가와 꼭 끌어안아 주었다.

"저것들에게 지옥을 맛보게 해 줄 거야. 진짜 가만 안 둬!"

엄마는 내 이마에 뽀뽀를 해 주었다.

"그게 법적으로 그렇게 쉬운 일이 아니야."

엄마가 탁자 위에 아무렇게나 내려놓은 인쇄 뭉치를 다시 잘 정돈하며 아빠가 말했다.

"근데 너, 배후에 누가 있는지는 알고 있는 거야? 걔네들은 널 잘 알잖아!"

엄마가 나를 보며 물었다.

"적어도 의심 가는 애는 있었어. 그런데 지금은 누군지 정말 모르겠어."

"아무튼 콘라드 이 녀석의 경우는 쉽게 처벌받을 수 있어. 그런데 프로그램 공급자가 위조된 프로필에 대한 정보를 어디까지 공개할 의무가 있는지 알아봐야겠다."

아빠는 그새 몇 개로 나눠 분류한 인쇄물 뭉치들 중에 하나를 손가락으로 톡톡 두드리며 말했다.

엄마는 다시 종이 한 장을 집어서 읽기 시작했고, 아빠의 눈길도 그쪽으로 가서 잠시 머물렀다. 그것은 나를 협박하는 내용의 인쇄물이었다.

"혹시 이 중에 가짜 프로필을 만든 애가 있는 게 아닐까? 누군지 이름을 알아내면 좋겠는데……. 너 엘라라는 애는 아니?"

엄마가 물었다.

"당연하지. 걘 제바스티안의 엑스(전 여자 친구)야."

내가 설명했다.

"그래? 아, 우리 집에 온 적도 있는 것 같은데, 맞지? 노아 환송 파티 때 말야. 그런데도 이런 글을 썼단 말이야? 그럼 제바스티안은? 그 애도 이번 일과 관련이 있는 거야?"

엄마는 황당하다는 표정이었다.

"아니, 당연히 아니지!"

"그래? 어쨌든 얘네들 가만두면 안 되겠어. 단단히 혼내 줘야지!"

"진정해. 우선은 법적으로 어떻게 할 것인지 고민해 보고 나서, 그 다음에 앞으로 어떻게 대처할지 생각해 보자고."

아빠가 엄마를 진정시켰다. 하지만 엄마는 벌써 휴대폰을 들고 전화번호를 검색하고 있었다.

"그거야 물론 그렇게 해야지. 하지만 먼저 슈라더 부인한테 전화 좀 해야겠어. 자기 아들이 컴퓨터로 무슨 짓을 하고 있는지는 알고 있어야 하잖아."

엄마는 자리에서 일어나 슈라더 부인 집으로 전화를 걸어, 누구든 받기를 기다렸다.

"여보세요? 콘라드니? 난 건너편 동에 사는 율리 엄마야. 어머니 계시니? 그럼 아버지는?"

엄마는 잠시 콘라드의 말을 듣고 나서 말했다.

"그래? 생각해 보니 너한테 바로 말해도 될 것 같구나. 너 당장 네가 만든 그 사이트 없애 버리든가 아니면 처벌을 받든가 둘 중에 하나를 선택해!"

엄마는 다시 콘라드의 말을 듣다가 흥분해서 가만히 서 있지 못하고 이리저리 움직였다.

"표현의 자유? 너 그걸 표현의 자유라고 말한 거니? 언제까지 그런 걸 방패 삼아 빠져나갈 수 있을 것 같아? 이 난쟁이 똥자루만한……."

엄마가 갑자기 소리쳤다. 그러고는 그다음 말이 바로 생각나지 않았나 보았다. 엄마는 버튼을 눌러 통화를 종료했다.

"뚱보 자식이!"

엄마는 거칠게 숨을 몰아쉬었다.

"자, 다음은 엘라 부모님 차례야. 이름을 뭐로 저장해 뒀더라? 그래, 저번에 학부모 총회에 참석해서……."

엘라

콘라드의 웹사이트 시작 화면에 붉은색 두꺼운 띠로 테두리를 두른 경고문이 올라왔다.

- 인터넷 예절에 유의하시기 바랍니다! 이 사이트는 최근 벌어진 사건을 계기로, '프로필 위조'라는 안건에 관한 건전한 토론의 장을 마련하기 위해 만들어진 것입니다. 그러므로 타인을 모욕하거나 명예 훼손, 또는 협박하는 내용의 글들은 올라오는 즉시 삭제 조치됩니다! 부디 이 토론의 장이 본래의 역할에만 충실할 수 있도록 협조해 주시길 바랍니다. 이를 위해 오늘부터는 모든 게시물과 댓글에 신고 버튼이 표시됩니다. 그러므로 인터넷 예절에 부합하지 않는 게시물이나 댓글을 발견하면 바로 신고 버튼을 이용해 본 사이트의 담당자인 저에게 신고해 주시길 바랍니다.

그러니까 율리 엄마가 콘라드네 집에도 전화를 건 것이다. 그리고 그 쬐그만 뚱땡이가 겁을 제대로 집어먹은 거다. 어제저녁에 우리 집 자동 응답기에도 분노에 찬 목소리가 녹음되어 있었다. 율리 엄마였고, 오늘 다시 전화를 걸겠다는 내용이었다. 나는 그 녹음 목록을 지워 버렸고, 엄마가 퇴근 후 집으로 돌아왔을 때 평상시보다도 더욱 고분고분 행동해야만 했다. 속으로는 마치 살얼음 위를 걷는 것만 같았다.

배 속이 계속 꾸르륵거렸다. 그 증상은 마치 내가 교실 안에 아무렇게나 놓여 있는 걸상들 중 하나인 듯, 제바스티안이 나랑 눈도 마주치지 않고 그냥 지나쳐 버린 것 때문에 더 심해지는 것만 같았다. 제바스티안, 제바스티안, 제바스티안……. 머릿속엔 온통 제바스티안뿐이었다.

쉬는 시간이 되자 제바스티안은 율리가 교실 밖으로 나오길 기다렸다가 함께 운동장으로 나갔다. 걸어 나가면서 앞으로 흘러내린 율리의 머리카락을 직접 귀 뒤로 넘겨 주기까지 했다. 마치 그게 아주 당연한 행동인 것처럼 아무렇지도 않게 말이다. 율리는 물론 그런 제바스티안을 보며 여우 같은 미소를 지었다. 전부터 계속 그렇게 해 주길 바랐겠지? 정말 눈꼴셨다. 그러자 배가 더욱 심하게 꾸륵거렸고, 차라리 토하고 나면 속이 편해질 것만 같았다. 하지만 화장실로 달려가는 대신 나는 알리나의 책상 위에 놓인 패션쇼 기획안을 다시 읽어 보았다. 학교 축제가 점점 다가오고 있어서 이것저것 점검할 게 많았기 때문이다.

"거봐, 걔네들 썸 탄 지 오래됐다고 내가 말했잖아!"

겨우 마음을 다잡으려는데 알리나가 말했다. 나는 아무 말도 못 들은 척 가만히 있었다.

이어진 나머지 수업 시간은, 비 온 뒤 학교 운동장 보도블록에 자주 나타나는 달팽이들처럼 천천히 기어갔다. 마침내 클라인 선생님이 수학책을 덮었다.

이자벨과 알라나 그리고 나는 우리들이 사는 노란 외벽 연립 주택으로 평소처럼 함께 걸어갔다.

"너무 힘들어하지 마."

알라나가 나를 붙잡고 말했다.

이자벨도 옆에서 나를 안아 주며 말했다.

"그런 놈 때문에 마음 아파해 봤자 너만 손해야. 그럴 가치도 없는 애야!"

하지만 그렇지 않았다. 제바스티안…… 나의 제바스티안은 그런 아이가 아니었다. 현관문에 열쇠를 갖다 대기도 전에 문이 열리면서 엄마가 나타났다. 집 안에 묘한 긴장감이 감도는 가운데 엄마는 아무 말 없이 부엌으로 갔다. 엄마는 식탁 위에 점심을 차리면서 포크와 나이프를 신경질적으로 거칠게 내려놓았다.

"너 오늘 아침에 누가 전화했는지 알아? 율리 엄마야!"

엄마가 말했다.

접시가 빠져 있는 걸 알고, 나는 재빨리 찬장으로 가서 접시를 꺼내 왔다. 내가 자리에 앉은 뒤에도 엄마는 계속 불안하게 왔다 갔다 하면서 냅킨을 찾았다. 간신히 자리에 앉은 엄마는 곧바로 다시 일어나 소금 통을 들고 돌아왔다.

"대체 무슨 생각으로 그런 거야?"

나는 왈칵 눈물을 쏟았다. 정말 그러고 싶지는 않았는데……

"이제 와서 울면 뭐 해! 율리 부모님이 널 고소하겠다는데 어떡할 거야?"

나는 냅킨으로 얼굴을 감싼 채 계속 울었다.

"엘라야, 제발 좀 뭐라고 말 좀 해 봐!"

"뭘 고소한다는 건데? 율리는 자기가 원하는 걸 다 가졌단 말이야! 제바스티안도 빼앗아 갔다고!"

나는 눈물 콧물을 쏟으면서 말했다.

엄마는 화가 나는 걸 애써 참으려는 듯 길게 한숨을 내쉬었다.

"뭐? 제바스티안 때문에 그런 거야?"

엄마의 목소리가 좀 누그러진 것 같았다.

"맞아, 처음부터 끝까지 다 그 애 때문이야! 율리라는 잘난 기집애가 나한테서 제바스티안을 떼어 놓으려고 했단 말야. 그래서 결국 제바스티안을 자기 걸로 만들어 버렸다고! 그 기집애만 없었어도……."

나는 계속 냅킨 안에 얼굴을 파묻고 울었다.

엄마는 의자를 끌고 나에게 다가와 등을 쓰다듬어 주었다.

"그만 울어. 흔한 게 남자애들이야! 또, 그런 식으로 넘어간 애라면 너한테 아무 의미도 없어."

엄마가 말했다.

"아니야! 나한테 제바스티안이 얼마나 소중한데!"

내가 소리쳤다.

"아, 엘라……."

엄마는 더 이상 말을 잇지 못했다.

"엄마는 상상도 못할 거야. 율리가 실제로는 얼마나 사악한 기집 애인지! 다들 속고 있단 말야! 그런데 이제는 세상에서 가장 불쌍한 희생자 코스프레를 하고 있으니 말이 돼?"

나도 모르게 목소리가 귀를 찢을 듯 날카롭게 터져 나왔다.

엄마는 내 등을 토닥여 주며 말했다.

"걔네 엄마가 그러는데, 누군가 인터넷에서 뭘 위조했대. 그런데도 다들 그게 율리가 한 거라고 생각한다는구나."

"응, 그게 시작이었어."

"근데 넌 그 일과 아무 관련 없는 거야?"

엄마는 이 딸을 어떻게 보고 그런 생각을 할까.

"가짜 프로필이랑? 나랑은 아무 상관 없는 일이야."

나는 얼굴에서 냅킨을 떼어 낸 뒤 엄마의 눈을 똑바로 쳐다보았다.

"정말 아니라고?"

엄마가 다시 물었다.

"응."

엄마는 천천히 고개를 저었다. 나를 믿지 않는 거였다.

리자

세인트 샤우나 밴드의 남자아이들은 각자 악기 가방을 든 채 마치 우주 비행선에서 잘못 내린 외계인처럼 버스 터미널에서 서성이고 있었다. 이 작은 도시의 사람들은 누가 봐도 이질적인 그 아이들과 거리를 둔 채 안 보는 척 지나가면서 곁눈질로 쳐다보았다. 세인트 샤우나 밴드, 그중에서도 특히 목에 까만 스터드 밴드를 두른 샤우나가 사람들에게 경계심을 불러일으켰을 것이다.

나는 그 아이들을 향해 손을 흔들어 인사했고, 우리는 다 함께 내가 다니는 베르타-폰-주트너 고등학교로 갔다. 에르메르트 선생님은 오늘 대강당에서 빅밴드 리허설을 한 뒤에 우리 세인트 샤우나 밴드의 음악을 들어 보겠다고 했다. 그리고 나서 학교 축제에 같이 설수 있을지 결정하겠다고 했다. 내가 처음 그걸 물었을 때, 선생님은 의심스러운 눈초리로 나를 머리부터 발끝까지 쭈욱 훑어보았다. 하고 다니는 모습으로 봐서는 별로 탐탁지 않았을 것이다. 하지만 곧 승낙을 얻어 낼 수 있었다. 아마 처음부터 거부할 만한 마땅한 핑계가 없었기 때문일 것이다.

대강당 앞에 도착하자, 전형적인 빅밴드 음악이 흘러나오고 있었다. 사실 그런 음악은 쇼핑몰이나 대형 마트에서 어쩔 수 없이 듣는 거라고 생각했지만, 라이브로 들으니 꽤 괜찮았다. 우리는 대강당 안으로 들어가 맨 뒷줄에 앉아 얌전히 입을 꼭 다물고 있었다. 마침

내 빅밴드의 연주가 끝나자, 에르메르트 선생님은 손뼉을 치며 칭찬을 아끼지 않았다. 선생님은 그들의 연주에 완전히 매료된 듯 보였다.

우리 밴드는 멋쩍어하면서 중앙 통로로 주춤주춤 걸어 나갔다.

"아이쿠, 내가 까맣게 잊고 있었구나!"

에르메르트 선생님이 말했다. 그것은 내가 속으로 기대하고 있던 인사말이 아니었다.

우리는 악기를 꺼내서 세팅하였고, 빅밴드에서 드럼을 연주하는 7학년의 금발 남자애가 나한테 자신의 드럼 스틱을 건네주었다.

"야제-노유에 들어간 거 아니었어?"

의아한 듯 그 금발 남자애가 물었다.

"그냥 그렇게 됐어."

분명 그 남자애는 뭔가 더 알고 싶었을 것이다. 지금은 학교 전체가 율리와 관련된 온갖 소문으로 시끌시끌했으니까. 하지만 나는 더 이상 뭐라고 할 말이 없었다. 그래서 곧바로 풋 심벌즈를 시험 삼아 쳐 보는 데 집중했다.

"오케이?"

샤우나가 물었다.

내가 고개를 끄덕이자, 샤우나가 숫자를 "하나, 둘." 세었다. 그와 함께 우리는 우리만의 독특한 음악 세계로 빠져들었다. 샤우나는 마치 실제 자신의 삶을 노래하듯 음악과 하나가 되어 두 눈을 감고 가사를 읊조렸다.

"음, 좋은데!"

맨 앞줄에서 팔짱을 끼고 앉아 창문 밖 먼 곳을 응시하던 에르메르트 선생님이 말했다.

"한 곡만 더 해 봐."

우리는 키보드의 긴 인트로로 시작하는 발라드 곡을 연주했다. 내 목소리가 끼어들기도 전에 에르메르트 선생님은 고개를 끄덕였다.

"각자의 연주가 다 깔끔해. 내 취향은 아니지만 너희도 우리 학교 축제에 참가하도록 해."

선생님이 자리에서 일어서며 덧붙였다.

"그럼, 너희 팀이랑 야제-노유 팀이랑 어떻게 시간을 안배할지 한번 생각해 봐야겠구나."

"정말요?"

샤우나가 휘둥그레진 눈으로 물었다. 언제나 쿨하게 행동하는 아이였지만, 이런 결과는 예측할 수 없었던 것이다. 요나스와 르네도 눈이 튀어나올 것만 같았다.

"물론이지. 축제 때 가능하면 다양한 프로그램을 진행하는 게 좋으니까."

에르메르트 선생님이 말했다.

"그럼 야제-노유가 우리 앞인가요, 뒤인가요?"

샤우나는 그새 다시 자신감을 되찾았고, 이제 우리 팀이 주연인지 조연인지가 몹시 궁금했다.

"원한다면 제비뽑기를 할 수도 있어."

에르메르트 선생님은 샤우나가 순서에 욕심을 부리는 게 밉지 않았는지 피식 웃었다.

"네, 그렇게 하겠습니다!"

샤우나의 목소리는 사뭇 진지했다.

에르메르트 선생님은 퇴근 준비를 하러 교무실로 돌아갔고, 우리 세인트 샤우나 그룹 멤버들은 악기들을 다시 가방에 쌌다.

"그 율리라는 애 있잖아. 아직도 야제-노유에서 노래해?"

평소처럼 입을 꾹 다물고 있던 르네가 뜻밖의 질문을 했다.

"응. 근데 왜? 그 밴드에 있으면 뭐 안 될 이유라도 있어?"

"온라인에서 그 애 때문에 좀 시끄러운 것 같더라고. 그래서 그런 생각이 든 거야. 나는……."

르네는 거기까지만 말하고 더 이상 말이 없었다. 그러고는 키보드 가방 지퍼를 잠갔다.

"근데 그 사진들은 좀 섹시하던걸."

르네만큼 내성적이지는 않은 요나스가 능글맞게 웃으면서 말했다. 아주 엉큼해 보였다.

"그만해! 그 프로필은 가짜라구."

심지어 얘네들까지 율리의 비키니 사진을 보았다니! 믿기지가 않았다.

"사진들은 진짜잖아. 안 그래?"

166

• 야스미나

가을 방학을 코앞에 둔 금요일 밤이었다. 마음이 답답했다. 방금 전에 마렉이 또 전화를 해서 영화를 보거나, 피자를 먹거나, 둘 다 안 내키면 뭐든 다른 거라도 하자며 만나자고 했다. 벌써 몇 번째인지 몰랐다. 나는 율리랑 약속이 있다고 둘러댔다. 물론 그건 핑계였지 만, 백 퍼센트 거짓말은 아니었다. 마음만 내키면 언제든 율리를 만 날 수 있었으니까. 하지만 그것 때문에 마음이 답답한 건 아니었다. 그 전에 걸려 온 벤의 전화 때문이었다. 벤은 요즘 몇 번이나 먼저 전 화를 해서 만나자고 해 놓고, 만날 때쯤 되어서 내가 전화를 하면 안 된다고 했다. 오늘 일은 이번 주 들어서만 벌써 두 번째였다.

"그게 왜 문제가 되는데? 할머니한테 창고 정리를 해 드린다고 한 걸 깜빡했을 뿐이야."

벤이 말했다.

"창고 정리하고 나선?"

"할머니는 루르 지방에 사셔. 그래서 우린 하룻밤 자고 와야 될 거 야. 어차피 창고에 물건들이 너무 많아서 하루 안에 일을 다 끝내지 도 못할 거고."

"우리라고? 누구 말하는 거야?"

나는 왠지 의심이 갔다.

"거참, 아빠랑 나! 네가 왜 그런 것까지 신경 쓰는데?"

벤이 짜증난 투로 말했다. 나는 어떤 일이 있어도 남자 친구를 의심하거나 귀찮게 구는 스타일은 되고 싶지 않았다.

"그냥 너랑 재밌는 시간을 보내고 싶었을 뿐이야."

힘없는 목소리로 내가 말했다.

"그건 나도 그래."

하지만 그 말은 사실이 아닐 수도 있었다. 어쩌면 벤은 단지 나를 자기 것으로 만드는 것만이 중요했는지도 몰랐다.

벤이 전화를 끊은 뒤 곧장 전화벨이 울렸다. 나는 벤이 다시 나랑 만나겠다고 해 주길 바랐다. 하지만 전화를 건 사람은 마렉이었다.

거머리처럼 달라붙는 마렉을 겨우 떼어낸 뒤에, 율리에게 전화를 걸어 저녁때 둘만의 디브이디 파티를 하자고 했다. 율리는 통화를 하는 도중에 냉장고로 달려가 냉동 피자 도우가 있는지 찾아보았다. 한동안 우리에겐 피자 소스와 햄으로 속을 채운 피자 빵을 만들어 먹으며 디브이디 영화를 보는 것이 일종의 관례가 되었기 때문이다.

나는 여덟 시가 조금 지나서 율리네 집 초인종을 눌렀다. 앞치마를 두른 율리가 문을 열어 주자마자 쿵쾅거리는 시끄러운 음악 소리가 고막을 밀고 들어왔다.

"어서 와! 어떤 디브이디 갖고 왔어?"

한동안 보지 못했던 율리의 밝은 표정이었다. 율리는 신이 나서 깡충깡충 뛰며 종알거리기 시작했다.

"너 그거 알아? 날 미치게 하던 가짜 프로필이 드디어 삭제됐어!"

168

물론 나는 이미 알고 있었다.

"후유, 드디어! 아빠 말로는 변호사라는 직업이 먹힌 거래."

우리는 함께 부엌으로 갔다. 피자 도우가 이미 사각형으로 잘려 있었다.

"아빠가 걔네들한테 변호사 신분으로 편지를 보내고 이틀도 안 돼서 짜잔, 그 쓰레기 같은 프로필이 사라졌지 뭐야!"

"여기 이거 좀 더 얇게 펼까?"

피자 도우를 가리키며 내가 물었다.

"그래. 그리고 냉장고에 치즈 있어. 버섯도 넣을까?"

"응, 풍기 피자 좋아해. 이제 모든 게 다시 예전으로 돌아가겠네."

내가 말했다.

"어쩌면……. 아닐 수도 있고."

율리가 말했다.

"그건 또 무슨 소리야?"

나는 놀라서 물었다. 가짜 프로필은 없어졌다면서!

"넌 내가 학교 축제 때 그 많은 아이들 앞에서 노래를 부를 수 있을 거라고 생각해?"

율리가 조금 가라앉은 목소리로 물었다.

"못 할 게 뭐 있어?"

"너도 지난번 연습 때 내 목소리 들었잖아. 아직도 안 좋아."

"에이, 말도 안 되는 소리 마. 넌 해낼 거야."

줄리

드디어 방학이 시작되었다. 이제 매일 학교 갈 필요도 없고, 가기 싫어서 억지로 핑계를 만들어 내지 않아도 되었다. 학기 중에 두고 온 물건을 가지러 한 번 더 갔다 와야 했지만, 어쨌든 방학이 되자 대부분의 시간을 텔레비전 앞에 앉아 드라마를 보며 보냈다. 그런 식으로 멍하게 있다 보니 마음이 많이 안정되었다. 그동안 얼마나 지쳐 있었는지 나 자신도 잘 몰랐던 것 같다. 그러다가도 가끔씩 마음 한구석이 답답해지기도 했다. 그러면 조깅화로 갈아 신고 숲속을 한 바퀴 달렸다. 때로는 비를 맞기도 했지만, 키 큰 너도밤나무 잎사귀들 사이로 굴러 떨어지는 빗방울들이 오히려 상쾌하게 느껴지곤 했다. 그리고 저녁에는 대부분 야스미나 집으로 놀러 갔다. 거기서 제바스티안까지 포함한 우리 셋은 소파와 한 몸이 되어 뒹굴뒹굴하며 영화를 보았다.

한편 콘라드는 사이트 폐쇄 요청에 끝까지 응하지 않았고, 오히려 사이트에다 표현의 자유에 대해 이러쿵저러쿵 엄청 지껄여 놓았다. 하지만 조금씩 그 사이트는 아이들의 관심에서 멀어졌고, 새로운 게시물이나 댓글이 눈에 띄게 줄어들었다. 더 이상 사이버 모빙을 조장하는 글들도 올라오지 않았고, 혹시 올라온다 하더라도 콘라드가 즉시 삭제하였다.

2주 동안의 방학은 눈 깜짝할 사이에 지나갔다. 개학을 하자 다시 목 안에 벌레가 생겼고, 목이 부어서 노래는커녕 말도 못할 지경이 되었다. 나는 그 상황을 그저 받아들일 수밖에 없었다,

아침에 버스를 타고 2백 년 역사를 간직한 학교에 내리면, 이미 모든 교실에 불이 켜져 있었다. 아침에는 비가 부슬부슬 내리고 어두웠기 때문이다. 여름이 완전히 꼬리를 감춰 버린 것이다.

이번 주에는 학교 축제를 위한 총연습이 예정돼 있었는데, 그 생각이 떠오를 때마다 목이 더 심하게 부어올랐다.

"쟤네들 뭐야?"

야스미나가 나에게 물었다. 총연습 날, 대강당 앞에는 꽉 끼는 검정 바지에 커다란 악기 가방을 든 세 명의 남자애들이 서성이고 있었다. 리자는 그 애들 옆에 서서 우리를 보며 의기양양한 미소를 날렸다.

"내 새 밴드, 세인트 샤우나야!"

별로 알고 싶지 않은데 리자가 말했다.

"그럼 너네가 우리 오프닝 밴드야?"

마렉이 물었다.

"그건 두고 봐야지."

리자가 말했다.

우리 멤버들은 서로 눈빛을 교환했다. 대체 저 말은 무슨 뜻이지?

그때 에르메르트 선생님이 나타났고, 우리는 인사를 했다. 선생님 곁에는 '네트(NET)'라는 동아리 회원 아이들도 함께 있었다. 학교

홈페이지에 올릴 학교 축제 관련 동영상을 찍기 위해서였다. 물론 콘라드도 소형 캠코더를 든 채 거기에 끼어 있었다. 콘라드는 나를 보고도 아는 척을 하지 않았다. 아직도 자긴 하나도 잘못한 게 없다는 태도였다. 정말 비겁한 자식이었다. 그 동아리에서는 콘라드 외에도 내가 잘 모르는 상급생 둘과 알리나가 나와 있었다. 대체 저 애는 여기서 뭘 하는 거지? '스타일'인가 뭔가 하는 동아리에서 패션쇼 준비를 하는 것만으로도 벅찰 텐데, 무슨 구경거리가 났다고 여기에 나타난 걸까.

"자, 매년 그렇듯이 다시 시작이구나."

에르메르트 선생님이 말했다. 선생님은 나이가 마흔이 넘었고, 우리 학교에 온 지는 15년이 되었다. 그러니까 음악 선생님으로서 학교 축제 일을 맡은 지도 어느덧 15년이 되어 가는 것이다.

"자, 어느 팀이 먼저 무대에 오를지 정하도록 하자. 그러면 바로 무대를 어떻게 준비해야 할지, 무대 교체 시간이 얼마나 필요한지를 알아낼 수 있어."

선생님은 주머니에서 맨들맨들하게 닳은 유로화 동전 하나를 꺼내 들었다.

"이건 촬영할 필요 없다!"

그 말은 콘라드를 향한 것이었고, 콘라드는 바로 캠코더를 들고 있던 손을 내렸다.

"숫자로 할래, '브란덴부르크 문'(독일 베를린에 있는 건축물로, 통일

된 독일과 베를린의 상징물이다)으로 할래?"

선생님이 리자에게 물었다.

"브란덴부르크 문요!"

리자가 대답했다. 베를린에서 왔으니까 당연했다.

동전이 허공을 가르며 튕겨 올랐고, 선택권은 리자한테 돌아갔다. 물론 리자는 우리 공연 다음 순서를 골랐다.

"하지만 우리는 벌써 삼 년째 학교 축제에 참가하고 있는데, 이건 아닌 것 같아요! 그리고 우리처럼 히트곡을 연주하는 밴드가 나중에 나오는 게 축제의 흐름상 더 좋을 텐데요."

제바스티안이 가까스로 감정을 억누른 채 말했다.

"난 그렇게 생각 안 해! 아무도 자기 집에 있는 시디로 들을 수 있는 걸 굳이 이런 무대에서까지 듣고 싶어 하지 않는다고."

세인트 샤우나에서 제일 뚱뚱한 애가 즉시 맞받아쳤다.

"하지만 라이브로 듣는 건 완전히 차원이 다른 거라고!"

제바스티안이 대꾸했다.

"둘 중에 한 밴드는 먼저 연주해야 해. 그리고 동전이 그걸 이미 결정지었단다, 얘들아!"

에르메르트 선생님이 중재를 시도했다.

세인트 샤우나의 뚱보와 제바스티안은 눈에 불꽃이 튈 정도로 서로를 노려보았다. 하지만 이내 제바스티안도 어쩔 수 없는 상황임을 깨닫고는 어깨를 으쓱해 보이며 뒤로 물러섰다.

'네트' 동아리 아이들과 알리나가 대강당 뒤쪽으로 가서 삼각대 위에 캠코더를 고정시켰다. 그렇게 간단히 녹화 준비가 끝났다. 그러자 갑자기 도망가고 싶을 정도로 긴장되었다. 나는 성대를 예열하기 위해 낮게 흥얼거렸다.

연주가 시작되고 첫 소절을 부르는 동안 나는 오늘 노래가 내 뜻대로 되지 않을 걸 직감했다. 목이 부은 상태라 호흡 조절이 어려웠고, 소리도 쥐어짜듯이 답답하게 나왔다. 심지어 음정조차 제대로 잡을 수가 없었다. 그리고 가슴 아래가 도저히 통제가 안 될 만큼 마구 떨렸다. 차마 나는 시선을 들 수 없었다. 그리고 그 와중에도 콘라드와 알리나가 남의 불행이 나의 행복이라는 듯 서로를 보며 피식피식 웃는 걸 느낄 수 있었다.

다음 곡은 '트루 컬러스'였는데, 당연히 노래를 완전히 망쳐 버렸다. 할 수만 있다면 연습을 중단하고 싶었지만, 어두운 대강당 속 작은 카메라 눈이 나를 꼼짝 못하게 했다. 나는 마치 주술에 걸린 것처럼 마이크 앞에서 한 발짝도 떼지 못한 채 다음 노래들을 연달아 불렀다. 그러는 동안 계속 내 머릿속에서는 이 모든 것에서 절대 도망칠 수 없다는 생각이 맴돌았다. 리허설이 끝나자 온몸이 땀으로 흠뻑 젖고 말았다.

그날 이후 밤마다 총연습 때 노래를 부르는 꿈을 꾸곤 했다. 꿈에서는 어두운 강당 안에서 카메라 대신 털북숭이 짐승이 나를 노려보았다. 어느 순간부터 그 짐승은 나를 향해 느릿느릿 다가오기 시작했고, 나는 두려움에 떨면서도 노래를 멈추지 못했다. 노래를 멈추는 순간 내 목을 덮쳐 나에게서 소리를 빼앗아 가리라는 걸 알고 있었기 때문이다.

제바스티안

축구장에는 잔디 깎은 뒤에 나는 진한 풀 냄새와 비 냄새가 한데 뒤섞여 있었다. 나는 정강이 보호대 위로 축구 양말을 힘껏 끌어올린 뒤 중앙선을 향해 뛰어갔다. 도저히 이해할 수 없는 여자애들 세계로부터 벗어나 축구를 하게 되자, 살 것 같았다! 상대 팀이 공을 높이 띄웠다. 공을 잽싸게 빼앗은 우리 팀은 몇 번 정확한 패스를 했지만, 결국 공은 골라인 밖으로 굴러 나가고 말았다. 오로지 공을 쫓아 뛰어가면서 동료들의 이름을 소리쳐 부르고 잔디 위로 미끄러지고 온몸에 진흙을 뒤집어쓰기도 하면서, 이런 단순함을 그동안 얼마나 그리워하고 있었는지 새삼 깨달았다. 비록 3 대 2로 지고 있었지만 우리는 계속 달렸고, 상대 팀 페널티 구역 안으로 밀고 들어가 서로 몸을 부대끼며 몸싸움을 하고 욕을 하고 침을 뱉었다. 그렇게 하는 동안 며칠 전에 유튜브에 새로 올라온 빌어먹을 동영상 따위는 잠시 잊을 수 있었다. 나는 그걸 어제 처음 보았다. 학교 가는 버스를 기다리고 있는데 테오가 뜬금없이 다가와 보여 준 것이다.

"참고로 난 이 일이랑 아무 상관 없다!"

테오가 두 손을 높이 쳐들며 말했다.

그 동영상은 우리 밴드를 촬영한 거였다. 물론 우리를 광고하는 건 아니었다. 그러기엔 율리가 노래를 너무나 엉망으로 불렀고, 그 모습이 안쓰러운 걸 넘어서 처참할 지경이었다.

나는 공을 빼앗기 위해 상대 선수의 옷을 잡아당겼다. 하지만 공을 빼앗는 대신 둘이 함께 진흙탕 속에 나뒹굴고 말았다. 먼저 일어난 나는 이름 모르는 상대 팀 선수가 일어설 수 있도록 도와주었다. 비록 내가 먼저 반칙을 했지만 그 선수와 나는 서로 손뼉을 마주쳐 하이파이브를 했고, 이어지는 프리킥 때 각자 서야 하는 위치로 곧장 달려갔다. 우리는 여자애들처럼 그렇게 쉽게 삐져서 속 좁은 짓을 하거나, 뒤에서 몰래 사악한 짓을 꾸미지는 않는다.

율리를 완전히 웃음거리로 만든 최종 리허설의 편집본 동영상은 '검은 안개 3000'이라는 닉네임이 올린 것이었다. 나는 그 뒤에 틀림없이 엘라가 숨어 있을 거라고 확신했다. 엘라가 아니라면 알리나나 이자벨이 그랬을 것이며, 물론 그 경우에도 엘라가 뒤에서 조종했을 것이다.

공이 높이 떠올랐다. 허벅지로 공을 받아 발 앞에 떨어뜨린 뒤 앞으로 몰고 갔다. 그렇게 20미터를 돌파했다. 하지만 안타깝게도 골대 바로 앞에서 공이 옆으로 빠지고 말았다.

"야, 패스 좀 해. 이 멍청아!"

벤이 나한테 소리쳤다.

나는 사과의 제스처를 했다.

상대 선수가 힘껏 찬 공이 높고 길게 뻗어나갔고, 순식간에 다른 선수가 그 공을 받아 그대로 우리 골대 안으로 차 넣었다. 이제 상대 팀은 4 대 2로 우리보다 2점이나 앞서 나갔다.

'검은 안개 3000'은 그 외에도 같은 날 학교 대강당에서 촬영된 세인트 샤우나의 동영상도 올려놓았다. 혹시 리자의 짓일까? 율리도 리자를 의심한 적 있는 걸로 봐서는 뭐가 있을 것 같았다.

에잇, 모르겠다. 지금은 그냥 축구 시합에만 집중하자. 그 따위 치사스러운 사건은 머릿속에서 아주 멀리 뻥 차 버리고 싶었다. 내가 원하는 건 오직 달리고 공을 차는 것뿐이었다. 우리 팀은 죽을힘을 다해 하프라인까지 달려갔다. 그런데 그만 내가 미끄러지는 바람에 공을 놓쳤고, 기회를 놓치지 않은 상대 팀은 다시 공을 몰아가 우리 골대 안으로 강슛을 날렸다. 다행히 우리 팀 골키퍼 알렉스가 주먹으로 공을 쳐 냈지만, 상대 팀 선수 바로 발 앞에 떨어지고 말았다.

"야, 이 멍청아!"

누군가 나한테 거칠게 소리 지르는 게 들렸고, 이어서 우리는 상대 팀 선수가 발 앞에 떨어진 공을 우리 골대 안으로 자연스럽게 밀어 넣는 장면을 무기력하게 지켜볼 수밖에 없었다.

우리는 다시 하프라인으로 달렸다. 그러나 경기 종료까지 겨우 2분밖에 남아 있지 않았다. 공을 쫓아 뛰는 동안, 상대 팀의 허를 찌르는 측면 공격이 전개되었고, 굴욕적인 6 대 2 패배가 눈앞에 보이는 듯했다. 그러나 다행히 우리 골키퍼 알렉스가 이번에는 공을 잘 잡아냈고, 곧바로 상대팀 골대를 향해 공을 있는 힘껏 뻥 찼다. 하지만 공이 날아가는 동안 호루라기 소리가 울렸고, 경기가 끝났다. 우리 팀의 완패였다.

우리는 어깨를 축 늘어뜨린 채 탈의실에 들어가 음료수를 마시고 젖은 운동복을 벗었다. 그 순간 머릿속에는 오직 뜨거운 물로 샤워를 하고 싶다는 생각 말고는 없었다.

아니면 콘라드일까? 나는 어깨에 뜨거운 물줄기를 맞으며 생각했다. 그렇게 해서라도 여자애들한테 주목을 받고 싶었던 걸까? 아니면 자기가 만든 웹사이트만으로는 뭔가 성에 차지 않았던 걸까? 젠장, 자꾸만 고개를 드는 이런 궁금증에 짜증이 났다. 샴푸 통을 꽉 눌러 짠 뒤, 샴푸 액을 머리에 문질러 거품을 일으켰다. 머릿속 생각들까지 다 씻겨 나가길 바랐다.

"야, 너 혼자 뜨거운 물을 다 쓰냐?"

벤이 옆에서 온수 버튼을 눌렀다. 운동장 뒤편에 있는 이 샤워 시설은 낡고 오래되어서, 보일러가 종종 문제를 일으켰기 때문이다.

"걱정 마!"

샤워기를 끄며 내가 대답했다. 머릿속에서는 여전히 같은 생각들이 맴돌고 있었다. 엘라가 그랬을까? 리자? 아니면 콘라드? 아니면 내가 전혀 상상할 수 없는 어떤 누구?

"같이 가는 거지? 콜라 한 잔 같이 마시자."

벤이 등 뒤에서 말했다.

우리는 운동 시합이 끝나면 대부분 길 건너 노점에 가서 함께 음료수를 마시면서 인형 뽑기 같은 걸 하며 시간을 보내곤 했다.

"아니, 오늘은 안 돼. 버스도 금방 와."

집으로 올라가는 작은 골목길을 따라 걷다가, 율리 방에 아직 불이 켜져 있는 걸 보았다. 그것은 컴퓨터 화면에서 나오는 푸른 불빛이었다. 나는 율리가 컴퓨터 앞에 앉아 유튜브에 새로 올라온 동영상을 보고 있는 걸 머릿속에 그려 보았다. 그런데 실제로 그 동영상에 관해 알기나 할까? 테오 그 자식이 율리에게도 보여 주었을지 모른다. 혹시 그 음흉한 자식이 혼자서 저지른 일은 아닐까? 어쨌든 내 입으로는 결코 율리에게 그런 게 다시 올라왔다는 얘기는 하지 않을 것이다. 총연습이 끝난 뒤 율리는 이제껏 본 적이 없는 슬픈 표정을 짓고 있었다. 그런 아이에게 차마 어떻게 그런 걸 알릴 수 있단 말인가.

율리

또다시 컴퓨터 앞을 벗어날 수가 없었다. 미쳐 버릴 것 같았다. 노아 오빠가 어제저녁에 유튜브가 링크된 이메일을 보내 줘서 알게 되었다. 며칠 동안 사람들이 내 새로운 동영상을 유튜브에서 여기저기로 퍼 나르고 있었는데, 바보처럼 나만 모르고 있었던 것이다. 그 동영상을 본 아이들은 누구누구일까? 어제 학교에서 나를 이상한 눈으로 본 애들은 없었을까? 혹시 누가 나를 조롱했는데도 못 알아들은 건 아닐까? 정말 그런 게 인터넷에 떠돌고 있는 줄은 꿈에도 몰랐다. 하긴, 언제나 야스미나랑 제바스티안하고만 붙어 다녔으니 어쩌면 당연했다.

나는 자꾸만 그 동영상을 클릭할 수밖에 없었고, 댓글들을 읽지 않을 수가 없었다. 처음에는 '쥐구멍에라도 숨고 싶겠다'라거나 '노래는 지지리 못해도 면상은 봐줄 만하네!' 같은 글들이 주로 올라왔다. 그들이 누군지 알 수 없었지만, 어쩌면 내가 아는 아이들일지도 몰랐다. 하지만 누군지 알고 싶지도 않았다. 유튜브에 올라온 내 동영상은 벌써 조회 수가 100번을 넘었지만, 그것은 화면 오른쪽에 제공된 관련 동영상들의 조회 수에 비하면 많은 것도 아니었다. '돌아이, 자전거 트릭을 하다'라든가 '소녀, 소년을 구하다'와 같은 동영상들은 조회 수가 벌써 만 번을 넘었다. 기껏 자기 자신을 웃음거리로 만드는 동영상들에 그처럼 많은 사람들이 열광했다는 뜻이다. 그건 나도 마찬가지였다. 얼마 전까지만 해도 '에디 쉬베르트와 뚱보 동생' 동영상을 보고 재밌어했으니까.

가을 방학 때 거실에서 뒹굴며 옛날 드라마들을 보고, 숲 속을 조깅하던 일이 벌써 오래전 일처럼 생각되었다. 나는 다시 습관적으로 콘라드가 만들어 놓은 사이트에 들어가게 되었다. 그러나 새로운 것은 없었다. 유튜브 링크조차 걸려 있지 않았다. 하지만 나는 그것이 곧 나타날 거라는 걸 알고 있었다.

엄마 아빠가 출근한 뒤 고민을 하다가 결국 오늘도 학교에 가지 않았다. 어떻게 아무 일도 없었던 것처럼 아이들이 서 있을 버스 정류장으로 가고, 그 아이들과 섞여 버스에 올라탈 수 있단 말인가. 모두 나만 쳐다볼 것 같고, 속으로 비웃을 것만 같았다.

그런데도 오후에 야스미나가 밴드 연습을 하자고 전화했을 때, 나는 거절하지 않았다. 마음 한구석에 있던 오기가 발동했던 것이다. 그래, 너희 모두에게 보여 주겠어. 나는 아직 노래할 수 있다고. 아직 살아 있다고……. 마치 전쟁터에 나가는 심정이었다. 우리 야제-노유 멤버들은 여섯 시에 오기로 되어 있었고, 아직 한 시간가량 시간이 남았다. 차라리 거절할 걸 그랬나, 하는 후회도 들었지만 마음을 다잡고 발성 연습을 해 보았다. 그런데 금방 목이 다시 부어올랐다. 어떻게 해야 할지 몰랐다. 내가 할 수 있는 건 아무것도 없었다. 보컬 선생님 조언대로 낮은 소리로 흥얼거려 보기도 하고 물을 계속 마셔 보아도, 꽉 잠긴 목은 조금도 나아지지 않았다.

그리고 또 한 가지. 나는 노래를 부를 때면, 다시 말해 노래가 잘 나오려면 마음속에서 진실된 감정들이 살아 움직여야 했다. 그것들이 자유롭게 내 안을 떠돌고 있어야만 노랫말에 취했을 때 자연스럽게 밖으로 튀어나오게 되는 것이다. 그런데 지금은 내 안의 많은 감정들이 꽁꽁 묶여 있었고, 오로지 두려움과 분노만이 내 마음속을 지배하고 있었다. 그러나 이런 감정은 우리가 연주하는 '이지 리스닝' 계열이나 실연의 아픔을 담은 발라드 곡들에 맞지 않았다.

그렇지만 밴드 멤버가 다 모이자, 나는 마이크 앞에 설 수밖에 없었다. 마렉이 세는 숫자에 맞춰 우리는 '스위트 홈 앨라배마'를 연주하기 시작했다. 제바스티안이 제안한 곡이었다. 물론 내 노래는 처음부터 엉망이었다. 급기야 마렉이 드럼을 치다가 멈췄다.

"나쁘지 않아. 그냥 계속해!"

제바스티안이 말했다.

내 두 눈에 눈물이 고였다.

"그러지 말고 일단은 다른 걸 불러 보는 게 어때?"

야스미나가 나를 보며 말했다. 그러고는 어색한 미소를 애써 지어 보이며 물었다.

"넌 어떤 노래가 좋을 것 같아?"

"모르겠어."

"모르겠어라는 노래도 있었어? 난 그런 노래 모르겠는데."

마렉이 말했다. 자기는 그 말이 상당히 위트 있다고 생각하는 듯했다. 하지만 야스미나가 째려보자 금세 표정이 굳어졌다.

"'트루 컬러스' 어때? 싫어? 그럼 네가 다른 거 생각해 봐."

야스미나가 나에게 말했다.

"차라리 네가 불러!"

나도 모르게 그 말이 튀어나왔다.

"싫어. 네가 우리 밴드 보컬이잖아. 겨우 그런 동영상 하나 때문에 이러기야?"

야스미나도 곧바로 대꾸했다.

"그냥 네가 한번 해 봐, 야시!"

마렉이 기다렸다는 듯이 말했다. 언제부터 야스미나를 그렇게 부른 거지?

"사실이 그렇잖아. 넌 목소리가 제대로 안 나오고, 우린 어쨌든 학교 축제에 서야 한다고. 만약 학교 축제 때 네가 또 망친다고 생각해 봐. 좋아 죽는 애들이 한둘이 아닐걸."

마렉이 내 눈치를 보며 말했다.

"좋아 죽는 애들? 누굴 말하는 거야?"

내가 물었다.

마렉은 순간 얼굴을 붉히며 말을 더듬었다.

"그, 그러니까, 걔네들. 가짜 프로필을 만들었거나 지금 떠돌아다니는 동영상을 올린 애들 말이야."

"그럼 넌 아니라는 얘기야?"

내가 물었다.

"야, 너 그러다 과대망상증 걸리겠다."

마렉은 애써 웃어 보이려고 했지만, 그저 찡그린 표정으로 보일 뿐이었다.

나는 숨을 깊이 들이마시며 말했다.

"알겠어. 지금은 너희들끼리 남아서 끝까지 연습하는 게 제일 좋은 방법이야."

"아니야, 율리! 그러지 마!"

야스미나가 소리쳤다.

"마렉이 한 말도 맞아. 아무리 그래 봤자 나만 창피할 뿐이야. 사실이 그렇잖아!"

나는 천천히 지하 계단을 걸어 올라왔다. 엄마 아빠는 다행히 아직 퇴근하지 않았다. 내 방으로 올라가 잠시 동안 멍하니 침대에 걸터앉아 있었다. 이제 어떡하지…… 그냥 여길 나가야겠다는 생각밖에 들지 않았다. 나는 재킷을 주워 들고 밖으로 나왔다. 쿵 하고 등 뒤에서 닫히는 현관문 소리가 오늘따라 더 무겁게 들렸다.

세바스티안

결국 모든 게 너무 늦어 버린 뒤에야 나는 뭔가를 깨닫게 되었다. 예를 들어 연습실 천장 위로 울리는 율리의 발걸음 소리에 귀를 기울이던 순간에도 나는 그 모든 것이 나와 관련 있다는 것을 전혀 눈치채지 못하고 있었다. 야스미나와 마렉은 아무 일도 없었다는 듯 너무도 자연스럽게 학교 축제 때 연주할 첫 곡의 악보를 찾아 악보대 위에 올려놓았다. 마렉이 연주 시작을 알리는 숫자를 세기 시작했을 때, 갑자기 배 속이 따끔거리기 시작했다. 연주가 끝나자 여동생이 자기 목소리가 어땠냐고 물었다.

"좋았어."

나는 대답해 주었지만, 속이 계속 불편했다. 그때 다시 천장 위로 율리의 발소리가 들렸고, 곧이어 현관문 닫히는 소리가 들렸다. 율리는 지금 어딜 가는 거지? 왜 우리한테는 아무 말도 하지 않고 나가는 걸까?

마렉과 야스미나도 율리가 나가는 소리를 들은 게 분명했다. 하지만 마렉은 야릇한 눈길로 야스미나만 바라볼 뿐이었고, 그걸 느낀 야스미나는 부끄러운 듯 시선을 내리는가 싶더니 곧바로 마렉을 향해 미소를 지었다. 이것들이 지금 뭐 하는 짓이지? 뭐야, 벤이랑 잘 안 돼서 그런 거야?

어쨌든 다음 곡은 신디 로퍼의 '트루 컬러스'였다. 사실 그건 율리의 노래였다. 적어도 나에게는 그랬다. 야스미나도 그걸 눈치채고 주저하는 듯 보였다.

"그건 우리 네 명이 다 모였을 때 하는 게 어때?"

야스미나와 마렉이 악보를 찾고 있을 때 내가 말했다.

"그래도 한번 해 보는 게 좋겠어! 그렇게 부르기 어려운 곡도 아니 잖아."

마렉이 말했다.

"네가 뭘 안다고 그래?"

나도 모르게 공격적인 말이 나왔다.

"아, 진짜……."

마렉은 나를 보던 시선을 야스미나 쪽으로 돌리며 말했다.

"그냥 한번 해 보자."

마음 같아서는 앰프 줄을 빼 버리고 기타도 벗어 버린 뒤 뛰쳐나가고 싶었다. 나는 이 노래를 율리가 아닌 다른 누군가가 부르는 게 싫었다. 이 노래는 어찌 보면 '율리와 나의 노래'였다, 특히 율리와 나 둘이서만 연주하는 인트로(도입부)를 생각하면 더욱 그랬다. 그 부분을 연주할 때면 우리는 뭐라 말할 수 없는 일체감을 느꼈다. 그런데 내 기타 반주에 율리가 아닌 다른 사람의 목소리가 붙다니! 상상도 할 수 없었다. 정작 율리는 어떻게 생각하는지 몰라도 '트루 컬러스'는 나에게 그저 수많은 노래 중에 하나가 아니라 각별한 의미가 있는 노래였다. 하지만 그것을 마렉과 야스미나에게 설명할 수는 없었다. 그렇게 할 경우 다른 것마저 인정해야 했기 때문이다. 엘라의 생각대로 내가 율리를 사랑하고 있다는 것을……

야스미나가 나에게 양해를 구하는 눈빛을 보내고는 첫 소절을 부르기 시작했다. 속이 뒤집어질 것 같았다. 그래, 그만큼 나는 율리를 사랑하고 있었던 것이다. 마치 콘크리트를 부어 만든 사람처럼 뻣뻣하게 굳어 있던 나는 그만 들어가는 부분을 놓치고 말았다.

"오케이, 그냥 이 노래 하지 말자."

야스미나가 말했다. 그 목소리에서 야스미나도 나만큼 마음의 짐을 덜게 된 걸 느낄 수 있었다.

율리

그래, 이제 야제-노유와도 끝이야. 하우프트 로(路)로 향하는 좁은 골목길을 따라 내려가면서 생각했다. 너도밤나무 잎사귀들이 머리 위에서 살랑거렸다. 나뭇잎들 중에는 벌써 노랗게 물들거나 바싹 말라 안으로 말린 것들도 있었다. 아마 몇 주 뒤면 떨어진 낙엽들을 쓸어 모으기 위해 청소차가 주기적으로 올라올 것이다.

버스를 타려면 좀 기다려야 했다. 그냥 걷기로 했다. 시내까지 여러 번 걸어가 본 적이 있었고, 그 정도 걷는 건 아무것도 아니었다. 그러나 무엇보다도 일단은 벗어나고 싶었다. 집에 있는 것도, 동네를 돌아다니는 것도 싫었다. 호수에는 더더욱 가기 싫었다. 그전에는 자주 갔던 곳이지만, 이제는 생각만 해도 소름이 끼쳤다.

자동차 한 대가 옆을 쌩하고 지나가는 순간 몸이 움츠러들었다. 요즘 들어 나는 겁이 아주 많아졌다. 예전에는 안 그랬는데…….

우체국에서 보행자 구역으로 들어섰다. 일곱 시가 넘은 시간이라서 상점들 문이 닫혀 있었다. 어차피 상점에 들어갈 생각은 없었으니 상관없었다. 예전에 보컬 트레이닝을 받던 음악 학원은 그사이 폐점이 되어 있었다. 창문으로 안을 들여다보았다. 텅 빈 공간 속에서 하얗게 먼지가 쌓인 선반과 지저분한 카펫이 눈에 들어왔다. 그리고 뒷방으로 통하는 문이 열려 있는 게 보였다. 그곳에서 오프레아-칸 선생님이 호흡과 발성을 가르쳐 주었는데……. 거기에 악보대 하나가 덩그러니 서 있었다. 혹시 내가 몇 년 전에 악보나 연습 공책을 올려놓았던 그 악보대가 아닐까?

다시 걸음을 옮겼다. 음악 학원 옆에는 아직도 선물 가게가 있었다. 진열창 안에는 슬픈 얼굴을 한 천사들이 몇 년 전과 다름없이 그대로 있었다. 그전에는 가게 여주인이 자신의 모습을 본떠 도자기로 만든 게 아닐까 생각하곤 했다. 여주인의 표정이 늘 뭔가 체념적으로 보였기 때문이다. 오늘따라 천사들의 날개가 너무 작아 보였다. 이렇게 작은 날개로는 결코 날지 못할 것 같았다. 문득 이 천사들 중에 한 개라도 사 간 사람이 있었을까 궁금해졌다.

그 옆에는 부엌 용품점이 있었다. 광채 나는 냄비와 프라이팬, 형형색색의 식기와 커피 주전자들이 보였다. 그중에 여러 아이의 사진이 프린트된 머그컵들이 눈길을 끌었다. 아이들은 저마다 삐뚤빼뚤한 이빨을 드러낸 채 활짝 웃고 있었다.

나는 계속 걸었다. 그런데 누가 내 목을 조를 것만 같았다. 다시 꿈속으로 들어온 기분이었다. 슈튀프가 당장이라도 뒤에서 목을 움켜쥘 것만 같았다. 어디론가 숨고 싶었다.

•엘라

율리는 항상 자기가 무슨 공주라도 되는 양 행동했고, 우리는 그 아이의 신하라도 되는 듯 옆에서 굽실거려야 했다. 물론 그것도 다 지난 일이긴 하다. 방금 전에 상점의 쇼윈도들을 따라 걷는 율리를 발견했을 땐, 하마터면 누군지 못 알아볼 뻔했다. 율리는 구부정하게 어깨를 앞으로 숙인 채, 마치 밑창에 껌이라도 붙은 듯 신발을 질질 끌며 걷고 있었다. 평소의 그 당당한 걸음걸이는 어디로 간 건지 안 보였다. 그런데도 긴 머리카락은 마치 샴푸 광고를 찍듯이 여전히 얼굴 주위로 가볍게 나풀거리고 있었다. 문득 나를 그렇게 화나게 만든 건 저 흩날리는 긴 머리카락이 아니었을까 하는 생각이 들었다. 아니면 제바스티안이 나를 더 이상 거들떠보지도 않아서일까? 아니면 율리 엄마가 우리 엄마한테 전화를 걸어서? 근데 저 공주병에 걸린 기집애는 대체 무슨 생각으로 이 밤중에 거리를 배회하고 있는 거지? 부촌에 있는 멋진 집에서 교양 있는 부모님과 지적인 대화나 나누고 있을 것이지 뭐 하러 나온 거야.

나는 가던 방향을 바꾸어, 멍하니 쇼윈도 안을 구경하고 있는 율리를 몰래 지켜보기 시작했다. 거기에 뭐 볼 게 있는 거지? 거긴 부엌 용품점인데. 냄비와 프라이팬에 관심 있는 건 아닐 테고.

율리는 다시 걷기 시작했다. 마치 추위를 타는 것처럼 두 어깨를 잔뜩 움츠린 채 구부정한 자세였다. 그래, 어쩌면 정말로 추위에 떠는 것일 수도 있어. 쟨 연약한 공주잖아. 율리는 걸음을 멈추고 옷소매로 코를 닦았다. 혹시 울고 있는 걸까? 그렇다면 왜? 자기는 모든 걸 다 가졌으면서. 타고난 몸매에, 얼굴도 예쁘지, 노래도 잘하지, 게다가 제바스티안까지 자기한테 폭 빠지게 해 놓고서. 그런데도 뭘 더 바라는 걸까?

휴대폰이 주머니 안에서 진동했다. 이자벨이었다. 나에게 어디냐고 물었다.

"나 여기 피자 가게 앞에 있어."

내가 지켜보고 있는 걸 율리한테 들키지 않으려고 최대한 작은 소

190

리로 속삭였다.

"뭐? 왜 거기 있어?"

이자벨이 물었다.

나는 율리를 우연히 발견하게 된 과정을 설명해 주었다. 이자벨이 스피커폰으로 설정해 놓았는지 통화 음질이 그리 좋지 않았다.

"그런데 걔 버스 터미널로 가고 있단 말이지?"

알리나가 중간에 끼어들었다.

"그런 것 같아."

내가 말했다.

"원수는 외나무다리에서 만난다더니, 잘됐다. 본때를 보여 줘야겠어. 우리가 너한테 갈게."

"어딘데?"

"버스 터미널."

"근데 조금만 겁을 주는 거야. 알았지?"

내가 확인했다.

"당연하지. 넌 걔 뒤에서 쫓아와. 우린 너희 쪽으로 갈게."

다시 이자벨이 말했다.

"어디 한번 매운맛 좀 보라지. 그런 여우는 당해도 싸."

알리나가 킥킥거렸다.

"어쨌든 그년 때문에 그동안 네가 정말 힘들었잖아. 제바스티안 일이든 작년 패션쇼 일이든 속 시원히 털어놓을 좋은 기회야."

이자벨이 말했다.

"아냐, 싫어. 아니, 그게 아니라, 그래, 어쩌면……."

내가 말했다.

"지금 뭐라고 하는 거야?"

알리나가 또 킬킬거렸다.

"일단 한번 상황을 보자구."

나는 말을 그렇게 했지만, 속으로는 이미 율리에게 그 일들에 관해 따져 봐야겠다는 결심을 굳히고 있었다.

나는 율리가 있는 반대편 보도블록으로 길을 건넜다. 율리가 십 미터 정도 앞에 있었다. 율리는 걸음을 멈추고 또다시 쇼윈도 안을 들여다보았다. 나는 부엌 용품점 앞에서 걸음을 멈춘 뒤, 휴대폰을 꺼내 문자 메시지를 보내는 척했다. 그제서야 율리가 나를 알아보았다. 율리는 반대편으로 고개를 홱 돌리더니 큰 보폭으로 걷기 시작했다. 나도 똑같이 빠르게 걷기 시작했다.

쇼핑 거리가 끝나는 골목으로 접어들면 자줏빛 포석이 깔린 작은 광장이 있었고, 그 한가운데에는 분수가 세워져 있었다. 그리고 그 광장을 지나면 버스 터미널이 있었다.

"기다려! 너랑 분명히 할 게 있어!"

나는 율리를 향해 소리쳤다.

그러나 그렇게 외치는 동안에도 율리와 어떤 식으로 대화를 이어 가야 할지 아직은 막막할 따름이었다. 그보다는 이자벨과 알리나에

192

게 내가 왔음을 알리기 위한 목적이 더 컸다. 그때 율리가 고개를 돌려 나를 바라보았다. 눈물로 얼룩진 얼굴이었다. 그 순간 내 안에서 분노의 감정이 끓어올랐다. 부어오른 눈두덩이 위로 마스카라가 지저분하게 번지고, 얼굴 전체가 벌겋게 달아올라 있었지만 여전히 예뻐 보였기 때문이다. 게다가 감싸 안고 토닥여 주고 싶을 만큼 동정심을 자극하고, 비극의 여주인공 같아 보여서였다. 정말 짜증났다. 그러나 어깨를 움츠린 채 나를 바라보는 순진무구해 보이는 두 눈은 어쩐지 율리도 남들에게 자신이 어떻게 보이는지 잘 알고 있을 거라는 생각이 들게 했다. 흥, 순진한 눈망울로 쳐다보면 누구나 넘어가는 줄 아나 보네. 저런 표정은 거울 앞에서 오랫동안 연습한 게 분명해! 어떻게 하면 불쌍해 보일지 연구한 게 틀림없다고! 나도 예전에 여자 친구들끼리 모였을 때 눈을 어떻게 떠야 섹시한지 연습해 본 적이 있으니까.

"뭐? 나랑 분명히 할 게 뭐가 있는데? 대체 뭐가 문제야?"

율리가 떨리는 목소리로 물었다.

"너네 엄마 말야! 왜 우리 집에 전화한 건데?"

나도 모르게 생각지도 못한 말이 튀어나왔다.

율리는 뭔가를 중얼거리다가 뒤를 돌아보았다. 이자벨과 알라나가 웃는 소리를 들었기 때문일 것이다.

"나랑 분명히 할 게 뭐가 있는데? 대체 뭐가 문제냐고?"

알라나가 율리의 말을 그대로 흉내 내며 조롱했다.

"넌 아직도 뭐가 문제인지 모르니?"

율리가 다시 나를 향해 고개를 돌리자, 알리나와 이자벨이 율리 등 뒤로 가까이 다가왔다. 나도 율리 쪽으로 한 걸음 더 다가갔다.

"나도 엄마가 그러는 걸 바라지 않았어."

율리는 자기 신발을 내려다보며 말했다. 조금 전보다 기죽은 목소리였다.

알리나와 나는 율리를 가운데 두고 서로를 바라보았다.

"어이구, 그랬어? 그럼 지금은 어때? 이번에도 엄마가 전화 안 하면 좋겠어?"

알리나가 비꼬는 말을 하며 고개 숙인 율리의 머리를 쓰다듬었다.

율리는 체념한 듯 고개를 저으면서 다시 알리나 쪽으로 고개를 돌리려고 했다. 그 순간 알리나는 율리의 숱이 많고 윤기가 자르르 흐르는 머리칼을 한 손으로 움켜쥐었다.

"흥, 전화하고 싶으면 실컷 하라고 해. 하나도 안 무서우니까! 혼자 불쌍한 척 다하는 여우 같은 기집애! 너도 어디 한번 당해 봐!"

알리나는 거침없이 말을 내뱉었다.

율리는 벗어나려고 머리를 흔들었지만, 율리의 머리채를 잡은 알리나의 손은 꿈쩍도 안 했다.

"그만해. 아프다고! 너 미쳤어?"

율리가 소리를 질렀다.

율리는 팔을 들어 알리나의 손가락을 펴고 빠져나오려고 애썼다.

그러자 알리나는 양손으로 율리의 머리칼을 꽉 잡았다. 그리고 알리나의 이 동작은 이자벨과 나에게 일종의 신호와 같았다. 이자벨이 율리의 두 팔을 뒤로 꺾자, 내 주먹이 율리에게 날아갔다. 옆구리를 주먹으로 맞은 율리가 다시 한 번 비명을 질렀다. 그런데 그 비명 소리는 조금 전과 달랐다. 처음에 머리채를 잡혔을 때는 아파서 비명을 질렀다면, 이번에는 왠지 내 주먹을 기다리고 있었던 것 같은 느낌이 들었다. 단순히 나만의 착각이었을까. 그때 이자벨이 율리를 돌려세웠다.

"그러니까 분명히 하자는 거야. 네가 얼마나 쓰레기인지 말야! 게다가 제바스티안이랑……."

나는 재빨리 눈짓으로 이자벨이 다음 말을 못 하게 했다. 율리 앞에서 남자를 빼앗겨 불쌍한 여자애로 비쳐지는 게 싫었기 때문이다.

나는 이번에는 배 한가운데로 다시 한 번 주먹을 날렸다.

"제바스티안이랑은 아무 상관 없어. 알겠어? 걘 그냥 개자식일 뿐이야. 어쨌든 내가 네 프로필을 조작했다는 둥 너네 엄마가 계속해서 헛소문을 퍼뜨리고 다니는 날엔……."

"그러니까 지금 여기서 일어난 일은 그냥 맛보기일 뿐이라고!"

이자벨이 덧붙였다.

"알아들었어?"

알리나가 율리의 머리채를 흔들며 말했다.

마렉

우리는 학교 축제에서 연주할 순서대로 노래들을 차례차례 연습했다. 내가 연주 시작을 알리는 숫자를 셀 때마다 야스미나는 계속해서 나를 향해 고개를 끄덕였다. 또 노래 도중에도 자신의 베이스 기타를 드럼과 맞추기 위해 나를 계속 돌아보았는데, 그걸 봐선 야스미나도 내가 그리 싫지는 않은 게 분명했다.

야스미나의 목소리는 좋았다. 아니, 정말 좋았다. 다만 그걸 너무 대놓고 여러 번 말한 건 아닌지 조금 걱정될 뿐이었다.

연습이 끝난 뒤에도 우리는 다 함께 지하 연습실에서 좀 더 미적거리고 있었다. 그러다 어느 순간 야스미나와 제바스티안이 내가 어서 사라져 주기를 기다리고 있다는 걸 눈치챘다. 아마도 둘이 남아서 율리를 어떻게든 챙겨 주려나 보았다. 율리에게 전화를 걸어 보거나, 아니면 그냥 계속 율리를 기다리거나. 이런 제길, 정말 민망했다. 나는 왜 항상 그런 눈치가 없는지 모르겠다. 둘은 벌써 연습실 문을 나서고 있었다.

그래도 괜찮았다. 나는 야스미나를 향해 계속 미소를 지어 보였다. 오늘 나는 정말 어리바리하고 덜 떨어진 아이가 됐지만 어쩔 수가 없었다.

율리네 집 앞에서 나는 그 둘과 헤어졌다. 그런데 고개를 돌리는 야스미나의 표정이 영 마음에 걸렸다. 얼핏 눈을 치뜨고 허공을 바라보는 모습이 짜증난 것 같아 보였기 때문이다. 그러나 나는 아마도 내가 착각했을 거라고 스스로를 설득하려고 애썼다. 그런데도 만약 야스미나가 정말로 그런 표정을 지었다면, 그건 나를 완전히 무시하는 걸 의미했다. 적어도 짜증나는 걸 숨길 필요가 없을 만큼 나를 무시한다는 걸 말이다.

느릿느릿 집으로 향하는 동안 계속해서 나는 스스로를 설득해야만 했다. 그때 내가 뭔가를 잘못 보거나 오해한 거라고 말이다. 그러나 사실은 처음부터 끝까지 전부 나만의 착각이었다는 걸 그때는 몰랐다.

율리

나는 그 애들이 오는 걸 보지 못했다. 하지만 보았다고 한들 그것은 도망쳐 봐야 아무 소용 없는, 슈튀프가 나오는 악몽과 같았다.

숨을 쉴 수가 없었다. 알리나가 겨우 머리채를 잡고 흔들었을 뿐인데 목이 졸리는 것만 같았다. 그들은 셋이었고, 나는 혼자였다. 어떻게든 그들에게서 벗어나 도망쳐야 했지만, 나는 숨조차 쉴 수 없었다.

옆구리를 주먹으로 세게 맞았을 때, 엘라에게 내가 뭐라고 했던 것 같은데 기억이 안 난다. 엘라의 두 눈은 분노로 가득 차 있었다. 그래서 똑바로 쳐다볼 수가 없었다. 엘라가 나에게 뱉어낸 몇 마디 말 중에 '엄마'와 '전화'가 기억났다. 엄마가 걔네 집에 전화한 게 문제가 되었던 것이다. 그리고 제바스티안 얘기도 나왔다. 제바스티안!

나도 엄마가 전화하는 게 싫었다고 말한 것 같다. 그리고 엘라의 얼굴을 쳐다볼 수가 없었다. 뭔가 부끄러운 일을 한 것만 같아서 그랬다. 그때 엘라는 사악한 웃음소리를 흘렸다.

알리나가 더욱 거세게 내 머리칼을 쥐고 흔들었고, 두 팔을 붙들린 나는 머리를 이리저리 흔들릴 수밖에 없었다. 그렇게 나는 엘라 앞에서 무기력한 존재가 되고 말았다.

나는 엘라가 옆구리나 배를 더 때려 주길 기다렸다. 다리로 엘라의 주먹을 걷어찰 생각이었던 것이다. 그러나 나의 무릎은 너무도 힘이 없었고 부들부들 떨기만 했다. 마치 근육도 뼈도 없는 것처럼 말이다.

엘라의 손이 한순간 시야에 들어왔는데, 반짝거리는 인조 손톱을 달고 있는 게 보였다. 그것은 흡사 슈튀프의 예리한 발톱과 같았다. 나는 공포에 울부짖었다. 죽을 것만 같아 몸을 떨면서 목이 쉴 때까지 계속 소리를 질러 댔다. 그것 말고는 아무것도 할 수 있는 게 없었다. 악몽을 꿀 때와 똑같았다. 내 안의 모든 에너지가 빨려나가 버렸고, 두 다리는 말을 듣지 않았다. 그래도 다행히 목소리는 아직 빼앗기지 않았다. 나는 소리를 지르고 또 질러 댔다.

리자

　세인트 샤우나와 연습을 하고 난 뒤에 나는 다시 버스 터미널로 왔다. 베를린에서는 한 번도 자동차가 필요하다고 생각해 본 적이 없었다. 몇 분마다 지하철이 왔기 때문이다. 하지만 이곳 한적한 소도시에서는 차가 없으면 문명 세계로부터 철저히 소외당할 수밖에 없었다. 터미널에서 나는 곰곰이 생각해 보았다. 늦게까지 버스를 기다리다 타고 가는 게 나을지, 아니면 그냥 집까지 걸어가는 게 나을지를. 그런데 그때 어디선가 소름 끼치는 비명 소리가 들려왔다. 뭔가 아주 끔찍한 일을 당하는 짐승이 고통을 토해 내는 소리 같았다. 이런 소도시 사람들은 동물들을 그리 애지중지하는 편이 아니었다. 그렇다고 해도 누군가가 자기 개나 고양이를 하필이면 버스 터미널에서 괴롭힌다는 것은 도무지 상상이 되지 않았다.

　비명 소리가 계속해서 이어졌고, 점점 더 거칠어졌다. 그런데 계속 듣다 보니 점점 더 사람의 비명 소리 같다는 생각이 들었다. 나는 눈을 가늘게 뜨고 이리저리 자세히 살펴보았다. 실제로 보행자 구역과 버스 터미널 사이에 있는 작은 광장에 사람같이 생긴 형체 몇 개가 서로 뒤엉켜 있었다. 처음에는 그들이 누구인지 알아볼 수 없었다. 하지만 이내 여자애들 중 한 명한테 머리채를 붙잡힌 아이가 율리라는 걸 알 수 있었다. 지금까지 울부짖던 사람이 바로 율리였다니!

　나도 모르게 그들에게 가까이 다가갔다. 빌어먹을, 율리를 공격하고 있는 여자애들은 패션을 공부한다는 그 골 빈 기집애들이었다. 눈 깜짝할 사이에 엘라의 주먹이 율리의 옆구리로 날아갔다.

　물론 나는 율리의 친구도 아니고, 어처구니없는 의심까지 받은 뒤로는 율리가 꼴도 보기 싫었다. 하지만 3 대 1이라니! 정말 비겁한 기집애들이었다. 마음보다는 몸이 먼저 나를 이끌었다. 나는 두 주먹을 꼭 쥔 채 그들에게 성큼성큼 다가갔다.

　제일 먼저 율리에게서 알리나를 떼어놓았다. 알리나는 광장의 자줏빛 돌바닥 위로 쓰러졌고, 신고 있던 구두 뒷굽이 부러지고 말았다. 나는 나무와 플라스틱으로 된 뒷굽을 발로 세게 걷어차, 몇 미터 떨어진 곳으로 날려 버렸다. 다음 차례는 이자벨이었다. 이자벨은 율리의 양팔을 뒤에서 꼭 붙들고 있었는데 절대 놓아줄 기세가 아니었다. 나는 주먹에 힘을 꽉 주고 그 기집애의 턱을 날렸다. 하지만 그것으로는 모자랐다. 그래서 한 번 더 치려고 들어 올린 내 주먹을 이자벨이 막아내려다가 율리를 놓치고 말았다. 율리는 몸이 앞으로 쏠리면서 균형을 잃어 양쪽 무릎을 딱딱한 돌바닥에 찧고 말았다. 곧바로 엘라가 율리에게 달려들었지만, 그걸로 끝이었다. 나는 그 기집애 엉덩이를 발로 찬 뒤에 자빠진 그 애의 머리칼을 잡고 다시 일으켜 세웠다. 그러자 젤과 왁스로 엄청 멋 부린 그 애의 머리가 닭벼슬같이 되고 말았다. 나는 젤과 왁스가 묻어 끈적거리는 손을 청바지에 문질렀다.

　"그만 좀 꺼져, 이 망할 것들아!"

내가 거칠게 소리 질렀다. 그때서야 내가 얼마나 화가 난 상태였는지 깨달을 수 있었다. 나는 율리를 일으켜 세웠다. 율리는 계속 소리 내어 울고 있었다. 얼굴은 온통 눈물범벅이었고, 머리에서는 피가 났다. 아마도 알리나한테 머리카락을 뜯겨 생긴 상처 같았다. 머리에서 흘러내린 피가 한쪽 뺨에 묻어 어떤 모양을 만들었는데, 중국의 상형문자를 떠올리게 했다.

"너희들 이거 안 보여?"

나는 율리의 고개를 들어 올려 그 기집애들이 볼 수 있게 했다.

엘라가 잔머리를 굴리는 눈빛으로 알리나와 이자벨에게 차례로 시선을 던졌다. 그 잠깐 사이, 이것들이 이번엔 나를 공격할지 모른다고 생각했다. 하지만 이내 그럴 엄두를 내지 못할 거라고 생각했다. 나를 마약에 쩐 사이코 정도로 생각하고 있을 게 뻔했으니까. 어쩌면 내가 잭나이프나 권총 같은 걸 갖고 있을 거라고 생각할지도 몰랐다. 나는 이것들을 향해 사악한 미소를 지어 보였다. 그러자 바로 그 기집애들은 뒷걸음질을 치기 시작했다. 그때 엘라의 닭벼슬이 옆으로 쓰러져 더욱 우스꽝스러운 꼴이 되었다. 그걸 아는지 모르는지, 엘라는 신경질적으로 뒤돌아서서 나머지 애들과 함께 떠나 버렸다.

"괜찮아?"

나는 율리에게 물었다.

율리의 울음이 어느새 딸꾹질로 변해 있었다.

"너 얼굴에 뭐 묻었어. 기다려 봐."

나는 율리에게 휴대용 화장지를 건넸다. 율리는 내가 가리키는 곳을 화장지로 닦아냈다.

"지워졌어?"

율리는 나에게 물어본 다음 화장지에 묻은 걸 보았다.

"피잖아!"

"피가 많이 나지는 않았어."

율리는 조심스럽게 손으로 자기 머리를 더듬어 아직도 피가 나는지 살펴보았다. 하지만 손에는 더 이상 아무것도 묻어나지 않았다.

율리는 여전히 딸꾹질을 하며 큰 소리로 코를 풀었다.

"어쩌다 이렇게 된 거야?"

내 물음에 율리는 그저 어깨를 한번 으쓱해 보일 뿐이었다.

"가자!"

내가 말했다. 우리는 함께 버스 터미널 방향으로 걸었다.

율리는 나를 한번 보더니, 어깨에 메고 있는 가방을 쳐다보았다. 드럼 스틱이 밖으로 삐져나와 있었다.

"연습하고 오는 길이야?"

율리가 물었다.

"응, 근데 항상 교통편이 문제야."

"그렇구나."

어느새 가로등들이 모두 켜졌고, 터미널 한쪽의 아이스크림 가판대에도 불이 들어와 있었다. 하지만 판매원은 아직 보이지 않았다.

나는 주위를 두리번거리며 뭔가 율리의 주의를 끌 만한 게 없을까 찾아보았다. 우리 사이에는 불편한 침묵이 감돌았고, 나는 그 어색함을 떨쳐 낼 이야깃거리가 필요했다.

"너 늑대 인간 좋아해?"

그때 율리가 먼저 물었다.

"응? 아니, 왜?"

무슨 뚱딴지같은 소리일까? 율리의 머릿속에 뭐가 있는지 궁금해졌다.

"아니면 슈튀프는? 그게 뭔지는 알아?"

율리는 가로등 아래에서 밝게 드러난 내 얼굴을 유심히 살펴보았다. 그렇게 하는 것만으로도 내 비밀을 읽어 낼 수 있는 듯했다.

"미안해. 내 머릿속이 좀 복잡해서 그래."

율리가 말했다.

"내가 보기에도 그런 것 같아."

"어쨌든 고마워. 네가 없었으면 정말 끔찍한 일을 당했을지 몰라."

"그건 그래."

율리가 갑자기 내 마음을 아프게 했다. 그런 일은 처음이었다. 물론 사나운 기집애들한테 공격당하고 있는데 내가 끼어들어 해결해 줬으니 고마워하는 건 당연했다. 하지만 율리였기 때문에 도와준 건 아니었다. 세 명이 한 명을 공격하는 게 부당하다고 생각해서 그랬을 뿐이다.

율리는 그동안 무척 괴로웠을 것이다. 자기 프로필도 아닌 것 때문에 온라인에서 욕을 먹고 왕따를 당하고, 여자 화장실에는 자기 이름으로 낙서가 돼 있고, 굴욕적인 동영상들이 올라오고 했으니까. 그러한 일들은 한 사람을 정말 잔인하게 짓밟아 버린다.

"너희 밴드는 연습 잘하고 있어?"

내가 물었다.

"우리 밴드는 나 빼고 연습하는 게 더 낫대. 학교 축제 때는 야스미나가 노래할 거야."

율리가 아무렇지도 않은 듯 말했다.

"뭐? 그건 왜? 너 노래 정말 잘하잖아."

"그렇게 생각해?"

율리가 물었다. 오늘 만난 후 처음으로 율리의 얼굴이 불쌍해 보이지 않았다.

"당연하지."

나는 곧장 대답했다.

버스가 도착했고, 우리가 유일한 승객이었다. 이런 시골에서는 승객이 차에 오르면 자리로 이동하기도 전에 운전사가 실내 조명을 끈다. 전기를 아끼기 위해서인지 그냥 불친절해서인지 이유는 모르겠다. 그런 탓에 율리와 나는 어둠 속에 앉아 있었다.

율리가 잠시 후 말했다.

"있잖아, 혹시 너네 집에 같이 가도 돼? 한 시간만 있을게. 안 되면 그냥……."

내가 아무 말 하지 않자, 율리가 바로 이유를 설명했다.

"우리 밴드 애들은 아직도 우리 집에서 연습하고 있을 거야. 걔네들이랑 마주치고 싶지 않아서 그래."

"흠……."

우리 집에서는 엄마가 이미 고주망태가 되어 부엌 소파에 널브러져 있을 게 뻔했다. 그런 꼴을 보여 주고 싶은 마음은 물론 조금도 없었다.

"좋아."

하지만 나는 그렇게 대답하고 말았다.

제바스티안

"율리는 아직도 안 오고 어디서 뭐 하는 거지?"

나는 야스미나에게 물었다. 하지만 야스미나는 그저 어깨만 한번 들썩이고 말았다. 우리는 연습이 끝나도 율리네 집 앞을 떠나지 못하고 있었다. 마렉은 이미 사라진 뒤였다. 나는 혹시나 집 안에 누가 있는 건 아닌지 확인해 보려고 귀 기울여 보았다. 하지만 아무 소리도 들리지 않았고, 불 켜진 방도 없었다. 율리뿐 아니라 율리 부모님도 아직 안 오신 듯했다.

"근데 진짜로 내 목소리가 그렇게 괜찮았어?"

딴 데를 보고 있던 야스미나가 나를 돌아보며 물었다. 자기 친구 걱정 따위는 전혀 하지 않는 모양이었다.

"율리는 트레이닝을 받기도 했지만, 목소리가 워낙 좋아. 프로 같지 않은 게 오히려 더 매력이기도 하고."

나의 뜬금없는 율리 이야기에 야스미나의 얼굴이 굳었다.

야스미나는 불쾌한 표정이었다.

"넌 뭘 바라는데? 율리는 누가 뭐래도 우리 밴드의 리드 보컬이야. 그런 애한테 그냥 베이스 기타만 치라고 하는 건 말이 안 되잖아."

내가 말했다.

"맨날 율리, 율리, 율리. 엘라가 한 말이 맞는 거 같아. 오빠는 정말로 율리한테 푹 빠져 있어."

야스미나는 파리를 쫓아내기라도 하듯 손을 신경질적으로 마구 흔들며 말했다.

나는 잠시 어떻게 둘러대야 할지 생각해 보았다. 그러다 이 상황이 갑자기 유치해 보였다. 우린 더 이상 어린애가 아니었다. 남자애랑 여자애가 서로 사이 좋아 보이기만 해도 뒤를 쫓아다니며 알나리깔나리 하고 놀리는 철부지 시기는 이미 지난 것이다.

"그래서 뭐? 그게 무슨 죽을죄라도 된다는 거야?"

나는 아무렇지도 않은 듯 야스미나에게 물었다.

"아니, 물론 아니지……. 둘이 잘됐으면 좋겠다."

동생은 당황한 기색이었으나, 이내 장난치듯 팔꿈치로 나를 툭 건드리며 웃었다.

"근데 율리한테는 말하지 마. 알겠지?"

"당연하지."

집에 도착해 보니 식탁에 음식이 이미 차려져 있었다. 원래 그 일은 야스미나와 내가 맡은 건데, 우리가 오늘은 좀 늦었나 보았다. 그리고 내가 정말 좋아하는 '고기 양배추 말이'가 있었다. 엄마는 아주 가끔씩 그걸 만들어 주었는데, 이유는 한번 그 요리를 하면 집 안 전체에 하루 종일 양배추 삶은 냄새가 배어 있기 때문이었다.

우리는 같이 저녁을 먹고, 빈 접시들을 식기 세척기 안에 집어넣었다. 이어서 야스미나는 가스레인지를 닦고, 나는 냄비들을 씻었다.

"세비가 사랑에 빠졌대요."

야스미나가 갑자기 내 애칭을 넣어서 흥얼거리기 시작했다. 물론 "알나리깔나리, 결혼한대요."도 빠지지 않았다. 진짜 유치하고, 비꼬는 것 같았다. 야스미나는 물기 묻은 손가락으로 내 옆구리를 쿡쿡 찌르며 장난쳤다.

그런데 이상하게도 기분이 나쁘지 않았다. 아니, 오히려 기분이 좋았다. 이미 율리에 대한 감정을 야스미나한테 들킨 이상 아예 주변 친구들 모두가 알아줬으면 좋겠고, 학교 전체에 소문이 퍼지더라도 그걸 즐길 수 있을 것 같았다.

부엌에서 뒷정리를 다 마친 뒤 나는 급히 수학 숙제를 하기 위해 거실 탁자 앞에 앉았다. 클라인 선생님이 이번에도 숙제를 안 해 오면 낙제점을 주겠다며 나를 협박했는데, 그걸 계속 까먹고 있었던 것이다. 숙제 양은 어마어마했다. 나는 한 페이지 한 페이지 열심히 문제를 풀었다.

그런데 자정이 다 되어 집전화가 울렸다. 받아 보니 율리 엄마였다.

"율리 아직도 너희 집에 있니? 집에 가라고 좀 해 줄래?"

"율리 여기 없는데요."

"그래? 그럼 어딜 간 거지? 연습 끝난 다음에 무슨 볼일 있다고 했니?"

아줌마의 목소리 톤이 조금 높아졌다.

"잘 모르겠어요."

팔뚝의 털들이 일제히 일어났다. 아직 난방을 돌리지 않기 때문에 방이 춥긴 했지만, 그것 때문에 몸이 갑자기 얼어붙은 건 아니었다.

"근데 휴대폰은 왜 꺼져 있을까? 도대체 이게 무슨 일이라니?"

아줌마는 내색하지 않으려는 듯했지만 목소리에 걱정이 가득했다.

"연습 끝나고 율리가 아무 말도 안 했어? 한마디도?"

"네."

내 대답은 진실에 가까우면서도, 다른 한편으로는 그렇지 못했다. 나는 연습 중에 일어난 일을 어떻게 설명해야 할지 몰랐다.

"아, 어떡하니! 이제 어떻게 해야 할지 모르겠구나."

아줌마가 탄식을 하며 말했다.

"경찰에 신고하세요."

내가 말했다.

"그래야겠구나. 그 수밖엔 없겠어."

아줌마는 그와 같은 조언을 애타게 기다리고 있었던 것처럼 내 말에 바로 대꾸를 했다.

아줌마는 아무런 인사말 없이 그냥 전화를 끊었다. 나는 아직 마무리하지 못한 수학 숙제를 계속했다. 하지만 이런 상황에서 당연히 수학 문제 따위가 눈에 들어올 리 없었다. 갑자기 속이 메슥거렸다. 차라리 토해 버리면 나을 것 같았다. 나는 율리에게 전화를 걸어 보았다. 하지만 전할 내용이 있으면 음성 메시지를 남겨 달라는 율리의 안내 음성만 들을 수 있었다. 삐 소리가 난 뒤에 내 목소리를 남겼다.

"율리, 제발 나한테 전화 좀 해!"

다시 수학 문제를 들여다보았다. 그리고 기계처럼 문제를 풀어 나갔다. 하지만 도저히 숙제에 집중할 수가 없었다. 나는 다시 수화기를 들었다. 음성 메시지를 안내하는 율리의 목소리라도 듣지 않으면 답답해 미쳐 버릴 것 같아서였다.

율리

나와 리자는 우리 집이 있는 주택 단지와 너도밤나무 숲을 지나 옛 산림청 관사까지 걸었다.

우리는 간간이 이야기를 나누었다. 사실 리자가 몇 번 대화를 시도했지만, 그때마다 나는 혼자만의 생각에 몰두해 있었기 때문에 건성건성 대답하고 말았다. 결국 리자도 눈치가 있어서 그런 나를 그냥 내버려 두었다.

엘라 패거리의 공격을 당하고 시간이 좀 지나서야 비로소 나한테 무슨 일이 일어났는지 찬찬히 생각해 볼 수 있었다. 어떻게 그런 일이 나에게 일어나게 되었는지 이해할 수 없었다. 온몸으로 직접 겪은 일이지만 정말 믿기 어려웠다. 그래서 더 자꾸만 돌이켜 볼 수밖에 없었다. 엘라가 어떻게 나에게 주먹을 휘두를 수 있었는지, 그리고 도대체 내가 무슨 잘못을 했다고 알리나와 이자벨까지 그런 건지…….

그렇게 공격을 당할 때 나는 내 안의 분노를 끄집어냈어야 했다. 분노는 나 자신을 방어하게 해 주었을 것이다. 하지만 그전에는 분노와 같은 감정들이 있다고 생각된 그 자리에 아무것도 없었다. 내안은 텅 비어 있었다. 만일 그곳에 돌 하나를 던진다면 분명 어떤 소리도 듣지 못했을 것이다. 내 안에는 바닥 모를 깊은 공허함만 남아 있었기 때문이다. 어쩌면 그때 나는 일종의 쇼크 상태에 빠졌던 건지도 모른다. 하지만 리자한테는 이런 걸 말하고 싶지도 않았고, 또 어떻게 말해야 할지도 몰랐다. 걷는 내내 이런 생각들이 머릿속에서 계속 맴돌았다. 회전목마처럼 몇 가지 생각들이 번갈아 가며 나타나 어지러울 지경이었다. 그러는 사이 우리는 리자가 사는 옛 산림청 관사에 도착했다.

나무로 된 현관문은 잠겨 있지 않았다. 리자가 어깨로 밀자 문이 열렸고, 우리는 곧 곰팡내 나는 어두침침한 복도에 들어섰다. 옷이 아무렇게나 걸려 있는 벽걸이 행거는 마치 유령들이 팔을 늘어뜨린 채 서 있는 것 같았고, 방에서 새어나오는 희미한 불빛은 왠지 으스스하게 느껴졌다.

"손님이랑 같이 왔어!"

리자가 소리쳤다. 그건 꼭 엄마에게 뭔가를 경고하는 것 같았다.

"들어와! 같이 밥 먹으려고 한참 기다렸어."

리자 엄마의 목소리가 밝았다. 기분이 좋은 것 같았다.

나는 리자를 따라 부엌으로 갔다. 그러고는 깜짝 놀랐다. 마치 12코스의 음식을 요리하고 나서 미처 요리 도구와 그릇들을 씻지 못한 것처럼 난장판이었기 때문이다. 여기저기에 사용한 냄비와 프라이팬이 수북이 쌓여 있고, 심지어 창가 선반에도 커다란 샐러드 볼이 포크랑 나이프와 함께 나뒹굴고 있었다. 그리고 그 안에는 묽은 소스 찌꺼기 위에 초록 잎사귀 몇 개가 떠 있었다.

"율리구나!"

리자 엄마가 무척 감격스러운 표정으로 말했다. 그리고 나를 안아 준 순간, 이미 식탁 위에 놓인 레드 와인을 마시고 있었다는 걸 냄새로 알 수 있었다.

리자 엄마가 나를 도로 놓아주며 말했다.

"오늘은 정말이지 환상적인 하루였어. 아주 창작열이 뜨거운 하루였다고나 할까? 글을 쓰는데 기가 막힌 아이디어가 계속해서 떠오르는 거야. 너희가 원한다면 조금 있다가 읽어 줄 수도 있어."

"제발, 됐거든!"

리자가 말했다.

"일단 앉아!"

식탁 위에는 껍질째 찐 감자와 허브 크림 치즈가 놓여 있었다. 리자는 차갑게 식은 것 같아 보이는 감자를 한 개 집어서 먹어 보더니 고개를 흔들었다.

"우리는 구운 감자 해 먹을래. 넌 감자 껍질 까는 것 좀 도와줘."

리자가 말하며 자리에서 일어났다.

"아이, 율리는 그냥 둬. 율리야, 넌 그냥 나랑 와인이나 마시자."

아주머니가 말했다.

아주머니는 검붉은 액체가 넘실대는 유리잔을 내게 건넸다. 아주머니의 잔도 금방 다시 채워졌고, 아주머니와 나는 잔을 들고 건배를 했다. 레드 와인이 목 안으로 흘러 들어가는 느낌이 좋았다. 동시에 방금 전까지 느끼던 갈증이 해소되는 것 같았다. 나는 한 잔 더 마셨다. 리자가 프라이팬에 기름을 두르며 사나운 눈초리로 우리를 노려보았지만, 아주머니는 나에게 괜찮다는 눈짓을 보낸 뒤 다시 내 잔을 와인으로 가득 채웠다. 나는 계속 마셨다. 머릿속의 회전목마가 레드 와인 덕에 급제동이 걸려 이제 천천히 돌기 시작했다. 그래, 엘라가 나를 공격했어. 그 기집애랑 똑같이 한심한 알리나와 이자벨도. 그런데 아직도 나는 모르겠어. 가짜 프로필을 만든 게 누구고, 누가 슈튀프라는 이름으로 나에게 이메일을 보냈는지 정말 모르겠어. 그런데 그게 왜 그렇게 중요하지? 자꾸만 그런 생각에 빠지는 것보다 이렇게 아주머니와 와인을 마시는 게, 새 와인병을 따다 코르크 마개를 부서뜨리고 킬킬거리는 게 훨씬 더 마음 편한 거 아닐까? 지금 이 순간만큼은 정말 아무 생각 없이 웃으면서 즐기고 싶었다.

"너무 많이 마시지 마!"

리자가 화난 목소리로 말했다. 어쩐지 리자가 나와 아주머니, 우리 둘의 엄마 같았다. 그 생각에 웃음이 또 터져 나왔다.

"학교에서는 마약쟁이라고 소문이 다 났는데, 지금은 아주 잔소리꾼 엄마네!"

나는 계속 킬킬거리면서 말했다.

리자는 어이없다는 듯 머리를 흔들 뿐이었다. 하지만 자기는 '올 블랙 데스 메탈'(록의 한 장르로, 죽음이나 악마 등 무거운 소재를 사용한다) 복장을 하고서 우리한테는 엄한 태도를 보이는 게 너무 우스꽝스러웠다. 리자는 결국 반쯤 남은 와인 잔을 엄마한테서 빼앗았다.

"너 그거 알아? 한동안 내가 널 슈튀프라고 생각했다는 거? 나한테 자꾸만 악성 이메일을 보낸 사람 말이야."

"슈튀프? 그게 누구니?"

리자 엄마가 물었다.

나는 또 웃음을 터뜨렸다. 별로 웃긴 말이 아닌데도 웃음이 나왔다. 그런데 그 순간 불행히도 머릿속의 온갖 생각들이 다시 회전목마를 타고 빠르게 돌기 시작했다. 엘라, 이자벨, 알리나, 슈튀프……. 그때 기름 두른 프라이팬에 감자를 굽는 냄새가 콧속으로 파고들어 왔다. 그러자 여기저기 쌓여 있는 지저분한 냄비와 프라이팬에서 올라오는 시큼털털하고 역겨운 냄새까지 코를 자극하기 시작했고, 갑자기 몹시 어지러웠다.

나는 자리에서 비틀거리며 일어났다. 모든 게 빙빙 돌았다. 머릿속 생각들뿐만 아니라 이 쓰레기장 같은 부엌 안에 있는 것들까지 모두! 여길 나가야만 했다.

"앉아 봐! 감자 먹을래? 아니면 커피 만들어 줄까?"

리자가 말했다. 리자는 정말로 나를 걱정하는 듯 보였다. 하지만 리자를 어떻게 믿지? 리자가 언제부터 내 친구였다고. 그런데 나는 어떻게 여기까지 오게 된 걸까? 왜 집으로 가지 않은 걸까?

나는 리자를 옆으로 밀쳐냈다. 갑자기 두텁게 아이라인을 그린 리자의 두 눈이 소름 끼치도록 무서웠다.

차가운 밤공기가 폐 속에 가득 채워지고 나서야 비로소 기분이 나아졌다. 나는 계속해서 달렸다. 이렇게 달릴 수 있는 게 좋았다. 흙바닥을 디딜 때마다 폭신해서 몸이 둥둥 뜨는 것 같았고, 머리 위의 너도밤나무 잎사귀들이 바람에 서로 부딪히며 내는 소리가 새들의 재잘거림 같았다. 무엇보다도 신선한 밤공기가 폐 속으로 깊이 들어올 때마다 가슴이 뻥 뚫리는 기분이었다. 이제야 제대로 숨을 쉬는 것 같았다. 나는 숲 속 깊은 곳, 꿈속에서 슈튀프한테 공격을 당했던 그곳을 향해 달렸다. 우리 주택 단지 뒤쪽으로 난 길을 달리다 보니, 몇 개의 창에서 희미한 불빛이 새어나오고 있었다. 나는 아빠가 서류 더미를 앞에 잔뜩 쌓아둔 채 열심히 일하고 있는 모습과, 제바스티안이 아직 잠자리에 들지 않고 숙제를 하거나 음악을 듣는 모습을 상상해 보았다. 야스미나의 방에서도 흐릿한 불빛이 새어나오고 있었다. 침대 머리맡에 있는 스탠드 불빛 같았다. 아마도 야스미나는 침대에 누워 책이나 잡지를 읽고 있을 것이다. 그러다 조금 있으면 베개를 손으로 쳐서 톡톡하게 만든 뒤 베고 잠이 들 것이다. 나는 잠깐 멈춰 서서 울긋불긋 가을로 물든 우리 주택 단지의 정원들을 바라보았다.

그때 머리 위에서 뭔가 바스락거리는 소리가 났다. 누군가 나를 지켜보고 있는 걸 느낄 수 있었다. 나는 다시 달리기 시작했다. 달리다가 미끄러졌지만 곧바로 일어나 계속 달렸다. 두려웠다. 하지만 나는 빨랐다. 숨어서 나를 지켜보고 있던 그 누구보다도 빨랐다. 앞으로 쭉 뻗은 좁은 길이 마치 터널 같아 보였다. 그러나 멈출 수 없었다. 여기서 멈추면 어떻게 될지 잘 알고 있었으니까. 나는 달리고 또 달렸다. 높은 나뭇가지들 속에서 누군가 움직이는 것 같은 바스락 소리가 났다. 도망쳐야 해! 숨을 참고 어서 달려! 심장이 터져 버릴 것만 같았다. 이렇게 뛰다가 죽을 수도 있겠다는 생각마저 들었다. 근데 어쩌면 아닐지도 모르잖아. 그냥 새 아니면 박쥐일지도 몰라. 아니면 혹시 지금 악몽을 꾸고 있는 건 아닐까? 창자가 꼬인 듯 옆구리가 아파 왔다. 하지만 이대로 멈출 수는 없었다. 저 멀리 분데스 거리와 만나는 작은 길에 밝은 불빛이 천천히 움직이고 있었다. 일단 그곳으로 가야만 했다.

토마스

나는 밤에 운전하는 걸 즐겼다. 특히 라디오 음악을 들으며 차가 거의 없는 길을 천천히 운전하다 보면 평소에 복잡하게 얽혀 있던 생각들이 간단히 정리되어서 좋았다. 라디오에서는 7, 80년대의 히트곡들이 나왔다. 나는 가속 페달을 좀 더 밟았다. 전조등이 숲 속으로 난 길을 환하게 밝혀 주었다. 드디어 휴가다. 이제야 맘껏 쉴 수 있게 되었다. 밤새도록 차로 달린 뒤, 직장 동료들이 사무실에 나올 때쯤이면 나는 늦은 아침식사를 하고 나서 하루 종일 늘어지게 잠을 잘 것이다. 아마도 한 시간 뒤면 이 숲길을 벗어나 아우토반을 달리게 될 것이며, 새벽 여명 속에 해변에 있는 부모님 별장에 도착할 것이다. 여름보다는 한가롭고 조금은 쓸쓸한 느낌의 가을 북해를 좋아하는 나는 어느새 머릿속으로 부모님 별장 앞의 조용한 해변을 거닐고 있었다.

그렇게 라디오에서 흘러나오는 노래를 따라 흥얼거리며 바다를 향해 달려가고 있을 때였다. 갑자기 길가 덤불 사이에서 뭔가 튀어나왔다. 노루인가? 순간 급브레이크를 밟으면서 앞 유리창에 머리를 부딪히지 않으려고 핸들을 꼭 붙들었다. 둔탁한 소리와 함께 무언가 보닛 위로 구르는가 싶더니 순식간에 시야에서 사라져 버렸다.

뭐였지? 분명 노루나 다른 야생동물일 거야. 그냥 동물이 분명해.

차가 몇 미터를 더 미끄러지더니 멈춰 섰다. 급하게 차에서 내려 주위를 둘러보았지만 어떤 사고 흔적도 보이지 않았다. 사고 지점으로 추측되는 곳까지 거슬러 올라가 보았지만 아무것도 보이지 않았다. 나는 다시 차에 타 후진 기어를 넣고, 몇 미터를 천천히 후진해 보았다. 하지만 그러다 자칫 2차 사고를 낼 수도 있었다. 차에 부딪힌 것은 과연 무엇이었을까? 머릿속이 멍했다. 어쨌든 이렇게 후진하는 건 위험했다.

그래서 다시 전진 기어로 바꾸고 앞으로 갔다가 차를 돌려 반대 방향으로 주행했다. 그러면서 전조등을 비춰서 길 위와 주변을 세밀히 살펴보았다. 그러다 마침내 전조등 불빛 속에서 가늘고 긴 다리를 발견했다. 청바지를 입고 있었다. 이럴 수가, 사람이라니! 제발 아니길 바랐는데! 신체의 나머지는 어둠 속에 잠겨 있었다.

나는 차에서 튕기듯 뛰쳐나가 사람이 쓰러져 있는 곳으로 달려갔다. 가까이 가 보니 신음 소리가 들렸다. 십대 여자아이 같아 보였다. 그래도 한편으로는 마음이 놓였다. 소리를 낸다는 것은 아직 살아 있다는 거였다. 여자아이가 아직 살아 있으니까 지금부터는 더 정신을 똑바로 차려야 해.

차로 다시 뛰어간 나는 비상등을 켜고, 거치대에 있던 휴대폰을 빼들어 112(독일의 응급 구조 전화번호)를 눌렀다. 그러고는 바로 길가에 누워 있는 여자아이 곁으로 돌아왔다.

여자아이는 아직도 신음 소리를 내고 있었다. 상태를 확인하려고 손을 가까이 대자 두려운 듯 피했다.

"싫어! 저리 가!"

여자아이가 숨을 가쁘게 몰아쉬며 소리쳤다. 술 냄새가 훅 올라왔다.

"무서워하지 마. 괜찮아, 무서워하지 마!"

내가 말했다.

여자아이는 나를 피하면서 최대한 내게서 벗어나려고 했다.

"일어날 수 있겠어? 내가 도와줄까?"

내가 물었다.

그때 112와 통화가 연결되었다. 나는 정신 차려야 한다고, 침착해야 한다고 속으로 되뇌었다. 여자아이는 몸 어딘가가 너무 아프다고 했다. 112 콜센터 직원은 매뉴얼대로 차례차례 상세한 질문을 던졌고, 나는 무슨 일이 일어났는지 최대한 차분하게 설명했다. 또한 이곳의 위치를 설명하고, 사고 현장을 그대로 보존하겠다고 약속했다.

여자아이가 방금 또 뭔가를 말했다.

"뭐라고?"

나는 그 아이의 입 가까이 귀를 갖다 댔다.

"산림청 주택 단지."

여자아이가 작게 중얼거렸다. 나는 여자아이 집 주소인 듯한 그 정보를 휴대폰에 저장한 뒤, 구급대원이 빨리 와 주기만을 기다렸다.

율리

구급차 내부는 눈부시도록 환했다. 누군가 작은 손전등으로 내 동공을 비추었고, 뇌진탕이라고 중얼거린 뒤에야 그 불빛이 꺼졌다. 그러자 손전등을 든 사람이 눈에 들어왔는데, 기껏해야 20대 중반의

젊은 청년이었다.

"술 마셨지?"

다른 목소리가 물었다.

나는 고개를 끄덕였다.

"많이 마신 것 같은데, 맞니?"

손전등을 든 사람이 물었다.

나는 다시 고개를 끄덕였다. 그러자 머리가 너무 아팠다. 아주 미세한 움직임조차 고통스러웠다. 손으로 머리를 붙잡으려고 했지만, 머리를 빼고는 몸을 조금도 움직일 수가 없었다. 아마도 들것에 몸이 단단히 고정된 듯했다.

"그 차를 기다리고 있었던 거니?"

다른 사람들에게 가려서 보이지 않는 사람이 물었다. 그는 손전등을 든 사람 뒤에 있었고, 종이를 바스락거리는 소리를 냈다. 아마도 뭔가를 적고 있는 것 같았다.

"그냥 달리고 있었어요. 그냥요."

내가 말했다.

"그렇구나."

그가 말했다.

"근데 그 한밤중에? 왜 그랬어?"

손전등을 든 남자가 물었다. 그의 시선이 내 청바지로 향했다. 내 청바지는 여기저기 찢겨 있었다.

"너 혼자였니?"

다른 사람이 물었다.

나는 아픈 머리를 천천히 끄덕였다.

"그런데 그 자동차를 보았을 텐데?"

"너 정말 그 차를 기다리고 있던 거 아니야?"

어떻게 대답해야 할지 몰랐다. 숨 가쁘게 달리고 있는데 어떤 불빛이 보였고, 나는 그 빛을 향해 뛰어갔다. 하지만 왜 그랬는지 지금은 뭐라고 정확히 설명할 수 없었다.

그들은 나에게 계속해서 질문을 던졌다. 그러는 동안 무엇이 문제인지 조금씩 분명해졌다. 그들은 내가 자살 시도를 했다고 생각한 것이다.

"난 자살할 생각 없었어요."

내가 말했다. 언젠가 엄마한테서 들은 것 같은데, 섣불리 다른 사람들 앞에서 자살할 마음이 있는 것처럼 보였다가는, 잘못하면 폐쇄 병동에 갇히게 된다고 했다. 그러니까 이 사람들 앞에서 괜히 오해 살 말은 하지 않는 게 좋았다. 나뭇가지들 사이에서 들리는 소리가 무서워서 도망을 쳤다는 말도 굳이 할 필요 없었다.

구급차 안은 지나치게 밝았고, 긴급한 상황을 위해 준비된 기구가 바로 내 옆에 있었다. 그러나 나는 그런 기구가 필요할 정도는 아니었다. 다만 몸의 오른쪽이 전부 끔찍하게 아팠고, 오른쪽 다리는 아무런 느낌조차 없었다.

"이제 우리가 데려가도록 할게요."

손전등을 가진 남자가 말했다.

"네, 그러시죠. 이쪽 업무는 모두 끝났으니까요."

다른 사람이 말했다.

곧이어 구급차가 달리기 시작했다. 사이렌 소리는 나지 않았다. 약간의 진동 말고는 차가 움직인다는 느낌이 거의 없을 만큼 부드럽게 구급차가 앞으로 나아갔다. 단지 가끔씩 커브를 돌 때만 들것의 측면 가로막으로 몸이 쏠릴 뿐이었다. 내게는 이 모든 게 평화롭게 느껴졌다. 심지어 손전등을 든 채 나를 가만히 쳐다보고 있는 남자의 얼굴마저도 그렇게 보였다. 물론 그 사람의 얼굴을 똑바로 본 건 아니었다.

누군가 내 손을 꼭 쥐었을 때에야 비로소 다시 정신이 들었다. 깜빡 잠이 들었나 보았다. 나도 그 손을 꼭 쥐었다. 하지만 눈꺼풀이 아직도 너무 무거워서 쉽게 눈을 뜨지 못했다. 손이 무척 따뜻하고 보드라웠다. 영원히 이렇게 손을 잡고 있었으면 좋겠다는 생각이 들었다. 왠지 모르겠지만, 이 손은 나에게 아무 짓도 하지 않을 거라는 확신이 들었다.

"깼니?"

엄마의 목소리였다.

"으음."

나는 중얼거렸다.

"너 지금 병원에 있어. 크게 다치지는 않았으니까 걱정 마."

엄마가 나지막이 말했다.

"으응."

엄마가 내 손을 꼭 쥐어 주고 있는 동안, 나는 다시 잠 속으로 미끄러져 들어갔다. 벌써 며칠째 잠을 잘 수 없었던 나는 뼈마디마다 깊은 피로감을 느꼈다.

"진통제를 맞아서 졸릴 거야. 그래도 부러진 데가 없어서 다행이지 뭐니. 뇌진탕인 것 말고는 괜찮은 것 같대. 의사 선생님이 늦어도 다음 주에는……."

엄마가 설명하는 말을 들으며 나는 매트리스 속으로 점점 더 깊이 빠져드는 기분을 느꼈다. 지금 이렇게 따뜻한 침대에 누워, 잠을 잘 수 있다는 것만으로도 충분했으며, 언제 다시 이곳을 나가야 하는지는 별로 중요하지 않았다. 그리고 이곳에서는 안전하다는 생각에 마음이 놓였다. 엄마가 몸을 숙여 내 뺨에 뽀뽀를 해 주었다.

"나 사실 근무 중이야. 이따 오후에 네 물건 몇 개를 집에 들러서 가져다줄게."

엄마가 나에게 속삭였다.

나는 멀어지려는 엄마의 손을 꼭 붙들려고 애를 썼다.

"네 휴대폰은 협탁 서랍 안에 있어. 더 필요한 게 생각나면 그걸로 연락해."

엄마가 일어섰다. 엄마의 근무용 슬리퍼 끄는 소리가 점점 작아지더니, 병실 문 닫히는 소리와 함께 사라졌다. 이제 아무 소리도 들리지 않았다. 완전한 침묵이었다. 고개를 돌릴 때 베개에서 나는 사그락거리는 소리가 크게 느껴질 정도였다. 나는 곧장 잠이 들었다.

다시 잠에서 깼다. 진통제의 효력이 다 떨어졌거나 아니면 이미 잘 만큼 다 자서였을 것이다. 그런데 이번에는 미칠 것 같은 분노가 나를 사로잡았다. 아직 비몽사몽 상태였지만, 식은땀이 흐르고 몸이 떨릴 정도였다. 할 수만 있다면 소리를 고래고래 지르고, 무엇이든 벽에다 던져 버리고, 깨부수고 싶었다. 온몸이 부들부들 떨렸다. 이대로 가만있다간 미쳐 버릴 것 같았다. 생각 같아서는 바로 침대 밖으로 뛰쳐나가고 싶었다. 하지만 그게 그렇게 쉬운 일이 아니었다. 머릿속에서 어마어마한 굉음이 울린 것이다. 마치 지진이 일어난 것처럼 몸의 아주 작은 움직임에도 머릿속 전체가 진동을 했다.

안 돼, 도저히 안 되겠어. 나는 자포자기 심정으로 침대 시트를 도로 끌어당겼다. 오른쪽 허벅지도 왼쪽 엉덩이와 마찬가지로 거의 검푸른색으로 멍들어 있었다. 나는 다리 상태를 확인하기 위해 먼저 발목 관절을 돌리고 나서, 무릎을 천천히 구부렸다 펴 보았다. 지금은 모든 뼈마디가 한결 편하게 느껴졌다. 다만 타박상으로 멍든 부위들이 여전히 문제였다. 손끝으로 문질러 보니 찌르르한 고통이 칼처럼 살 속 깊숙이 파고들었다. 협탁 서랍을 열어 보았다. 오래전에 쓰다 만 휴대폰이 충전기와 함께 들어 있었다. 최소 2년 넘게 사용하지 않은 2G 폰이었다. 근데 왜 내 스마트폰 대신 이게 여기 있는 거지?

아, 알 것 같았다. 그래……. 갑자기 울컥하고 뜨거운 뭔가가 올라오는 기분이었다. 엄마는 설마 그게 가능하다고 생각한 걸까? 인터넷에 접속하지만 않으면 별일 없을 거라고?

제바스티안

노래는 모두 서른 곡이었다. 대부분 대중적인 곡에다, 내 컴퓨터 엠피스리(MP3) 폴더 안의 플레이 리스트에 있는 곡들이었다. 그 플레이 리스트 그대로 구형 엠피스리 기기에 옮겨 담을 생각이었다. 그러다 컴퓨터와 엠피스리를 블루투스로 연결하기 직전, 곡 하나를 더클릭해서 마우스로 끌어왔다. 바로 '트루 컬러스'였다. 그건 우리의 노래였다. 우리의 사랑 노래. 너무 유치한가? 혹시 80년대 노래라서 너무 올드한 느낌일까? 고민 끝에 전송 버튼을 클릭하고 곡들이 하나씩 옮겨지는 과정을 멍하니 지켜보았다.

곡이 다 담겨졌다. 나는 엠피스리를 주머니에 넣고 병원으로 향했다.

율리는 침대에 앉아, 한때는 노아 형의 것이었던 트레이닝복을 입은 채 리모컨으로 채널을 이리저리 돌려 대고 있었다. 율리는 나를 보자 어정쩡한 미소를 지었다.

율리 옆 침대에는 40대로 보이는 아주머니가 누워서 추리 소설을 읽고 있었다. 다리 한쪽이 도르래에 매달린 나무토막같이 천장에 매달려 있었다. 아주머니는 반가운 표정으로 나에게 고개를 돌렸다가 잠시 멍해지더니 손목시계를 들여다보았다. 힘이 빠진 듯 휴, 하고 작은 한숨을 내쉰 뒤 다시 책을 읽기 시작했다. 누군가를 기다리나 보았다.

율리를 본 순간, 사실은 꼭 안아 주고 싶었다. 하지만 그런 식으로 인사를 나눈 적이 우린 한 번도 없었다. 그래서 이도 저도 아니게 그냥 두 팔을 쭉 뻗었고, 율리는 그중에 한쪽 손을 잡아 흔들었다. 그렇게 의도와는 달리 악수를 하게 되었다. 이게 무슨 어이없는 상황인지! 나는 침대 가장자리에 걸터앉았다. 그리고 하마터면 율리의 무릎을 손으로 쓰다듬으며 위로의 말을 건넬 뻔했으나, 간신히 참았다.

"야스미나도 금방 올 거야."

나는 애써 덤덤하게 말했다.

"그래? 좋다!"

나는 침대 옆 협탁 위에다 집에서 가져온 엠피스리를 올려놓았다.

"너 들으라고 가져왔어."

"고마워."

그다음엔 무슨 말을 해야 할지 몰랐다. 여기 오기 전까지는 할 얘기가 참 많았지만, 나는 그저 멍하니 벽만 쳐다보았다.

"뭐 좀 부탁해도 돼? 별로 안 내키겠지만, 양말이랑 신발 좀 신겨 줄래?"

율리가 물었다.

율리의 신발은 침대 옆에 놓여 있었다. 그리고 신발 안에는 각각 돌돌 말린 양말이 들어 있었다.

"여기 이 신발?"

"응, 몸을 숙이는 게 힘들어서 그래."

율리가 미안한 표정으로 말했다. 나는 아무 말 없이 율리에게 양말을 신겨 주었다.

"나 잠깐만이라도 여길 좀 나갔으면 좋겠어."

"근데 어쩌다 이렇게 된 거야?"

나는 율리의 발이 쉽게 들어갈 수 있도록 신발 끈을 최대한 느슨하게 풀면서 물었다.

신발을 다 신은 율리는 일어서서 목발을 짚고 균형을 맞추어 보았다. 하지만 그건 어쩌면 내 질문에 대답하지 않으려고 한 행동인지도 몰랐다.

"고마워. 사실 이런 다리로는 겨우 화장실밖에 못 갈 거야."

율리는 말하는 것조차 힘들어 보였다.

옆 침대에 있는 아주머니가 비록 눈은 추리소설에 꽂혀 있지만, 우리가 하는 말 하나하나에 귀를 쫑긋하고 있는 게 느껴졌다.

"여섯 시에 저녁식사 있는 거 잊지 마. 너네 엄마도 금방 오실 거야."

아니나 다를까, 아주머니가 율리에게 말했다.

율리는 아주머니에게 알았다는 듯 고개를 끄덕인 뒤, 목발을 짚었다. 그러고는 절뚝거리며 걸음을 한 발 한 발 떼었다. 엘리베이터로 지층까지 내려간 우리는 조금 뒤 병원 정문에 도착했다. 침울한 표정의 몇몇 사람들이 환자복을 걸친 채 담배를 피우고 있었다.

율리는 회전 도로 위에 깔린 자갈을 밟으면서 계속 절뚝거리며 걸었다. 우리는 가까운 공원 벤치에 다다를 때까지 두 마리의 달팽이처럼 아주 천천히 걸었다.

"잠깐 쉬자."

율리가 말했다. 율리가 얇은 트레이닝복을 입고 나와서 혹시 추울까 걱정했는데, 그 짧은 거리를 오는 데에도 무척 힘이 들었는지 발갛게 달아오른 얼굴 위로 땀이 송글송글 맺혀 있었다.

율리는 숨을 몰아쉬며 벤치에 철퍼덕 주저앉았다.

"괜찮아?"

"응."

나는 옆에 앉아 팔을 둘러 율리의 어깨를 감싸 주었다.

"아프니?"

대답 대신 율리는 내 어깨에 머리를 기댔다.

"이러니까 참 따뜻하다."

그래도 춥긴 추웠나 보았다.

"그날 연습 그만두고 나갔다가 리자를 만났어. 노래도 못 하는데 연습실에 있어 봤자 서로 불편하기만 하잖아. 그래서 나간 거야. 무슨 말인지 알지?"

"응……."

나는 율리가 아직도 내 어깨에 머리를 기대고 있는 게 조금은 어색하고 쑥스러웠다.

"그러다 리자네 집에 가게 된 거야. 거기서 술을 좀 많이 마신 것 같아."

"그랬구나……."

우리는 잠시 침묵하며 건너편에 보이는 병원을 물끄러미 바라보았다. 시멘트와 유리로 만들어진 거대한 건축물이었다. 예전에 사람들은 병원 외벽을 버터처럼 옅은 노란색으로 바꾸면 훨씬 더 멋져 보일 거라고 했다. 하지만 지금은 그 노란 칠이 군데군데 벗겨져 오히려 보기 흉했다.

"아니, 사실은 그 전에 시내에 갔어."

율리가 좀 더 높은 톤으로 말을 바꾸었다.

"거기서 엘라를 만났어. 알리나와 이자벨도 있었고. 근데 걔네들 셋이 한꺼번에 나를 공격했어."

율리는 잠시 멈추었다 다시 말했다.

"그때 리자가 나타난 거야. 그다음은 아까 얘기한 그대로고."

"공격을 당했다고?"

"응, 걔네들은 맘만 먹으면 뭐든 하는 걸 너도 알잖아. 난 정말 네가 엘라랑 사귀었다는 게 이해가 안 가. 어떻게 그런 애랑 사귈 수 있었어? 걔네들은 꼭 들짐승처럼 나한테 달려들었어. 완전 눈에 뵈는 게 없는 애들이었다니까."

그런데 더욱 안타까운 것은, 그 얘길 듣자마자 바로 그 상황이 눈앞에 그려졌다는 것이다. 그 애들은 그러고도 남았다.

율리가 내 어깨에서 고개를 들었다. 율리의 두 눈에는 내가 해석할 수 없는 무언가가 있었다. 다만 그것은 엘라와는 아무 상관이 없어 보였다.

율리가 목발을 잡으려고 팔을 뻗는 순간, 나는 율리의 팔을 붙잡았다. 그러자 목발이 자갈 위로 미끄러지면서, 율리가 내 어깨 쪽으로 쓰러졌다. 나는 두 팔로 율리를 붙잡아 꼭 끌어안았다. 만일 율리가 이 상황을 원치 않았다면 나에게 분명히 말했을 것이다. 하지만 율리는 아무런 거부 표현도 하지 않았다. 나는 율리의 턱을 들어 입에 키스를 했다. 처음에는 입을 꼭 다물고 있었지만, 율리는 이내 포기했다. 나는 눈을 감았다. 그리고 이대로 영원히 눈을 뜨고 싶지 않았다. 키스가 계속되었고, 어느 순간 율리도 나를 벤치 등받이로 밀어붙이며 거칠게 키스해 주었다. 현기증이 일었다.

율리

아침에 간호사 언니가 커다란 꽃다발을 가져와 협탁 위에 올려놓았다. 제바스티안이 보낸 걸까? 어제 나는 제바스티안과 함께 우리 둘과 엘라 그리고 또 나를 괴롭힌 그 모든 일들에 대해 긴 이야기를 나누었다.

꽃다발 안에 카드가 끼워져 있었다. 나는 카드를 읽어 보고 적잖이 실망했다. 그 꽃은 나를 친 자동차 주인이 보낸 것이었다. 토마스 마인처 씨. 직접 병문안을 올 수 없어서 유감이라고 했다. 나는 상관없는데…….

도로 베개를 베고 누워 아침 방송을 보았다. 사실 텔레비전을 계속 보는 건 뇌진탕과 사고 후유증을 앓고 있는 나한테는 좋지 않았다. 하지만 그렇다고 책을 읽고 싶은 마음도 전혀 없었다. 머릿속에서는 계속 망치로 치는 듯한 소리가 쾅쾅 울렸다. 어느새 나는 다시 꾸벅꾸벅 졸기 시작했다.

"어머, 참 예쁜 꽃이네! 누가 보낸 거니?"

엄마가 근무를 마치고 와서 한 첫마디였다. 엄마의 한쪽 팔에는 내 빨간 노트북 컴퓨터가 끼어 있었다.

인터넷 없이 이틀을 보낸 뒤 노트북을 보니 이게 꿈인가 생시인가 싶었다. 나는 엄마에게 꽃다발을 보낸 사람이 쓴 카드를 건넸다.

"친절하기도 해라."

엄마가 말했다.

"무선 공유기도 챙겨 왔어?"

노트북을 열면서 엄마에게 물었다.

"그게 그렇게 꼭 필요하니? 인터넷에 들어가 봐야……. 그리고 너 두통도 있잖아?"

엄마의 표정에 걱정이 가득했다.

"그 얘긴 어제저녁에 이미 다 했잖아. 엄마도 알겠다고 해 놓고선."

엄마는 그제야 가방을 뒤져 무선 공유기를 꺼냈다. 이제 여기서도 인터넷에 접속할 수 있었다. 엄마는 꽃다발 옆에 자그마한 흰색 무선 공유기를 올려놓으며 한숨을 내쉬었다.

"하지만 하루에 딱 한 시간만이야. 아직 뇌진탕 후유증이 있으니까 조심해야 해."

그러고는 엄마와 나는 내 건강 상태에 대해, 주말 이후로 예정된 퇴원에 대해, 노아 오빠와 아빠에 관해 이런저런 대화를 나누었다. 하지만 솔직히 나는 엄마와 나누는 대화에 오롯이 집중할 수가 없었다. 내 시선은 자꾸만 노트북으로 향했고, 마치 잠시라도 인터넷에 접속을 못 하면 불안감을 느끼는 인터넷 중독자처럼, 빨리 접속해서 나에 관해 뭐 새로 올라온 게 없는지 확인해 보고 싶었다. 마침내 엄마가 눈치를 채고 그만 일어났다.

모든 걸 설치하고 연결하는 데 꽤 시간이 걸렸다. 그러다 인터넷에 접속이 되자 날아갈 것 같은 기분이었다. 나는 늘 하던 대로, 먼저 또 다른 가짜 프로필이 생겼는지 확인해 보았다. 하지만 다행히도 없었다. 그다음에는 나의 진짜 프로필로 들어가 새로운 소식이 있는지 살펴보았다. 그런데 거기에 생각지도 못한 댓글들이 50개나 넘게 달려 있었다. 모두 내 건강을 응원하는 내용이었다. 나는 병원에 입원 중이라는 글을 올린 적이 없는데도 말이다. 나는 댓글들을 모두 다 클릭해 보았다. 참으로 따뜻한 말들이었고, 더 이상 바랄 수 없을 정도로 힘이 되었다. 제바스티안은 댓글에 앙증맞은 하트까지 덧붙였다. 나는 '좋아요'를 꾹 눌렀다.

그동안 콘라드의 웹페이지는 변한 게 별로 없었다. 콘라드는 거기에서 여전히 표현의 자유에 관한 자신의 얕은 지식을 자랑하고 있었다. 또 내가 엉망으로 노래를 부른 유튜브 동영상이 아직도 링크돼 있었고, 엘라의 굴욕적인 패션쇼 동영상, 다시 말해 나를 아주 사악하게 편집한 동영상도 그대로 있었다. 그리고 마지막 댓글이 달린 게 그저께인 걸 보면, 아마도 이제는 더 이상 그렇게 핫한 사이트가 아닌 것 같았다. 하긴 이제 시들해질 때도 되었겠지.

다음으로 나는 아빠한테 복사해 주기 위해 캡처해 둔 나의 가짜 프로필 화면들을 다시 꺼내 보았다. 이젠 거의 외울 정도였다.

그리고 늘 하던 대로 나는 맨 마지막 순서로 이메일 프로그램을 클릭했다. 비록 슈튀프가 메일을 안 보낸 지 벌써 몇 주가 지났지만, 이메일 비밀번호를 입력하는 순간부터 심장이 두근거리기 시작했다. 인터넷에 접속하면 매번 이런 식이었다. 물론 나만의 비밀이긴 했지만, 어쨌든 매번 이런 순서를 반복했다. 나는 받은 메일함을 샅샅이 훑어보았다. 슈튀프한테서 온 건 하나도 없었다. 다음으로는 그전에 저장해 두었던 이메일들을 열어 보았다. 더 이상 그럴 필요도 없고, 그래 봤자 정신 건강에 좋지 않다는 것을 나도 잘 알고 있었다. 그것보다는 차라리 내 진짜 프로필에 달린 수많은 응원 메시지와 쾌유를 비는 글들을 한 번 더 읽어 보는 게 나을 것이다. 그러나 강력한 무언가가 나를 그곳으로 떠다밀었다. 마치 잔잔한 호수 위로 미끄러지는 매서운 강풍 같았다. 그렇게 아픈 부위를 다시 한 번 들여다본 뒤에야 나는 컴퓨터를 종료할 수 있었다.

그동안 상처의 붓기가 가라앉아서 머리를 크게 움직이지만 않는다면 혼자 운동화를 신을 수 있게 되었다. 나는 맨발로 신발을 신고 일어났다.

늘 추리소설에 빠져 있는 옆 침대의 타이허르트 부인은 내가 다리를 절뚝거리며 병실 문 밖으로 나갈 때까지 한 번도 쳐다보지 않았다. 나는 느릿느릿 걸음을 옮겨 제바스티안과 키스를 나누었던 벤치로 갔다. 그건 어제께 일이었다. 믿기지가 않았다. 그런 일이 진짜로 벌어지다니! 다시 떠올리기만 해도 가슴 설레는 아름다운 순간이었다. 그렇지만 온라인 여기저기를 기웃거리며 나와 관련된 모든 것에 촉각을 곤두세우는 일보다 더 나를 사로잡지는 못했다. 나는 병원 정문 앞에 모여 있는 환자복 차림의 흡연자들을 바라보면서, 나도 저들과 마찬가지로 중독돼 있음을 깨달았다.

제바스티안

"너 언제까지 그 사이트 살려 둘 거야? 계속 그러면 어떻게 될지 말해 줄까?"

나는 거칠게 콘라드의 멱살을 잡고 소리쳤다.

콘라드는 두꺼운 안경 너머로 집 짓다가 느닷없이 끌려나온 두더지처럼 눈을 깜박였다.

"내일까지 공지 사항에 사이트 폐쇄한다고 올려. 알았어?"

"아, 알았어. 당장 집에 가서 공지 사항 올릴게."

콘라드가 체념한 듯 고개를 끄덕였다.

그것이야말로 내가 가장 바라는 것이지만, 그저 꿈일 뿐이었다. 현실에서는 콘라드와 지난 며칠 동안 그저 데면데면할 뿐 말 한마디 안 섞었다.

그런데 그 자식보다도 더 큰 골칫거리가 있었다. 바로 엘라였다. 엘라는 계속해서 내 주변을 맴돌았고, 툭하면 슬픈 표정으로 나를 쳐다보았다.

나는 그 애한테 욕을 퍼부어 주고 싶었다. 그리고 어떻게 그런 비겁한 짓을 할 수 있었는지 묻고 싶었다. 그러나 다른 한편으로는, 내가 먼저 그 애에게 상처를 주었기 때문에 오히려 그 애가 나보다 더 우월한 위치에 있다는 생각이 들었다. 그래서 끓어오르는 분노를 참을 수밖에 없었고, 그게 더 나를 미치게 만들었다. 한번은 엘라와 눈이 마주쳤는데, 순간 엘라는 놀란 듯 안 그래도 큰 눈을 더 크게 떴다. 그러더니 곧 불쌍한 표정으로 고개를 비스듬히 기울였다. 그 모습을 보며 한때는 내가 얼마나 엘라와의 스킨십에 빠져 있었는지 새삼 떠올랐다. 그러나 정말 한때였을 뿐이다.

'이제 율리 좀 그만 놔줘.'

나는 속으로 엘라에게 해 줄 말을 애써 만들어 보았다.

'무슨 말이야? 내가 뭘 어쨌다고!'

아마도 엘라는 그렇게 말하며 눈을 크게 부릅뜰 것이다. 상상 속에서도 그 애는 내 말을 받아들이지 않았다. 마음 같아서는 따귀라도 한 대 갈겨 주고 싶었다. 하지만 그러면 모든 게 더 악화되기만 하겠지.

율리의 병실 문을 두드리기 전에, 잠시 고개를 흔들어 지금까지의 상상들을 머릿속에서 털어냈다. 율리는 오늘도 트레이닝복 차림이었다. 나보다 먼저 온 야스미나는 하나뿐인 병실 의자에 앉아 있었고, 지난번에 추리소설을 읽던 아주머니의 침대는 텅 비어 있었다.

"어? 오빠가 올 줄은 몰랐는데…….

야스미나가 말했다.

"안녕?"

율리가 내게 인사했다. 나는 율리에게 다가가 키스를 해 주었다.

"이런, 이런! 난 이만 가 보는 게 좋겠어."

야스미나가 말했다.

"아냐, 그냥 있어."

율리가 일어서려는 야스미나를 말렸다.

나는 아무 말도 하지 않았다. 당연히 율리와 단둘이 있고 싶었으니까.

"퇴원하셨어?"

야스미나가 집으로 돌아간 뒤에, 옆 침대를 가리키며 내가 물었다.

"오늘 다리에서 철심을 뽑는대. 아마 아직도 수술실에 계실 거야."

"잘됐네."

나는 율리에게 키스를 하기 시작했다. 하지만 율리의 반응이 지난번에 비해 무척 덤덤하게 느껴졌다.

"왜 그래? 뭐가 잘못됐어? 아니면 인터넷에 뭐가 또 떴어?"

내가 물었다.

"아냐, 그냥 좀 벗어나기가 어려울 뿐이야. 꼭 중독된 것 같아. 좀 전에 야스미나한테도 말했지만, 혼자 있으면 자꾸만 인터넷에 접속해서 뭐 새로운 게 없나 찾아보게 돼. 새 프로필이나 새 동영상, 새 이메일 같은 것들 말야. 지금 여기가 아니라 거기가 현실 같고, 거기서 살고 있는 것 같아."

율리가 말했다.

"이메일? 누가 너한테 이메일을 쓴다는 거야? 엘라야?"

"아니, 엘라는 아니야. 아무튼 엘라는 정말 아닌 것 같아."

율리는 노트북을 가까이 끌어와 자신의 받은 메일함을 열어서 보여 주었다.

"슈튀프7이라는 이름이야. 여길 좀 봐. 이걸로 모든 게 시작된 거야."

나는 슈튀프7이 보낸 이메일과 율리가 보낸 답장들을 모두 읽고 나서, 한 번 더 읽어 보았다. 발신인은 분명 슈튀프7이었다.

"이거 야스미나한테도 보여 줬어?"

나는 아무렇지도 않은 듯 애를 쓰며 말했다.

"아니, 야스미나랑은 그런 얘길 별로 안 하는 편이야. 야스미나는 내가 힘들어할 만한 얘기는 피하려고 하거든. 아마도 댓글이니 동영 상이니 그런 얘길 하는 것 자체가 나한테 또 다른 상처를 주는 거라고 생각해서 그럴 거야. 그리고 나도 야스미나랑은 즐거운 얘기만 하고 싶어."

율리가 나를 보며 말했다.

"그래, 맞아. 그럴 거야."

나는 떨어지지 않는 입으로 겨우 말을 뱉었다.

"처음에는 나도 이 이메일들을 그리 중요하게 생각 안 했어. 그런 데 그러다…… 이제 봐 봐."

율리는 구글에서 '슈튀프'를 검색했다. 검색 결과로 나온 것들 중에 위키피디아 항목이 보라색으로 변해 있었다. 아마도 율리가 벌써 여러 번 그 항목을 클릭해 읽어 본 듯했다.

"슈튀프는 일종의 늑대인간이야. 주로 나뭇잎 속에 숨어 있다가 공격을 하는데, 사람의 목을 졸라 질식시켜서 죽인대. 아니면 공격 대상이 지쳐 쓰러질 때까지 어깨에 매달려 있거나."

그 항목의 내용을 굳이 다 읽어 볼 필요가 없도록 율리가 옆에서 요약해 주었다.

"하지만 그건 단지 동화 속 이야기일 뿐이야. 그 슈튀프라는 거 말이야."

나는 율리의 말에 반박했다. 슈튀프! 얼마나 자주 불렀던 이름인지 모른다. 야스미나와 내가 아직 어린아이였을 때, 그 이름은 정말 자주 숨을 헐떡이며 내게로 달려왔다. 그리고 야스미나와 나는 그 이름과 함께 예전에 살던 집 거실 바닥을 신 나게 뒹굴곤 했다. 우리가 슈튀프라고 부른 그 개보다도 더 작았을 때 말이다. 사랑스러운 슈튀프! 그 녀석을 결국 하늘나라로 보내야만 했을 때, 야스미나는 며칠 동안이나 서럽게 울었다. 슈튀프가 일곱 살 때 일이었다.

"물론 동화 속 이야기일 뿐이지! 하지만 그래도……."

율리가 강한 어조로 대꾸하고는 아직도 괴로운지 몸을 떨었다. 나도 몸이 떨려 왔지만 감추기 위해 율리를 팔로 꼭 안아 주었다.

"다음 주면 다시 학교에 가야 하는데…… 모르겠어. 내가 정말로 학교를 잘 다닐 수 있을까?"

율리가 내 품에 안긴 채 중얼거렸다.

할 수만 있다면, 나에게 해결 방법이 있다고 말해 주고 싶었다. 하지만 당연히 나는 어떤 해결 방법도 갖고 있지 않았다.

율리

제바스티안이 가고 난 뒤, 다시 머리가 아팠다. 나는 반쯤 눈을 감은 채 졸기 시작했다. 그런데 어느 순간 눈을 떠 보니 내 몸이, 정확히 말해 내가 누워 있는 침대가 스르르 미끄러지고 있었다. 누군가 나를 병실에서 끌어내 어딘가로 데려가고 있는 것이다. 그것도 모르고 있었다니! 천장의 직사각형 형광등과 연회색 천장 패널이 번갈아 가며 나타났다. 불빛, 천장, 불빛, 천장…… 이런 식으로. 침대가 모퉁이를 돌았을 때, 천장에 팔뚝만큼 두꺼운 나뭇가지들이 알록달록한 가을 잎사귀들을 가득 매달고 있었다. 침대가 달려갈수록 나뭇가지들은 점점 더 커졌고, 나뭇잎도 더욱 무성해졌다. 그리고 어느 순간 천장의 불빛조차 보이지 않을 만큼 뒤덮어 버리더니, 벽을 따라 밑으로 기어 내려왔다. 마치 《잭과 콩나무》에 나오는 콩나무 같았다. 나는 여전히 어딘가로 떠밀려 가고 있었다. 머리가 깨질 것 같은 아픔을 참고 간호사 쪽으로 고개를 돌려 보았지만 거기엔 아무도 없었다. 그 순간 침대도 더 이상 바퀴를 굴리며 앞으로 나아가지 않았다. 대신 발 부근에서 사람의 형상 비슷한 것이 몸을 일으켰다. 반은 인간, 반은 털투성이 늑대였다. 음흉한 빛을 번뜩이는 두 눈에 날카로운 이빨 사이로 시뻘건 혀를 길게 늘어뜨린 그 늑대인간은, 시커먼 발톱이 달린 앞발로 병원 침대에 달린 쇠기둥을 붙잡고 있었다.

"무섭니?"

그가 나에게 물었다. 나는 그가 말을 할 수 있다는 것에 놀랐다.

'아니!'라고 말하고 싶었다. 하지만 무서웠다. 뭐라고 이름 붙일 수 없는, 그냥 온몸을 돌덩이처럼 단단하게 마비시키는 두려움이었다.

그러다 잠에서 깼다. 옆 침대에는 타이허르트 부인이 누워 있었고, 취침 등을 켠 상태로 코를 골며 자고 있었다. 수술을 받고 돌아온 뒤라서 팔에 링거를 꽂고 있었다. 그런데 그 옆에서 뭔가 어른거렸다. 타이허르트 부인의 팔에서 링거 병까지 이어진 투명한 줄을 누군가 만지작거리고 있었던 것이다.

나는 자리에서 벌떡 일어났다.

그 형체가 말했다.

"쉿! 계속 자. 엄마가 아까부터 계속 너 잘 자고 있는지 물어보서."

꽃다발을 가져다주었던 간호사 언니였다. 간호사 언니는 조심조심 걸어나가 병실 문을 닫았다.

팔을 뻗어 휴대폰을 집어 들고 몇 시인지 보았다. 두 시가 조금 지난 시간이었다. 그렇다면 최소한 여덟 시간을 잤다는 얘기다.

그때 제바스티안이 문자 메시지를 두 개나 보낸 걸 발견했다. 둘 다 자느라 놓친 거였다.

첫 번째 문자는 '잘 자! 네 생각을 하고 있어. 뽀뽀~♡'였다. 그리고 두 번째 문자는 새벽 한 시쯤 보낸 것이었다. '아직 깨어 있으면 나한테 전화해. 할 얘기가 있어.'라는 내용이었다.

두 번째 문자가 온 지도 한 시간이 지났다. 어쩌면 벌써 자고 있을지 몰랐다. 하지만 나는 전화를 걸어 보았다. 만약 발신음이 세 번 이어진 뒤에도 전화를 받지 않으면 그냥 끊을 생각이었다. 아니, 다섯 번까지는 기다려 볼까?

제바스티안은 다행히 발신음이 '뚜우, 뚜우' 하고 두 번 울렸을 때 전화를 받았다. 목소리가 마치 내 전화를 기다리고 있던 것 같았다.

"나야. 네가 전화하라고 해서…….."

내가 말했다.

"그래, 맞아!"

"나 여태 잤어. 그런데 또 나쁜 꿈을 꿨어."

막 내 꿈 이야기를 하려고 했는데, 제바스티안이 말을 막았다.

"있잖아, 나 아무래도 슈튀프의 정체를 알 것 같아."

"뭐?"

나도 모르게 큰 소리가 나왔다. 하마터면 타이허르트 부인을 깨울 뻔했다는 걸 뒤늦게 깨달았다.

"누군데? 그럼 왜 어제 왔을 때 말 안 했어?"

나는 목소리를 낮춰 계속 말했다.

"야스미나야."

내가 말하고 있는 중간에 제바스티안이 분명히 그렇게 말했다. 야스미나? 제바스티안은 겨우 그 이름 하나만을 말하고서 아무 말도 덧붙이지 않았다. 나는 제바스티안이 뭔가 더 말하길 기다렸다. 예를 들어 나의 가장 친한 친구가 오빠에게 뭔가를 얘기해 주었고, 그걸 통해 슈튀프의 정체를 알게 되었다는 식의 설명 말이다. 그러나 내 귀에 들리는 것은 오로지 제바스티안의 힘겨운 호흡 소리뿐이었다.

"슈튀프는 야스미나의 개 이름이었어. 우리가 어렸을 때 키웠던 개 말이야."

제바스티안이 잠시 후 낮은 목소리로 설명했다.

"그럴 리가 없어. 그건 그냥 우연일 거야. 안 그래?"

내가 말했다.

제바스티안은 잠시 아무 말도 하지 않았다.

"무엇이 진실인지는 나도 잘 모르겠어. 정말 모르겠어."

제바스티안의 목소리가 조금 떨렸다.

나는 머릿속이 복잡해져서 정리할 시간이 필요했다. 그때 타이허르트 부인의 손이 비상벨 쪽으로 움직였다. 아마도 다리 통증 때문에 진통제가 필요한 듯했다.

"너 내일 학교 빠져도 되겠어? 추리소설 아줌마 깼어. 우리 아무래도 좀 냉정하게…… 아니, 일단 지금은 나 혼자 좀 생각해 봐야겠어."

내가 속삭였다.

"그래, 알았어. 내일 아침 일찍 너한테 갈게."

"아냐, 버스 타고 내가 너희 집으로 갈게. 어쩌면 거기서……."

그때 병실 문이 열리고, 희미하게 비쳐 든 불빛 속으로 어두운 그림자가 들어섰다. 간호사 언니였다. 나는 잽싸게 이불 밑으로 휴대폰을 밀어넣은 뒤 눈을 감고 자는 척했다. 타이허르트 부인이 진통제를 삼키고 난 뒤, 간호사 언니가 내 침대로 다가왔다. 비록 눈을 감고 있었지만, 내 얼굴을 스캔하는 간호사 언니의 눈길을 느꼈다. 곧이어 간호사 언니가 발자국 소리를 죽이며 멀어져 갔고, 병실 문 닫히는 소리가 났다. 나는 다시 휴대폰을 꺼내 액정 화면을 확인해 보았다. 제바스티안은 이미 통화를 종료한 상태였다.

야스미나라니…… 믿기지도 않고, 믿고 싶지도 않았다.

제바스티안

아침에 부모님은 여덟 시까지 학교로 출근해야 했기 때문에 분주했고, 야스미나는 스카프를 찾느라 정신이 없었다. 그래서 내가 아프다며 하루 쉬겠다고 했을 때, 우리 가족 중에 어느 누구도 딱히 주의를 기울이지 않았다.

"너 오늘 수학 시험 보지 않냐?"

아빠가 채점을 마친 시험지들을 가방 안에 꾸역꾸역 집어넣으며 물었다.

"아뇨, 모레 봐요."

"혹시 그거 사랑의 열병 아니야?"

야스미나가 윙크를 하며 짓궂은 미소를 지었다. 그러고는 곧바로 복도로 뛰어가 붙박이장을 뒤졌다.

나는 아무 말 없이 계단을 다시 올라가 내 방 침대에 누웠다. 어떻게 저렇게 아무 일도 없는 것처럼 행동할 수 있을까? 야스미나와는 더 이상 어떤 대화도 할 수가 없었다. 분명히 둘 중에 하나였다. 동생이 정말로 슈튀프이거나, 아니면 내가 완전 쪼다이거나. 왜냐하면 애먼 아이를 의심한 게 되니까. 게다가 다른 사람도 아닌 동생의 가장 친한 친구한테 고자질한 셈이다. 창피해서 이불을 귀까지 끌어당겼다. 만약 내가 착각한 거라면 율리는 나에 대해 어떻게 생각할까? 그리고 동생은?

그때 엄마가 아래층에서 내 방을 향해 지금 모두들 나간다고 외쳤다. 곧이어 집 안에 정적이 감돌았다.

어느 쪽이 진실이든 재앙이 닥칠 게 뻔했다. 그것은 이미 정해진 사실이었다.

나는 먼저 샤워를 하고 옷을 갈아입었다. 그리고 보온 주전자에 남아 있는 커피를 따라 마셨다. 끔찍하게 쓴맛이었다. 텔레비전을 켜고 요즘 인기 있는 메디컬 드라마 재방송을 보았다. 하지만 머릿속에서는 앞으로 벌어질 일의 순서가 그려졌다. 율리는 언제쯤 도착할까? 아마 아이들이 모두 등교를 하고 난 뒤에야 버스를 타고 올

것이다. 당연히 학교 아이들과 마주치기 싫을 테니까. 매일 아침 여
덟 시 반에 우리 주택 단지 앞 교차로에 서는 버스가 있는데, 아마도
그걸 타지 않을까?

벨소리가 들려 문을 열어 보니, 율리가 현관문에 바짝 몸을 붙이고
서 있었다. 아마도 창문으로 누가 자기를 볼까 봐 그런 것 같았다.
목발 없이 온 걸 보니 다리가 많이 나은 것 같았다.

"들어와."

우리는 서로 아무 말도 하지 않고 야스미나의 방을 향해 계단을
올라갔다. 계단 위에서 율리는 다리를 절룩거리느라 심하게 비틀거
렸다. 우리는 각자 고개를 숙인 채 서로의 시선을 피했다.

"자, 그럼!"

나는 야스미나의 방 문을 열며 말했다. 방 안은 온통 뒤죽박죽이
었다. 스카프를 찾느라 다 헤집어 놓은 게 분명했다. 서랍들은 하나
같이 열려 있고, 책 선반 위에는 집어 던진 옷들이 걸려 있었다. 침대
도 정돈되지 않았고, 책상 위에는 온갖 것들이 뒤섞인 채 쌓여 있었
다. 그중에 종이 뭉치 하나가 책상 밑으로 떨어지기 직전이었다.

우리는 얼이 빠진 표정으로 주위를 둘러보았다. 그런데 우리는 여
기서 무얼 찾으려는 걸까?

"혹시 컴퓨터에 있을까?"

내가 말했다.

나는 야스미나의 노트북을 열고 전원 버튼을 눌렀다. 하지만 비밀

번호가 걸려 있었다. 나는 '슈튀프'라고 쳐 보았다. 처음에는 대문자로 치고, 그다음엔 소문자로 쳐 보았지만 맞지 않았다. 그래서 이번에는 '슈튀프7'을 각각 대문자와 소문자로 쳐 보았다. 하지만 어느 것도 맞지 않았다. '야스미나'를 쳐 보았지만 여전히 맞지 않았다. 나는 잠시 고민한 끝에 '벤'을 쳐 보았다. 그러자 시작 페이지로 넘어갔다. 벤? 왜 이 비밀번호를 아직도 바꾸지 않은 거지? 둘은 이미 끝난 사이일 텐데……. 율리 쪽으로 몸을 돌리려는데, 아슬아슬하게 놓여 있던 종이 뭉치가 책상에서 떨어졌다. 동시에 도미노처럼 메모지와 공책과 시디(CD)들이 차례차례 쏟아지려고 했다. 율리가 두 팔을 벌려 막아 보려고 애썼지만 와르르 쏟아지고 말았다.

"이런, 젠장!"

율리가 소리쳤다. 잠시 후 율리는 고개를 숙이더니 바닥에서 시디 하나를 집어 들었다. 케이스를 보니까 직접 구운 시디였다. 커버에는 '호수에서 수영하기, 언제나 즐거워'라고 검은 사인펜으로 쓰여 있었다. 그러나 야스미나가 쓴 것인지는 확실치 않았다. 야스미나의 글씨는 늘 크고 동글동글한 편인데, 이건 좀 달랐기 때문이다.

"그건 왜?"

"어쩌면 여기에 리자 아주머니가 나를 찍은 사진들이 있을지 몰라."

율리가 주워 들은 시디 케이스를 손등에 탁탁 두드리며 말했다.

"그렇다면?"

"그 사진들이 내 가짜 프로필에 올라온 거란 말이야. 그래서 리자를 의심했던 거고."

율리는 시디의 플라스틱 케이스를 열었다.

"아!"

율리는 작게 탄식하며 시디 케이스에서 사진 한 장을 꺼내 들었다.

"이거 야스미나의 개야?"

사진 속에는 큰 검둥개가 있었다. 길고 덥수룩한 머리털을 가진 그 개는 뒷다리를 구부리고 앉아, 누가 방금 자기 이름을 부른 것처럼 큰 귀를 쫑긋 세우고 있었다. 우리 슈튀프였다. 동생은 그 당시 키가 아주 작아서, 슈튀프가 옆에 서면 키가 동생 어깨까지 닿을 정도였다. 그리고 사진의 뒷배경으로 우리가 이곳으로 이사 오기 전에 살았던 동네가 보였다. 더 이상 어떤 말도 필요 없었다.

나는 율리와 함께 내 방 컴퓨터로 가서 시디를 재생해 보았다. 거기엔 율리와 야스미나의 사진들이 있었고 리자 아주머니의 사진들도 있었는데, 몇 개는 상의를 벗고 있는 거였다. 그리고 리자도 시커먼 그림자처럼 다른 사람 뒤에 걸쳐 찍힌 게 몇 장 있었다.

"여기 이 사진, 가짜 프로필에 올라왔던 거야. 그리고 이 사진도."

율리가 사진들을 가리키며 말했다. 율리의 얼굴이 내 방의 흰색 벽지보다 더 하얗게 질렸다.

"이제 어쩌지?"

율리가 중얼거렸다.

•야스미나

수업은 오늘도 역시나 따분했다. 어서 종이 울리고 점심시간이 되길 바랐다. 밖에는 비가 양동이로 들이붓듯 쏟아지고 있는데, 나는 우산이 없었다. 하지만 상관없었다. 그래도 엘라와 알리나, 이자벨과 함께 건너편 매점으로 갈 생각이었다. 율리가 병원에 입원한 뒤로 이 애들이랑 급속도로 친하게 되었다. 특별한 계기가 있었던 건 아니었다. 율리가 교통사고로 뇌진탕에 걸렸다는 소식을 이 애들이 나에게 전해 주면서부터 말을 트게 되었고, 이후 점점 더 친하게 되었다.

나는 웬만하면 율리 생각을 하지 않으려고 노력했다. 더 이상 율리의 베프 역할을 하는 것도 싫었다. 왜냐하면 실제로 나는 베프라기보다는 함께 다니면서 주인공인 율리를 더 돋보이게 해 주는 조연일 뿐이었기 때문이다. 말하자면 율리가 '메인 요리'라면 나는 거기에 곁들이는 '사이드 디시'였다. 언제나 사람들의 시선을 끄는 건 그 아이였고, 나는 그 옆에서 늘 투명 인간 같은 대우를 받아야만 했다. 이제 더 이상 그렇게 살고 싶지는 않았다. 그렇게 들러리로 사느니 차라리 친구를 한 명 잃는 게 더 나았다.

그리고 패션 동아리의 이 애들도 막상 친해지고 보니까 생각보다는 괜찮은 점이 많았다. 그런데 제바스티안 오빠는 뭐가 못마땅한지, 어제 이 애들이랑 수다를 떨고 있는데 와서, 굳이 계란 프라이와 시금치를 먹자며 나를 학생 식당으로 끌고 갔다. 속이 뻔히 보이는 행동이었다. 하지만 오늘은 오빠가 결석을 했으니 방해꾼이 사라진 셈이었다.

클라인 선생님이 칠판에 쓴 방정식을 다시 한 번 쳐다보았다. 모두 시험에 나올 확률이 높은 문제들이었다. 딱 봐도 너무 어려웠다.

"너 여긴 어쩐 일이냐?"

클라인 선생님이 교실 문 쪽을 향해 물으며 분필을 내려놓았다.

그와 동시에 율리가 뒤에 제바스티안 오빠를 달고 교실 안으로 다리를 절룩거리며 들어왔다. 율리는 선생님은 아예 본 체 만 체하고 이글거리는 눈빛으로 나를 향해 곧장 다가왔다.

순간 내 몸에 연결된 꼭두각시 줄이 당겨진 듯 나는 자리에서 벌떡 일어섰다. 율리가 나에게 볼일이 있어 온 것을 바로 직감할 수 있었다. 그러니까…… 율리가 다 알아 버린 것이다.

반 아이들도 뭔가 큰 사건이 터질 걸 느꼈는지 숨죽인 채 가만히 지켜보았다. 제바스티안 오빠가 뒤에서 율리의 팔을 붙잡았지만, 율리는 뿌리친 채 바로 내 코앞까지 다가와 섰다.

"무슨 일이야?"

이미 다 알고 있으면서도 나는 그렇게 물었다. 그러고는 율리와 오빠를 멍하니 바라보았다.

율리가 사진 한 장을 내 책상 위에 탁, 하고 올려놓았다.

"이제야 좀 겁이 나냐고? 네가 나한테 그렇게 말했잖아!"

율리는 내 눈을 들여다보며 으르렁거렸다.

"율리야, 내 말 들어 봐. 어쩌다 보니 그렇게 된 거야. 그리고 전부
다 내가 한 건 아니야."

나는 어떻게든 설명해야겠다는 생각이 들었다.

"원래 그렇게 하려던 게 아니었어. 근데 일이 그렇게 꼬여 버렸어.
어쩌다 보니 다른 애들이 끼어들었고…… 그 프로필은…… 콘라드
랑 엘라가 그 사이트를 만든 건 나랑 아무 상관 없어. 또 네가 패션
쇼에서 웃은 것도 내 잘못은 아니잖아. 그러니까 내 말은……."

내 말은 점점 횡설수설이 되었고, 더 이상 무슨 말을 어떻게 해야
할지 몰랐다.

그러나 사실, 내 안에 깊이 숨어 있는 나 자신의 일부는 율리한테
이렇게 말하고 있었다. 조금도 미안할 거 없다고, 다 자업자득이라
고! 네가 뭔데? 풋, 근데 결국 이번에도 네가 주인공인 거니?

나를 노려보는 율리의 눈이 점점 더 찢어졌다. 우리 주위로 반 아
이들이 우르르 몰려들었다. 지금 벌어지는 일이 수학보다는 확실히
더 흥미진진해 보였기 때문이다. 클라인 선생님은 칠판 앞에 홀로 남
아 난감한 표정을 짓고 있었다. 선생님은 지금 뭐가 어떻게 돌아가
는 상황인지 전혀 감을 잡지 못하고 있었다.

"나를 봐!"

율리가 경멸하는 투로 말했다. 그 말에 그동안 율리가 하자는 대
로 따르는 데 익숙해져 있던 나는 율리의 얼굴을 쳐다보았다.

그 순간 율리가 내 얼굴에 침을 뱉었다.

"율리! 대체 무슨 일이야?"

칠판 앞에서 클라인 선생님이 소리쳤다. 선생님은 단숨에 학생들 무리를 헤집고 우리에게 가까이 다가왔다. 그런데 막상 우리 앞에 선 선생님은 무엇을 어떻게 해야 할지 몰랐다.

"이제 됐어요! 전 볼일 다 봤어요."

율리가 선생님에게 차분하게 말했다.

나는 이마와 뺨에 묻은 침을 닦아 냈다. 역겨웠다. 그리고 내가 보낸 이메일 내용과 똑같이, 율리가 실제로 얼마나 건방진 공주병 환자인지를 다시 한 번 깨달을 수 있었다. 그래, 그게 바로 너의 원래 모습이야. 나는 율리에게 달려들어 그 시건방진 얼굴을 한 대 치려고 했다. 하지만 오빠가 나를 막는 바람에 그만 몸의 균형을 잃고 말았다.

율리

운동장을 가로지르는 동안에도 여전히 몸이 떨렸다. 그리고 내 안에서 소용돌이치고 있는 이 감정을 뭐라고 설명해야 할지 몰랐다. 뭐라도 때려 부숴야만 할 것 같았다. 할 수만 있다면 교실 유리창들을 맨주먹으로 깨뜨리든가, 낡아 빠진 자전거 거치대를 발로 차 버리든가, 아니면 옥외 광고 기둥에 붙어 있는 학교 축제 포스터를 뜯어서 갈기갈기 찢어 버리고 싶었다. 어떻게 가장 친했던 친구가 나에게 그런 일을 저지를 수 있을까……. 가장 믿었던 친구가……. 그런 야스미나에게 겨우 침이나 뱉고 말다니! 그건 너무 약한 처벌이었고, 지나치게 너그러운 것이었다. 게다가 침을 맞는 야스미나의 표정조차 제대로 보지 못했다. 너무 순식간에 벌어진 일이었다. 나는 교문 담장을 있는 힘껏 발로 찼다. 하지만 내 발만 아플 뿐이었다.

"어서 가자. 클라인 선생님이 방금 전 일을 교무실에 알렸을지 모르잖아."

제바스티안이 옆에서 나지막이 말했다.

우리는 묵묵히 학교 밖으로 나와 계속 걸었다. 그런데 이상했다. 야스미나의 얼굴을 떠올려 보려고 했지만, 도무지 기억나지 않았다. 야스미나의 얼굴은 우리를 둘러싼 채 뭔가 흥미진진한 사건이 터지기를 기다리던 반 아이들의 얼굴 속으로 희미하게 사라져 버리고 말았다. 나는 그 아이들 모두에게 참을 수 없는 분노를 느꼈다. 다 똑같았다. 순간 온몸에 힘이 빠져 비틀거렸다.

그런 나를 제바스티안이 부축하며 물었다.

"집에 데려다 줄까?"

〈베르타-폰-주트너 고등학교 신문〉

"침묵은 오히려 상처를 덧나게 할 수도 있다!"

올해도 우리 학교에서는 방학 시작 전 한 주 동안 '공동 행동 주간'이 열린다. 올해는 전 학년에 공통된 주제가 정해졌는데, 바로 '집단 괴롭힘은 절대 안 돼!'이다.

"언젠가부터 '집단 괴롭힘'이라는 문제가 거의 모든 학교에서 심각한 수준에 이르렀고, 더 이상 모른 척 넘어가서는 안 될 일이 되었습니다. 학교란 단지 지식을 전달하는 곳이 아닙니다. 우리는 그 이상의 것을 추구해야만 합니다."

우리 학교 교장 선생님, 베르거-클라인 박사는 이렇게 말하며 전교생이 이 주제로 5일 동안 특별 활동을 하게 될 거라고 했다.

이번 공동 행동 주간이 열리게 된 배경에는 작년 교내에서 일어난 한 사건이 있다. 한 여학생이 몇 개월에 걸쳐 온라인에서뿐만 아니라 학교 안에서도 언어 폭력과 주위의 따가운 시선에 시달려야 했다고 한다. 그러나 학교 측에서는 이 사건에 관해 자세한 언급을 피하고 있다. 왜냐하면 몇몇 학생들이 현재 이 사건의 가해자로 지목되어 소송 중이기 때문이다. 피해 학생은 현재 외국에 머물고 있으며, 언제 다시 학교로 돌아올지는 아직 확실하지 않다고 한다.

올해에 새로 선출된 학생회장 제바스티안 쾰러도 이 사건에 대해 무척 조심스러운 입장이었다.

"사실 저에게는 굉장히 사적인 일이기도 합니다. 피해 학생뿐만 아니라 가해자로 지목된 학생들과도 가까운 사이이기 때문입니다."

집단 괴롭힘 방지를 위한 이번 공동 행동 주간에 대해 제바스티안 쾰러는 학생회장으로서 다음과 같이 말했다.

"물론 모든 걸 덮고 대충 넘어가는 것이 더 쉬운 일일 것입니다. 하지만 학생들이 이번 공동 행동 주간에 참여해 옳은 일에는 앞장서고, 잘못된 것에는 아니라고 말할 수 있는 용기를 얻게 될 것입니다. 물론 아직도 작년의 그 사건을 재미난 이야깃거리 정도로 생각하는 학생들이 있습니다. 하지만 그들도 공동 행동 주간에 참여해 좀 더 진지하게 생각해 볼 기회를 얻게 될 것입니다."

교장 선생님이 말을 이어 나갔다.

"작년에 일어난 사건은 물론 흔한 일은 아닙니다. 하지만 그 사건을 계기로 앞으로는 결코 그런 일이 일어나지 않도록 모든 노력을 기울여야 할 것입니다. 특히 이번에 마련된 공동 행동 주간이 그런 일을 예방하는 데 큰 역할을 하리라고 기대합니다. 집단 괴롭힘의 문제를 공론화하고 함께 토론하는 것만큼 유익한 것은 없기 때문입니다."

끝으로 학생회장 제바스티안 쾰러가 덧붙였다.

"침묵은 오히려 상처를 덧나게 할 수 있다는 걸 우리 모두 명심해야 합니다!"